心锁红楼

——心智理论视域下的《红楼梦》解读

曾冬梅 著

湖南大学出版社

内容简介

认知理论是近年来发展迅速的一个新兴的跨学科研究领域。心智理论作为认知理论的一个分支，主要以人类的脑、心智和行为为研究对象。本书从心智理论角度研究《红楼梦》文本和影视作品中人物的心智，探讨读者和观众对人物的心智归因以及人物对自身和他人的心智归因过程。

图书在版编目（CIP）数据

心锁红楼：心智理论视域下的《红楼梦》解读/曾冬梅著．—长沙：湖南大学出版社，2019.8
ISBN 978-7-5667-1768-9

Ⅰ.①心… Ⅱ.①曾… Ⅲ.①《红楼梦》研究 Ⅳ.①I207.411

中国版本图书馆 CIP 数据核字（2019）第 167811 号

心锁红楼——心智理论视域下的《红楼梦》解读
XINSUO HONGLOU——XINZHI LILUN SHIYU XIA DE《HONGLOUMENG》JIEDU

著　　者：曾冬梅
责任编辑：王桂贞
特约编辑：王增明
印　　装：北京虎彩文化传播有限公司
开　　本：710mm×1000mm　16 开　**印张**：11.5　**字数**：231 千
版　　次：2019 年 8 月第 1 版　**印次**：2019 年 8 月第 1 次印刷
书　　号：ISBN 978-7-5667-1768-9
定　　价：40.00 元

出 版 人：雷　鸣
出版发行：湖南大学出版社
社　　址：湖南·长沙·岳麓山　　**邮　　编**：410082
电　　话：0731-88822559(发行部),88821594(编辑室),88821006(出版部)
传　　真：0731-88649312(发行部),88822264(总编室)
网　　址：http://www.hnupress.com
电子邮箱：wanguia@126.com

前　言

认知理论是近年来发展迅速的一个新兴的跨学科研究领域。心智理论作为认知理论的一个分支，主要以人类的脑、心智和行为为研究对象。有关心智理论的研究以实证研究为主，考察不同群体在注意、理解、解读自我和他人的意图以及模拟他人的经验方面的能力。桑吉达·奥康奈尔（Sanjida O'Connell）（1997）探讨了小孩在猜测别人的情感时如何通过眼神获取重要线索，以及如何通过对他人注意力的认识从而达到理解他人欲望的目的。肖恩·尼古拉斯（Shaun Nichols）和斯蒂芬·斯蒂奇（Stephen P. Stich）（2003）认为人类是通过探测和推理进行心智解读的。阿尔文·戈德曼（Alvin Goldman）（2013）利用心理学和认知神经学的最新研究论证了人类心智解读的能力，并将其具体化为模拟和移情。

近年来，心智理论被运用到文学作品的分析与解读中。来自美国肯塔基大学的丽莎·詹赛恩（Lisa Zunshine）是其中的代表性人物。丽莎·詹赛恩（2006）运用心智理论分析了大量的小说作品，如理查森（Richardson）的《克拉丽莎》（*Clarissa*）、陀思陀耶夫斯基（Dostoyevski）的《罪与罚》（*Crime and Punishment*）、简·奥斯汀（Jane Austen）的《傲慢与偏见》（*Pride and Prejudice*）、伍尔夫（Woolf）的《达洛卫夫人》（*Mrs. Dalloway*）、纳博科夫（Nabokov）的《洛丽塔》（*Lolita*）以及合米特（Hammett）的《马耳他之鹰》（*The Maltese Falcon*）。丽莎·詹赛恩从心智理论的角度探讨了文学研究的内涵。心智解读丰富的文化表征不断激励读者重新思考小说的意义，激发了他们对小说阅读的兴趣。许多文学作品不仅依赖于人类超强的创造人物角色心智的能力，也依赖于人类超强的想象力来无限假想人物角色是如何解读其他人物角色心智的（David Herman，2003：1-30）。要想真正理解我们所阅读的文学作品，我们必须把人物角色当作实实在在、活生生的人去分析他们的心理状态。文学作品中往往包含了丰富鲜活的人物角色、生动的情景以及各式各样的境况，所以，心智理论自然而然地成为阅读和理解文学作品的重要理论视角。

《红楼梦》是中国文学史上的巅峰之作，是中国古代白话小说的经典之作，其中的人物描写活灵活现。人们在阅读该作品时，仿佛置身于大观园中，亲眼目睹各色人物的音容笑貌，观察到真实的人和其真实的行为。我们有必要从心智理论的角度充分解读作者是如何有意识或者无意识地利用读者的认知机制从而让读者对《红楼梦》爱不释手、欲罢不能的。

另一方面，随着科技的发展、人们的审美期待和审美品位的不断提高，《红楼梦》的传播从传统的文字和口头形式发展成电影、电视、舞台剧、舞蹈、戏曲等多种传播方式，现代传播媒介的发展也把我们带入了一个以视觉文化为中心的图像时代。现代人正逐步习惯更形象、更直观的图像。国际著名美学家阿莱斯·艾尔雅维茨（Ales Erjavec）曾经说过，“在后现代主义中，文学快速地游离至后台，中心舞台被视觉文化的光辉所普照”（阿莱斯·艾尔雅维茨，2003：34）。虽然我们不能否认文本的重要性，但图像时代的发展势不可挡。对文学作品《红楼梦》的影视化是图像时代发展的必然结果。影视作品《红楼梦》无疑是对文学作品《红楼梦》的再创作，是一种新的解读和阐释。在这种文化背景下，从心智理论角度对影视作品《红楼梦》的解读也就势在必行。迄今为止，一共只有两部研究心智理论和影视剧的著作：佩尔·佩尔森（Per Persson）的《理解电影——移动影像的心理研究》（*Understanding Cinema*：*A Psychological Theory of Moving Imagery*）和柯林·麦克金（Colin Mcginn）的《电影的魅力：荧屏和心智的互动》（*The Power of Movies*：*How Screen and Mind Interact*）。丰富的电影电视主题，无疑在召唤我们进行更深入、更透彻的心智解读研究。

从心智理论的角度对《红楼梦》文本和影视剧进行研究，一方面可以拓展、完善心智理论，为心智理论的历时研究和跨文化研究提供有效的参考和学理支持，另一方面可以为解读《红楼梦》中人物的性格特征和社会背景及其蕴含巨大思想容量与艺术感染力的语言提供一个新的视角。文学的权威性源于对人类心理的深刻挖掘、描摹与操纵，这种作用使读者在阅读一部作品时对它所营造的虚拟世界产生一种信赖感。心智理论在阐释文学作品方面不仅是有帮助的，更是必不可少的，是一种解读文学作品的有效途径。本研究的思路和方法对于推动文学研究向纵深发展将具有一定的推动作用。

作 者

2019 年 7 月 24 日于邵阳

目　次

1 文学作品的心智理论阐释

1.1 心智理论与心智解读

心智理论主要研究的是人类如何理解自我和他人的心理状态，并运用心理状态来解释和预测自己和他人行为的能力[①]。简言之，心智理论研究就是设身处地想别人之所想，它是从别人的角度进行心智解读、移情和创造性想象的。心智理论不仅在儿童自闭症治愈及市场研究、产品开发等商业投入中起关键性作用，而且发生于我们生活的各个方面、各个时刻，哪怕是喝杯茶的间隙它也在人际关系中起重要作用。

作为心智理论最基本、最重要的部分，心智解读能力被哲学家们称为大众心理能力，认知科学家们则称之为直觉心理能力。它既是一种非常复杂的能力，又是人类进行交流沟通的必备能力。随着心智理论研究的深入和发展，理论论（theory theory）和模仿论（simulation theory）脱颖而出。前者认为肢体信息是心智解读的基础；后者强调模仿和设想他人的经历以达到解读他人心智的目的，这一点在儿童身上表现得尤为突出，社交和社会互动在儿童心智能力

---

① Robert A. Wilson，Frank C. Keil. *The MIT Encyclopedia of Cognitive Science*. London：MIT Press，1999：838-841. 该书中有专门的词条来解释心智理论。作者认为如何理解他人是人类最根本的问题之一。认知科学中有关理解自我和他人心理状态的分支就叫心智理论。心智理论研究是跨学科研究。哲学家们研究心智解读的起源和本质即大众心理。比较心理学家们探索这种解读能力的演变，他们的研究主要集中在灵长类动物理解心理状态的能力。临床心理学家提出自闭症跟心智解读能力的缺失有关；社会心理学家探讨人类心智各方面的能力，如个人特质的稳定性；人类学家则表明所有有关心智最根本的推测都会因文化背景的不同而迥异。

发展中起重要作用①。由于心智解读强调设身处地地为他人着想，所以有时把它看作是移情的拓展形式。

美国肯塔基大学教授丽莎·詹赛恩（Lisa Zunshine）是认知文学研究的领军人物，著作颇丰。她在《走进大脑——认知科学对大众文化的研究》（*Getting Inside Your Head*：*What Cognitive Science Can Tell Us About Popular Culture*）一书中提出，我们热切地、无可奈何地、有意识地、无意识地、错误地、无可避免地住在他人的大脑里。我们的社交生活其实是一个不断协调、不断磋商的过程：什么是我们认为对方知道的想法和感情，什么是我们想让对方认为我们知道的以及什么是我们迫切想知道却又无法知道的②。人类生活几千年以来一直都是这样运转的。现在，认知科学家用“心智解读”这样一个专业术语来总结这种归因自身和他人心理状态的认知顺应性。心智解读，简单直白来说近似于猜测和不完全解读，大多数心智解读都是在我们无意识的情况下发生的。由此，我们产生了文化。文化是我们心智解读的产物，我们通过归因每一个人、每一群人的心理状态而进入文化，我们的归因从动漫人物小猪佩奇到古希腊哲学家柏拉图，从达·芬奇笔下的蒙娜丽莎到《红楼梦》中的诸多人物形象。无论高级的还是低级的文化表征，都不得不面对一个现实：虽然住在别人的大脑里，但是没有到达他人思想和情感的直接路径。小说、电影、绘画和情景喜剧都依赖于人类的心智解读能力去不断挑战它，同时以复杂的社会幻想滋养它。通过身体解读心智就是这样的一个社会幻想，我们往往通过人物的身体语言泄露他们真实情感的时刻去解读人物，这跟现实生活正好相反。在现实生活中，我们常常有可能误读那些表面上看起来很明显的身体语言，尤其是那些复杂社会环境下的身体语言。但同时，我们也有可能用明显的身体语言去影响我们对他人心理状态的解读。

---

① J. Dunn, J. Brown, C. Slomkowski, C. Tesla. Young Children's Understanding of Other People' Feelings and Beliefs: Individual Differences and Their Antecedent. *Child Development*, 1991（62）: 1352-1366. 该文章主要研究儿童对他人情感和观念的理解，强调个体差异和历时性差异。

② Lisa Zunshine. *Getting Inside Your Head*: *What Cognitive Science Can Tell Us about Popular Culture*. Baltimore: The Johns Hopkins University Press, 2012, preface, 1. We live in other people's heads: avidly, reluctantly, consciously, unawares, mistakenly, inescapably. Our social life is a constant negotiation among what we think we know about each other's thoughts and feelings, what we want each other to think we know, and what we would dearly love to know but don't.

我们心智解读的认知顺应性是杂乱的、贪婪的以及前瞻性的。认知顺应性总是在与他人实际的或者假想的互动中受到刺激才起作用。任何一个他人的身体，即使这个身体不一定需要是真实的，都会成为我们进行心理状态归因的动力。想想我们在油画上、电影和书本中见到人物时的反应：虽然在某种程度上，我们清楚地知道他们只是幻影，但我们心智解读的顺应性仍然会起作用，并开始解读他们的思想和情感。我们把这一切看作是理所当然的事，但我们停下来仔细想想就会惊讶：无论是死的还是活的，无论是大理石的还是陶瓷的，一个人物总会向我们贪婪的心智解读顺应性不断地提供信息。

我们总是在归因他人和自身的心智。我们的归因常常不正确，但归因是我们构建和操控社会环境的默认方式。我们需要特别注意的是，心智理论的"理论"和心智解读的"解读"很可能会让人误解，因为它们似乎在暗示我们心智状态的归因是有目的的、有意识的。事实上，我们不清楚究竟有多少心智解读是有意识地发生的，因为当我们的感知系统"贪婪"地收集他人的身体和面部表情的信息时，他人并不需要提供所有的信息来让我们进行有意识的解读。

1.2 心智理论与文学

没有心智理论，人类文化就是一种不可能。我们的文学、戏剧以及幽默不仅依赖于人类创造心智理论的能力，也依赖于人类想象这些被创造的人物的心智如何看待其他人物心智的能力。莎士比亚（Shakespeare）的《罗密欧与朱丽叶》（*Romeo and Juliet*）的悲剧就源自人物之间的一系列误解，而对于这些误解，观众是清楚的。罗密欧（Romeo）的自杀是他误以为朱丽叶（Juliet）已死的结果。但观众知道，如果罗密欧知道他们所知道的，这样的自杀就不会发生。对于观众席上的猴子和大猩猩[①]而言，罗密欧的行为没有任何意义，因为它们不能区分罗密欧和它们自己的想法。

心智理论对于理解文学作品至关重要，因为心智理论能用于理解文学作品的话语模式和动机。心理学家和人类学家罗宾·邓巴（Robin Dunbar）（2000）

① 心智理论最早的研究以及后来的比较研究都是以猴子和大猩猩为研究对象。

把人类心智理论归因于“从自身抽离出来，以冷眼看待世界”① 的能力。罗宾·邓巴描述了心智理论的三个层面：一是自我思想自知的能力；二是理解他人思想的能力；三是设想虚假人物如何对特定情形做出反应的能力。在阐述第三层心智理论的时候，罗宾·邓巴明确表示：我们可以创作文学，但创作故事不是简单地描述事件，因为故事已经越来越多地探寻主人公如此行事的原因，探寻驱使主人公不断探索的感情因素。

心理学家和人类学家在很久以前就已经认识到了心智理论对文学的作用，但直到20世纪初，学者们才开始研究心智理论的含义。丽莎·詹赛恩（2006）在《我们为什么阅读小说——心智理论与小说》（*Why We Read Fiction: Theory of Mind and the Novel*）一书中很清晰地阐述了心智理论“让文学成为可能”的观点。其实书名就突出了作者的基本观点：心智理论不仅是阅读必不可少的前提，也是阅读的动力。丽莎·詹赛恩认为阅读吸引和促进心智解读能力，这为美学体验进化性的“偏见”提供了论据。美学体验进化性的“偏见”把文学直接放入人类体验至关重要的因素中，而不是作为边缘的人类休闲方式和手段。

然而历史上对心智理论的研究并没有从研究人类开始，更没有从研究文学开始。心智理论术语的创造是为了描述黑猩猩研究的推理和预测。普雷马克（Premack）和沃道夫（Woodruff）（1978）在他们的论文中就曾经问道：“黑猩猩有心智理论吗?”并且提出：“当个体归因自身和他人心理状态时，个体就有了心智理论，这样的推理系统被看作是一个理论，因为这样的状态是不可以直接观察的，这样的推理系统可以被用来预测他人的行为。”② 但他们的研究主体是莎拉（Sarah）——一只14岁的黑猩猩。莎拉经过培训后学会了用标了序的符号交流。当研究者向莎拉放一个人遇到问题时的视频，莎拉的反应表

① Robin Dunbar. On the Origin of the Human Mind. In Peter Carruthers and Andrew Chamberlain (eds.). *Evolution and the Human Mind: Modularity, Language and Meta—Cognition.* Cambridge: Cambridge University Press, 2000: 101. Theory of mind is the crucial ability to step back from ourselves and look at the rest of the world with an element of disinterest.

② David Premack & Guy Woodruff. Does the Chimpanzee have a Theory of Mind? *Behavioral and Brain Sciences*, 1978 (4): 515. An individual has a theory of mind if he imputes mental states to himself and others. A system of inferences of this kind is properly viewed as a theory because such states are not directly observable, and the system can be used to make predictions about the behavior of others.

明她在输入知识和人类意图。普雷马克和沃道夫最后总结说黑猩猩莎拉有心智理论。如果关于心智的问题局限于动物，那么这个话题就只会引起动物学家们的兴趣。但没过多久，学者们开始思考人类的心智理论。威默（Wimmer）和佩尔奈（Perner）（1983）发现6岁以下的小孩似乎没有心智理论。研究也表明孤独症患者的心智理论发展滞后，他们的社会化能力、想象能力和沟通能力受损。拜伦·科恩（Baron-cohen）、莱斯利（Leslie）和费尔斯（Frith）发现大多数孤独症儿童不能归因他人的观点，也不能预测他人的行为。

研究者发现，当心智理论发展时，大脑中的某些东西也会发生变化。加拉格尔（Gallagher）和费尔斯（2003）提出，心智理论受前扣带回皮质（anterior paracingulate cortex）调节，以颞上沟（superior temporal sulcus）和颞极（temporal poles）的活动为支撑（其细节的东西还有待研究者们日后解决）。根据心智状态是否被输入他人心智，我们很快就能发现人类大脑活动是如何不同的。

了解人类是如何理解他人的心理世界是需要复杂的促进因素的。在关于心智理论的实验中，让受试者听故事、看视频、看滑稽短剧。这些素材对认知科学家们来说比较丰富，但对于文学理论家来说就太少了。认知科学家们当然注意到了这些。在研究心理状态时，普雷马克和沃道夫（1978）认为："心理状态是他者，是外来的心理状态，属于小说家们。"① 就如同我们所看到的一样，这种普雷马克和沃道夫归因的小说家的"外来"的心理状态现在已经受到关注。同时，让小说变得有意义的读者的心理状态也受到关注，比如艾伦·帕尔默（Alan Palmer）在《小说心智》（*Fictional Minds*）中提出，读者只有通过散落在小说中的信息构建人物嵌入式叙述，才能进入故事世界和人物心智。

心智理论和文学相结合的研究属于一个相当新的领域。把对认知科学的研究和神经科学的认知带入到文学的阅读和阐述中，这种文学理论的认知转变在20世纪80年代就开始了，并深受认知语言学的影响。近几年，这个领域发展更迅速，许多学者试图在文学后结构主义理论和社会建构理论中寻找新的视角。心智理论和文学是促进小说人物心智解读研究的一个重大贡献。然而我们清楚地认识到，小说里的心智状态同黑猩猩归因的心智状态相比有些异类，但

① Premack David & Guy Woodruff. Does the Chimpanzee Have a Theory of Mind? *Behavioral and Brain Sciences*, 1978 (4): 515. There are other, more exotic ones [mental states], belonging to the novelist.

文学中并没有异类的心智解读。马克·特纳（Mark Turner）在《文学心智——思维和语言的起源》（*The Literary Mind*：*The Origins of Thought and Language*）一书中指出，理解文学的认知机制其实就是我们日常生活中采用的认知机制。在马克·特纳之前，莱考夫（Lakeoff）和约翰逊（Johnson）在关于隐喻的研究中同样指出，人类的思维过程是隐喻的，文学与人类认知密切相关（1999）。

1.3　日常生活中的心智归因

既然理解文学的认知机制就是我们日常生活中采用的认知机制，那么在理解文学作品、影视剧作品（文学作品的再创作形式）的心智解读前，我们很有必要看看人们日常生活中的心智归因。众所周知，心理状态是第一手体验。虽然没有直接进入他人心智和情绪的路径，但对他人的心智生活我们仍然有一些了解，或者说是假设。那么，我们是如何推测他人心理状态的呢？推测过程涉及哪些知识结构呢？

1.3.1　言语因素

我们在推测他人心理状态的过程中，既受到言语因素的影响，又受到非言语因素的影响。言语因素包括言语内容和言语形式。

言语内容体现了言语的一个基本功能，那就是能让我们说出心理活动的具体状态和推理过程，是我们直抒胸臆的一种方式。

请看下面四个例子：

（1）我想吃麻花。

（2）我感到热。

（3）你相信鬼魂吗？

（4）我的情感影响我的思维。

这四个例子都是对说话者心理活动内容的直接阐释，虽然阐释的具体活动内容不同，但都是通过言语来阐释的。

言语形式有时蕴含了丰富的心智理论信息。比如音高（声级、音域、音变）、响度和语速等韵律特征，都是情感和心理状态的信息指标。在中国文化中，柔和的音量更多地暗示无聊而不是高兴或生气。另外，后文中分析的口误就是言语形式对心理状态的一个暗示，例如林黛玉“渔公渔婆”的口误就是她希望与宝玉成双成对的心理状态呈现。

1.3.2 非言语因素

尽管非言语因素在文学作品分析中不容易受到关注，但它往往蕴含了丰富的、微妙的心智。

首先，身体和姿势暗示心理状态。我们常常通过观察他人的身体和姿势了解他人的心理状态。我们所熟悉的谚语“眼睛是心灵的窗口”就暗示着眼睛是进入他人心智和情感的最基本方法。在西方文化和语境中，甚至在全世界文化和语境中，身体被概念化为“容器”，心理活动就发生在这“容器”里①。我们可以认为身体和姿势的“外部生活”同感情、信仰、意图和欲望的“内部生活”密切相关，心理状态可以通过模仿、姿势或者声音等外化于身体。我们把这看作是因果关系，这样就可以为一些表面现象提供合理的解释。

请看下例：

小王因为伤心而哭泣。

这个行为可被理解为他人内心的展示。通过这种方式，我们可以用心理状态建立特定表达的意义，也就是表达结果②。从社会和个人体验，我们预先假设一定的表达可能由一定的心理状态引起。肢体暗示能力是社会生活最根本的部分，一直是非言语交际研究的重点。这种暗示能力虽然普通，但有些方面却是由文化决定的（比如不同的文化有不同的肢体语言）。这个特点也就解释了我们为什么不能编撰出一部肢体语言词典的原因。

其次，身体姿势和运动是心理外露最简明的方式。比如：双腿抖动可能代

① George Lakoff. *Women, Fire, and Dangerous Things: What Categories Reveal about the Mind*. Chicago: Chicago University Press, 1987: 383. Mark Johnson. *The Body in the Mind: The Bodily Basis of Meaning, Imagination, and Reason*. Chicago: Chicago University Press, 1987: 21. The body is conceptualized as a "container", "inside" which mental life take place.

② Gregory Currie. *Image and Mind: Film, Philosophy and Cognitive Science*. Cambridge: Cambridge University Press, 1995: 235. We establish the meaning of a given expression by referring to a mental state of some type, which is assumed to be the cause of the expression.

表紧张；吞咽口水表示饥饿、焦虑、害怕或者紧张；低头表明伤心；挺立表示骄傲或倔强；用手捂住嘴表示厌恶；用手捂住脸抽泣表示伤心、悲痛；长长地舒了一口气表示如释重负；倒吸一口气表示惊惧。

再次，面部是我们了解他人情感和其他内部过程的最好途径。面部表情也就是面部肌肉和组织的伸缩运动，如嘴唇或者眉毛、眼睛、鼻子、面颊或者下巴的运动。恐惧、惊讶、高兴、厌恶、生气以及疼痛常常跟面部表情相关联，脸红、掉眼泪、打呵欠和大笑是暂时性的以及更具拓展性的行为。凝视是一个表达意向心理状态的有用途径。在我们的文化中，伤心、焦虑、厌倦和害羞等跟对视有关（Bull，1984：44），而凝视意味着幸福、着迷或者兴趣（Rutter，1984：56）。人类往往通过把头、眼睛或者耳朵对准目标物来实现注意和感知的目的。

另外，个人空间行为也是心理状态的显示。个人空间即私人空间，是个体与他人之间保持缓和的区域。个人空间行为是一种暗示他人心理状态的行为方式。某人接近你的个人空间就表示此人有意跟你更亲密；相反，你发现你的谈话对象往后退，你就可以断定这个人害怕或者想结束谈话。

最后，我们还可以从语境因素中获得丰富的心理状态信息。柯里·格雷戈里（Currie Gregory）在《图像与心智——电影、哲学和认知科学》（*Image and Mind*：*Film*，*Philosophy and Cognitive Science*）一书中写道，身体暗示会呈现不同意义——这就是说，根据语境的不同它们所指的心理状态也不同。① 虽然一些基础的面部表情跟心理状态有直接关联（如笑代表快乐），但在大多数情况下，许多因素影响归因过程。比如：哭泣可以表示伤心，但也可以表示高兴或者其他积极的情感，这就是说，没有表情会独立于情形而产生意义。身体暗示从不独立存在，因此心智归因过程必须考虑语境因素。

第一，对被观察者的了解影响心智归因过程。每个人都以自己特殊的方式和自己的心智倾向被观察者所知道。配偶和朋友之间最可能了解彼此的行为暗示和肢体语言。

第二，外部暗示是可以控制的。我们不但展示一定的手势，在大多数情况

① Gregory Currie. *Image and Mind*：*Film*，*Philosophy and Cognitive Science*. Cambridge：Cambridge University Press，1995：235. Body cues take on different meanings—that is，they refer to different mental states—depending on context.

下，我们也知道自己的行为方式。我们因此可以假装一种跟心理状态不一致的面部表情。这种能力可用于欺骗、撒谎或者隐藏心理状态。在归因他人的心理状态中，归因者必须发现和考虑展示者的真实性。

第三，表情、肢体语言的环境跟表情、肢体语言一样重要。

请看下例：

——小明为什么在哭？

——他太高兴了。

——你怎么知道？

——他女朋友出国一年，刚从国外回来。

这里对小明心理状态的理解不仅受他哭的肢体语言的影响，而且受对环境理解的影响。哭有很多意义，但对环境的理解可以让小明的内心体验更清晰。

事实上，我们可以在不了解他人任何外部反应的情况下预测和归因他人的心理状态。大多数的人都期待一年后海外归来与亲人朋友相聚会让人高兴，打开礼物时通常会给人带来惊喜。这是因为即使没有肢体语言和手势，我们也有对情形和与之相关联的特殊反应或心理状态的推断能力。但是我们通过什么做到这些？这些理解又是如何呈现和构建的？一方面，理解不是一个简单地与情感和心智有关的情形图表。虽然打开礼物会带来惊喜，但这种情形也可以引起许许多多其他的情感。比如：过生日的孩子希望得到一块手表，却只收到了一双袜子，那么这时候打开礼物就意味着伤心和失望。如果小明在过去的一年中已经移情别恋，那么他们的相聚就有可能是其他任何感情而非幸福和喜悦。这种观察就意味着，了解他人的心理状态不总是直接跟具体的情形有关，有时也跟对这个人的其他心理状态的了解有关，比如这个礼物是否满足他的期待(高兴或者失望)。

当然，身体和姿势提示、身体姿势和运动、面部表情、个人空间行为和语境因素是暗示他人浅层心理状态的非言语因素，而梦境、幻觉、痴呆、直觉是暗示他人深层心理状态即潜意识的非言语因素。因该内容在后面章节中有详细论述，这里就不再赘述。

1.4　文学作品中的人物心理和心智归因

荷兰视觉文化学者巴尔·米克（Bal Mieke）曾经说过：“文学由人类创造，为人类创造，是关乎人类的作品。”[①] 文学作品中的任何角色在大多数叙述中都有其核心作用。相较其他的话语模式而言，叙述聚焦人物实体，就如同对太阳系和分子的科学描述一样，在叙述中，事情总是有规律地发生。但不同于科学描述的是，叙事性时间具有人性含义的一些基本形式，它们涉及一些类人实体，这些实体在社会环境和实体环境中表演和反应。事实上，观众进入叙事结构是由人物角色调整的。从这方面来说，人物角色不但在叙事文本理论中占中心地位，而且在叙事文本的理解和接受理论中占中心地位。

对于文学和影视剧中人物角色的研究，结构主义者绕过体裁和表象，认为叙事是独立于媒介的深层结构[②]。如今最流行的对文本和体裁、叙述方法和情节、素材和故事的区分只意味着表层的描述。素材属于真实世界，故事属于艺术世界，显然叙事学家们关注的是故事。结构主义者能够正确地描述一个人物角色是什么、角色之间如何相互关联、一个特定角色为什么在故事中那样行事。剧作家埃格里（Egri）提出，叙述最与众不同的特点就是人物角色在故事中改变和成长的方式[③]，当主要人物得到了教训或者意识到什么，叙述往往就要结束了。这个过程可以用来描写人物从一个特质范围到另一个特质范围，比如，从内向到外向、从穷到富、从没有安全感到自信。叙事传统中人物角色最有拓展意义的事情可能就是有关视角的问题（这种情形常常发生在分析情节的层次）。视角问题指的是叙事选择角色作为叙事空间主要或者唯一信息源的方式或视角以及人物角色把故事信息分配给读者的方式。那么分析就应该包括叙述引导角色如何成为一个可靠的或者不可靠的信息源（可靠叙述者或者不可靠叙述者），故事如何通过一个人物的视觉、认知和道德角度呈现从而在特

---

① Bal Mieke. *Narratology: Introduction to the Theory of Narrative*. Van Boheemen, Christine (trans.). Toronto: University of Toronto Press, 1985: 80. Literature is written by, for and about people.

② Seymour Chatman. *Coming to Terms: The Rhetorical Narrative in Fiction and Film*. Ithaca, NY: Cornell University Press, 1990: 117. A narrative is basically a deep structure quite independent of its medium.

③ Lajos Egri. *The Art of Dramatic Writing*. New York: Simon and Schuster, 1946: 59. One of the most distinctive features of narratives is the way in which characters transform and "grow" through the story.

定的文本里创造不同的视觉层次。这或多或少地不但决定角色如何被理解，而且决定观众如何在感情、道德和意识形态上与角色结成同盟。

影视剧中对视角的控制无疑是引起观众响应的最有力方式。通过视角拍摄、反拍摄、剪辑等视觉手段告诉观众从而给观众定位，在观众和文本之间建立一条紧紧的纽带。正是通过这样的方式，我们才可以说文本通过质问把观众带到故事世界，这样，故事的价值和意识形态借助视觉主题自然融为一体。跟视觉相关的，女性主义写作主要从不同文体描写被动或主动的人物角色结构。劳拉·穆尔维（Laura Mulvey）在 1975 年从视觉角度定义了主动和被动：主动是看，被动是被看。从情节层面，主动是情节的引发者或者原因，被动是被调查的对象或者是一个调查的终端。主动人物角色处理事情更多地依赖自身的认知和体能，被动人物角色主要依靠其他角色。主动人物角色创造自己和命运，被动人物角色成为他人欲望的目标、自然原因或者命运的牺牲品①。这样的分析有助于我们通过体裁区分影视剧中的人物类型，比如动作电影或者惊悚片主动的、成功的英雄，例如阿尔弗雷德·希区柯克（Alfred Hitchcock）导演的美国电影《西北偏北》（*North by Northwest*）中的桑希尔（Thornhill）以及女性电影中主动的但不成功的英雄（Jacobs，1993：140）。穆尔维认为主动或被动跟性别有关，可以看出被隐藏了的社会层级（虽然在一些体裁中，人物毫无疑问地和社会结构矛盾，如追踪狂电影中的“最后的女孩”），但一定主动的女性角色（如黑色电影中的致命女孩在叙述中受到惩罚）可以看作是我们父权文化的一种表达，可以很容易地映射出父权制的心理分析概念。主动或被动的人物角色结构在一定程度上与观众或读者有关。角色深层次的表征就是分析家们对目标即叙事的抽象表达，以方便学者们决定哪些角色更重要或者哪些角色承担什么样的作用。

心智解读是我们构建和操纵社会环境的默认方式。心智解读取决于我们人类强大的社会属性，同时它也让这种强大的社会属性成为可能。小说、影视作品是现实的反映，其社会环境同真实环境一样复杂。要使我们的阅读变得有意义，我们就必须赋予单薄的人物丰富的思想、情感和欲望，然后寻找能使我们猜测他们情感并能预测他们行为的线索。文学、影视艺术总是在利用和刺激我

① Laura Mulvey. Visual Pleasure and Narrative Cinema. *Screen*, 1975 (16): 6-18.

们解读心智的顺应性，即使在某种层面上，读者和观众清楚地意识到人物角色根本就不是现实人物。心智解读不仅是阅读和观赏的前提，也是阅读和观赏的动力。读者和观众只有通过解读散落在小说和影视作品中的参考信息，构建人物嵌入式叙述，才能进入小说和影视世界以及人物心智。娜塔莉·菲利普斯（Natalie Phillips）（2011）指出，要想更好地突出一部文学作品中的主要人物，作者就必须赋予次要人物相当的心智解读能力，两个人物角色所引起的读者心理解读的不对等就构成了这部文学作品的张力。影视作品更是如此，除了作者和观众，还有编剧和导演的参与。

2 《红楼梦》中人物的心智状态解读模式

“他不想让我知道他真正所想。”“我不想让她知道我正在尝试用书本。”“当他长大一些时，你认为他会忘记他四岁时的感受吗?”日常生活中，我们经常这样思考。尤其是我们不能停下来有意识地思考我们所思考的方式时，很难确切地统计我们日常生活中包含了多少这种镶嵌式的心智状态，每种心智状态之间呈递归关系。在社交场合，我们的对话至少包含了三种镶嵌式的心理状态；或者说，人们总是在创造机会去享受这些镶嵌式的心智状态。

社会认知复杂性是丽莎·詹赛恩正式提出的用来描述叙事中心智状态层层镶嵌模式的术语。任何一部文学作品都可以被看作是一系列不断变化的社会认知复杂性情节的集合，甚至包括人物对自身心智状态的解读。社会复杂性要求复杂式嵌入心智状态，但不一定要多个角色。简单一重心智状态通常是人物对自身意图、欲望的简单解读和对他人行为的解释和预测。丽莎·詹赛恩认为，三重最多不超过四重的心智状态模式是人们认知舒适度的范围，以三重嵌入式心智状态为特征的社会环境是小说创作的根本①。现实生活中，我们会发现，哪里有认知制约哪里就会有挑战，作者会不断地挑战更高级别的心智状态，有时甚至会达到第五重、第六重。对社会认知复杂性的挑战反而促进了我们的创造性，而不是简单心理状态的停滞不前和无休无止的简单复制，这种认知使认知心理学和文学研究之间的互动成为可能，它们相互促进，相互影响。文学作品不是简单的事件描述，只有当我们不断地探寻人物行事的原因以及其背后的感情因素时，我们才能创造文学，创造小说。

---

① Lisa Zunshine. 1700—1775：Theory of Mind，Social Hierarchy and the Emergence of Narrative Subjectivity. In David Herman（ed.）. *The Emergency of Mind*：*Representations of Consciousness in Narrative Discourse in English*. Lincoln：University of Nebraska Press，2011：61-186. Here，however，I want to focus on what goes on within our zone of cognitive comfort—on the third level and the cusp of the fourth level of mental embedment—before we cross over to the challenging fifth.

当读者一开始读小说，就会遇到心智状态模式，然后很快地融入小说中。不同的作者以不同的风格来表达，但基本上都会集中在人物、作者、隐藏的叙述者和隐藏的读者的心理状态上。例如，扎米亚京（Zamyatin）的《我们》（*We*）或者麦卡锡（McCarthy）的《血色子午线》（*Blood Meridian*）中的社会认知复杂性比罗琳（J. K. Rowling）的《哈利波特》（*Harry Potter*）在更大程度上依赖于隐藏作者和隐藏读者的镶嵌式的心智状态，罗琳的《哈利波特》呈现的是主要人物的心智状态。

《红楼梦》中描写的人物之多实属罕见，贾府的日常生活就是一张复杂的社会关系网，为读者解读复杂的心智状态模式提供了强大的社会语境。该书中的每个人物都在预测或者控制别人的情感反应，为我们解读心智状态模式提供了很清晰的示意图。在实际的小说叙事中，作者会本能地建立心智状态层级的不一致性，从而有利于人物角色的发展。曹雪芹更是赋予了人物丰富的思想和情感，描绘了人物多层次的心智活动。

2.1 简单一重心智状态模式

简单一重心智状态模式是典型人物对自己心理状态的直接解读和对他人行为的直接解释，这种心智状态模式没有任何嵌入。

例如：《红楼梦》第三回是该小说的重要章节，几个主要人物的出场被刻画得入木三分，也因此被收入高中语文课本。林黛玉被接到荣国府，先拜见了外祖母、王夫人、邢夫人以及三个姊妹，大家正在话家常时，忽闻后院有人笑道："我来迟了，不曾迎接远客！"黛玉纳罕道："这里个个皆敛声屏气，恭肃严整如此，这来者系谁，这样放诞无礼？"[①] 此时林黛玉呈现的是典型的一重心智状态。"个个皆敛声屏气，恭肃严整如此"是她对在场的所有人的行为认知的一种心智解读与表达，"放诞无礼"是她对王熙凤"未见其人，先闻其声"行为的解释，这种一重心智解读充分展现了人物当时的心理，表明了人物自身的意图：对待这个行为大胆的王熙凤，自己日后一定要多留个心眼。同

① 曹雪芹，高鹗：《红楼梦》，长沙：岳麓书社，2001 年版，第 17 页。《红楼梦》前八十回为曹雪芹所著，后四十回为高鹗所著，由于本书中的例句来自前八十回，所以在后文中，凡引用《红楼梦》中的内容，只提作者曹雪芹一人。

时，这种解读也体现了人物对周围环境和其他人物的观察以及反应。通过这种心智解读描写，作者也让读者体会到：林黛玉心思细腻，天生多思，行事更是小心谨慎。

我们再看一例：林黛玉一见贾宝玉，便大吃一惊，心下想道："好生奇怪，倒像在那里见过一般，何等眼熟到如此！"① 很显然，林黛玉对贾宝玉充满了好奇。这里的心智解读明显地表达了林黛玉强烈地想要了解贾宝玉的冲动以及在冥冥中预感到她和贾宝玉之间一定会发生点什么。对林黛玉自身心理状态的解读不由自主地会让读者想到第一回里绛珠草和神瑛侍者的故事：冥冥中自有天定，甘露之惠定当以泪水偿还。

在日常生活中，这样的心智状态的例子不胜枚举，我们常常如此思考，却往往不能停下来有意识地思考我们自己的心理状态。文学批评家们长期以来达成一个共识：小说即使没有直接提到心理状态，但也可以表现各种心理状态。苏源熙（Haun Saussy）（2006：427-433）曾经说过：心理状态即使没有明示，但也可以被表达，这是文学界司空见惯的事。不同的作者以不同的风格来达到，但基本上都会集中在人物、作者、隐藏的叙述者和隐藏的读者的心理状态上。②

曹雪芹写《红楼梦》时正是清朝文字狱最严酷的乾隆时期，为了避免文字触及时世，作者首先假借石头之名在第一回中自言："所以我这一段故事，也不愿世人称奇道妙，也不定要世人喜悦检读，只愿他们当那醉淫饱卧之时，或避事去愁之际，把此一玩，岂不省了些寿命筋力？"③ 通过石头，作者表明了自己的写作意图：仅仅让那些吃饱喝足的人把玩一番。紧接着作者有意隐藏自身，假借空空道人之名进行了一番自我心理解读："空空道人听如此说，思忖了半晌，想这《石头记》亦非伤时骂世之旨，及至君仁臣良，父慈子孝，凡伦常所关之处，皆是称功颂德，眷眷无穷，实非别书之可比。虽其中大旨谈情，亦不过实录其事，又非假拟妄称，一味的淫邀艳约、私定偷盟之可比。"④

---

① 曹雪芹，高鹗：《红楼梦》，长沙：岳麓书社，2001 年版，第 20 页。

② Haun Saussy. Unspoken Sentences：A Thought-Sequence in Chapter 32 of *Hongloumeng*. In Christoph Anderl & Halvor Eifring（eds.）. *Studies in Chinese Language and Culture in Honour of Christoph Harbsmeier*. Oslo：Hermes，2006：427-433.

③ 曹雪芹，高鹗：《红楼梦》，长沙：岳麓书社，2001 年版，第 2 页。

④ 曹雪芹，高鹗：《红楼梦》，长沙：岳麓书社，2001 年版，第 2-3 页。

假借空空道人之名是为了让解释更具说服力，打消读者的疑虑。作者一再强调，此书只关乎伦常，强调君仁臣良、父慈子孝，虽有谈及儿女之情，但未涉及淫乱和私订终身，故适合抄录传世。此两例中作者自身的心理状态解读并没有明示，而是通过石头和空空道人被间接表达，这让阅读更具隐秘性和趣味性。

2.2 简单嵌入二重心智状态模式

二重心智状态模式出现了嵌入成分，即在一个心智活动中出现对另一个心智活动的解读。

《红楼梦》第五回描述了林黛玉进贾府以后贾母如何万般怜爱她，比如林黛玉的饮食起居均和贾宝玉一样。林黛玉与贾宝玉两人之间的感情也非同一般，但薛宝钗的到来使这一切发生了改变。叙述者指出："不想如今忽然来了一个薛宝钗，年岁虽大不多，然品格端方，容貌丰美，人多谓黛玉之所不及。"① 林黛玉虽然生性多疑，但她很确定周围的每一个人都认为她不如薛宝钗。那么，在这里面就有一个二重心智状态模式，其中的第一重是周围的每一个人都认为林黛玉不如薛宝钗，第二重是林黛玉知道周围的每一个人都认为她不如薛宝钗。所以林黛玉才会"心中便有些悒郁不忿之意"，虽然她有可能错误解读了别人的想法。很明显，这中间有一个两重镶嵌式心理状态，但要清晰地表达它们，我们就不得不注意细节。如林黛玉在第三十二回提到薛宝钗时所使用的恼怒口吻："又何必来一宝钗呢？""一个薛宝钗"和"一宝钗"，从动态话语角度来看，体现了林黛玉的指示视角，在"宝钗"前加上"一个"和"一"，无意间凸显了薛宝钗，也把林黛玉对薛宝钗的羡慕、嫉妒展露无遗。"一宝钗"在两个章节中的重复出现为章节之间的对话创造了条件。两个章节之间的对话意味着叙述者和隐形读者也参与了跨小说隐性嵌入心理模式的构建，例如，叙述者想引起读者注意黛玉即使在极度痛苦中也会极度地追求自己举止的得体程度。或者说，叙述者想让我们意识到命运的安排，因为林黛玉和贾宝玉的分离早已注定，所以他们之间的交流和沟通必然是以眼泪和希望告

① 曹雪芹，高鹗：《红楼梦》，长沙：岳麓书社，2001年版，第29页。

终。"一宝钗"只是命运的一个工具，同时也是叙述者的一个工具。联系我们以前了解到的林黛玉近乎偏执的自我意识，我们可以看出，这种典型的人物对人物的心理解读，是通过镶嵌式的心理状态暗示的，而不是明确陈述的。同时，隐性心智状态也不局限在一个句子或者几个相邻段落，社会认知复杂性是贯穿整个小说的各个章节之间的，一个章节的隐性心智状态往往嵌入另一个章节的隐性心智状态。

2.3 复杂嵌入三重心智状态模式

在《红楼梦》中，这种三重心智状态模式随处可见，而且使小说变得更有趣，让读者很快便融入其中。由于篇幅有限，本书仅以《红楼梦》中两个主要人物贾宝玉和林黛玉相互的心智解读为例。贾宝玉一直饱受意淫折磨，因为他很想理解和分享许多女性（他的丫环、表妹们以及姑姑们）的思想情感。这也是林黛玉提心吊胆的原因。另一方面，林黛玉总在担心别人会思考她举止行为的得体性。林黛玉诗情横溢，观察敏锐，却用她的智慧不断攀登妄想症的新高峰。林黛玉和贾宝玉真心相爱，但爱情并没有使他俩靠得更近，相反，强烈的感情枷锁使他俩走得更远。斤斤计较于所爱之人的想法反而会被命运捉弄，这也就注定了他俩最终的分离。

在第二十九回中，因为清虚观张道士给贾宝玉提亲，贾宝玉和林黛玉心中都不自在，彼此之间有一段生动的心理状态解读：宝玉因见黛玉生病，心里放不下，便前来探望，可黛玉似乎并不领情，让他只管看戏去，待在家里干什么。黛玉的奚落让宝玉非常恼怒，便沉下脸说白认得了黛玉。黛玉又急又愧，慌不择言地竟然说出了"你怕挡了你的好姻缘"的话来。天生嗔痴的宝玉心里顿时翻江倒海："别人不知我的心还可恕，难道你就不想我的心里眼里只有你？你不能为我解烦恼，反来拿这话堵噎我。可见我心里时时刻刻白有了你，你心里竟没我。"①

在这个心智活动中，"难道你就不想我的心里眼里只有你"表明宝玉认为"黛玉应该明白他的心里眼里只有她"，同时认为黛玉说出"你怕挡了你的好

① 曹雪芹，高鹗：《红楼梦》，长沙：岳麓书社，2001年版，第197页。

姻缘”是“拿话堵噎他”，说明宝玉怀疑“黛玉知道宝玉的心里眼里只有她”，所以这里的第一重心智活动是“我的心里眼里只有你”。这一重心智活动嵌入了第二重“黛玉应该知道我的心里眼里只有她黛玉”，之后，又嵌入了第三重“我错以为你应该知道我的心里眼里只有你黛玉了”。因此，这是一个典型的嵌入式三重模式。

而和宝玉一样嗔痴的黛玉心里在想：“你心里自然有我，虽有‘金玉相对’之说，你岂是重这邪说不重人的。我便时常提这‘金玉’，你只管了然自若无闻的，方见得是待我重，而无毫发私心了。怎么我只一提‘金玉’的事，你就着急，可知你心里时时有‘金玉’，见我一提，你又怕我多心，故意着急，安心哄我。”①

从中可见，黛玉认为在她提及“金玉”之事时，宝玉应该“了然自若无闻”，而不应该显得“着急”，“着急”表明宝玉有“私心”。此处的心智活动是：黛玉认为宝玉应该知道她喜欢他所以很在乎“金玉相对”之说。细分来看，第一重是“黛玉喜欢他所以很在乎‘金玉相对’之说”；第二重是“宝玉应该知道黛玉喜欢他所以很在乎‘金玉相对’之说”；第三重是“黛玉认为宝玉应该知道她喜欢他所以很在乎‘金玉相对’之说”。

那宝玉心中又想着：“我不管怎么样都好，只要你随意，我便立即因你死了也是情愿的。你知也罢，不知也罢，只由我的心，那才是你和我近，不和我远。”② 黛玉心里又想着：“你只管你就是了，你好我自好。要把自己丢开，只管周旋我，是你不叫我近你，竟叫我远了。”③ 这是一段细腻的少男少女被感情折磨的心理状态描述。宝玉认为黛玉应该知道他是怎么想的，同样，黛玉认为宝玉应该知道她是怎么想的。他们相互之间都在试探对方的真诚，痛心自己的痴情不被理解。第一重：他（她）喜欢她（他）；第二重：对方应该知道他（她）喜欢她（他）；第三重：彼此都认为对方应该知道他（她）喜欢她（他）。两人的三重心智状态模式把所有的怨、痴、嗔展现无遗，读者不禁要感叹：自古多情苦！

小说作品往往通过镶嵌式心智状态来体现社会认知的复杂性，复杂三重嵌

---

① 曹雪芹，高鹗：《红楼梦》，长沙：岳麓书社，2001 年版，第 197 页。
② 曹雪芹，高鹗：《红楼梦》，长沙：岳麓书社，2001 年版，第 197 页。
③ 曹雪芹，高鹗：《红楼梦》，长沙：岳麓书社，2001 年版，第 197 页。

入式心智状态（当然不一定必须是三个角色）组成了小说社会认知复杂性的基本条件。没有任何一部小说可以依靠低级的社会认知复杂性而存在的，《红楼梦》很好地阐释了三重嵌入式心智状态的普遍性。

2.4　复杂嵌入三重以上心智状态模式

第四重或者更高级别的心智状态超过了人们认知舒适度范围，此时我们的理解力会急剧下降，甚至下降60%。这些复杂的心理状态模式对我们的认知处理能力提出了更高的要求，但有时作者为了挑战舒适度范围，引起读者的注意，故意使用多重心智状态模式。为了让这些复杂的心智状态模式看上去自然和合情合理，作者就不得不构建令人信服的社会语境。《红楼梦》中最狡猾的心智解读者当属漂亮又有野心的王熙凤。

下面是一个关于王熙凤、花心丈夫贾琏以及她的贴身丫鬟平儿的场景。一天，当王熙凤和贾琏正在说贾琏的苏杭之行，他们听到外面有人说话，便问平儿是谁，平儿回道："姨太太打发了香菱妹子来问我一句话。"平儿已经说了，香菱也已回去了。很明显，一提到香菱，贾琏便十分高兴，贾琏想起香菱就是上京来买的那个小丫头，觉得香菱越发出落得标致了。于是王熙凤就说，如果贾琏喜欢，就拿平儿去换香菱，这样香菱就可以成为她的丫环、贾琏的小妾。正在这时，贾琏被叫走了。他一走，王熙凤便立即问平儿："方才姨妈有什么事，巴巴儿的打发了香菱来？"平儿笑道："哪里来的香菱，是我借他暂撒个谎……幸亏我在堂屋里撞见，不然时走了来回奶奶，二爷倘或问奶奶是什么利钱，奶奶自然不肯瞒二爷的，少不得照实告诉二爷。我们二爷那脾气，油锅里的钱还要找出来花呢，听见奶奶有了这个体己，他还不放心的花？"①

在这个场景中，贾琏认为香菱很迷人，王熙凤很惊讶贾琏在的时候姨妈会派香菱来，都是一重心智活动，都是很明晰的思想、感情和态度，它们都描绘了各个人物的心理状态。但这场景的真正意义不存在于这些独自的心理状态中，而在于叙述人物隐晦的复杂的嵌入式心理。很显然，这里呈现的是一个复杂的心智状态模式。第一重，贾琏喜欢香菱。第二重，王熙凤知道贾琏喜欢香

---

① 曹雪芹，高鹗：《红楼梦》，长沙：岳麓书社，2001年版，第99页。

菱，于是假装心胸宽广要给贾琏纳妾。贾琏回来了，夫妻俩继续喝酒聊天，但却再也没有提香菱了。贾琏明明白白地知道，嫉妒心重的王熙凤是绝对不会让他再娶一个妾的，王熙凤只是在试探他。第三重，贾琏明白王熙凤知道他喜欢香菱，但是假装心胸宽广，要给他纳妾。当然，王熙凤也很清楚贾琏明白她是假装心胸宽广要替他纳妾，也正如她很明白贾琏知道她绝不会愿意跟聪明忠诚的平儿分开。平儿是丫鬟，却更是王熙凤的朋友。这就构成了第四重：王熙凤很清楚贾琏明白她知道他喜欢香菱，但是假装心胸宽广，要给他纳妾。实际上，我们可以看到平儿的灵机应变。她知道要想让贾琏不探究利钱的事，最好的办法就是把他的注意力转移到漂亮女人身上；她也知道，如果贾琏思春，王熙凤会不高兴，但她更知道如果让贾琏知道了利钱的事，王熙凤会更不高兴。平儿想让王熙凤知道她这个“香菱的诡计”纯粹是为了保护好王熙凤的钱袋子。聪明伶俐的平儿当然知道，王熙凤很清楚贾琏明白她知道他喜欢香菱，但是假装心胸宽广，要给他纳妾，这就是第五重。平儿也很明白王熙凤会利用贾琏对香菱的遐想提醒贾琏谁才是这个大家庭管事的。

社会认知复杂性要求多重嵌入式心智状态，但不一定要求多个人物角色。如：三个人物角色可以构建五重嵌入式心智状态模式，四个人物角色也可以构建五重嵌入式心智状态模式。为了人物刻画的需要，作者会让有些人物变得更具社会认知复杂性。也就是说，这些角色会比其他角色更善于嵌入式心智状态，例如《红楼梦》中的林黛玉和王熙凤。曹雪芹给《红楼梦》设置了复杂的社会背景、复杂的人物关系，更挑战认知舒适度范围，不断创造复杂嵌入三重以上的模式，让作品更具有可读性，令人回味无穷。

小说的成功既依赖于作者的才智，也依赖于读者的心智解读能力。曹雪芹赋予人物丰富的思想、情感和欲望，描绘了复杂的人物心智活动，在一定程度上帮助读者揣测并解释作者的意图，加深对文学作品的解读。《红楼梦》中复杂的心智状态模式让读者的每一次解读都带来全新的体验，这就是为什么《红楼梦》成了经典，人们对它的阅读也经久不衰。对小说人物心智解读的分析，也让我们深刻地意识到社会认知的复杂性。

小说既是我们日常认知的延续，又有别于我们的日常认知。套用心智理论，就是我们不断地把心智状态归因于他人或自己的认知能力。基于心智理论和我们日常社会功能的模仿形式，小说中的心理状态层层镶嵌，然而小说中的心理状态镶嵌不是简单粗糙地转录我们社会生活的细微暗示（特别是那些身体暗示）；相反，小说由于不同作者及其不同风格所表现的不同文体形式而创造了更复杂的心理状态。小说中镶嵌式心理状态和情感有它自身的历史和文学史，而不是简单地归于社会认知（不管社会认知有多复杂）。心智解读能力更让我们赋予小说人物无穷尽的心智状态模式，从而使人物变得更鲜活。虽然所有的角色都能激起我们的心智解读，但有些角色比另一些角色更能激起我们的心智解读。在实际的小说叙事中，作者总会有意、无意地建立心智状态层级的不一致性，从而有利于人物角色的发展，有利于人物刻画。同时，赋予次要人物相当的心智解读能力能更好地帮助我们理解一部文学作品中的主要人物（如平儿的五重嵌入心智状态模式）。换句话说，我们赋予主要人物丰富的心理解读能力依赖且源自我们对他人即次要人物的认知。

毫不夸张地说，没有人类的心智解读能力，也就没有人类文化。所有的文学、戏剧、幽默不但依赖于人类超强的创造人物心智解读的能力，而且依赖于人类丰富的关于人物对人物心智解读的想象力。没有人物对人物心智的解读（包括误读），《红楼梦》就不会成为经典。

3　林黛玉心智解读的元表征阐释

《红楼梦》中的主要人物林黛玉生性多疑又敏感苛刻，无疑是整部小说中心智解读活动最频繁的人。她寄人篱下，在贾府那样复杂的社会环境下，她“步步留心，时时在意”，唯恐被人耻笑。所以，林黛玉每每说话、行事前后都会对他人甚至自身的言行进行心智解读。而且，她还很擅长设计和诱导别人的心智解读，这种高人一等的心智解读能力无疑使她在所有人物角色中更加突出。

3.1　元表征

元表征，即表征的表征。表征是一种信息的再现和复制，它既是客观事物的反映，又是被加工的客体。元表征是表征被加工后的产物，由表征源和表征内容两部分组成。元表征概念于20世纪80年代被引入认知科学，之后一直受到认知心理学家和哲学家的高度关注，成为主要研究对象。法国人类学家、语言学家丹·斯珀伯（Dan Sperber）在2000年编辑了论文集《元表征：跨学科研究视野》（*Metarepresentations：A Multidisciplinary Perspective*）。英国语言学家恩·朱诺（Eun-Ju Noh）于2000年所著的《元表征：关联理论研究视角》（*Metarepresentations：A Relevance-Theory Approach*）中分别从不同的角度对元表征进行了论述。

顾名思义，元表征中的表征源即表征的来源。举两个简单的例子：在“我想天要下雨了”和“老师告诉我们植物能进行光合作用”中，“我想……”或者“老师告诉我们……”就是表征源；表征内容即是相对应的“天要下雨了”和“植物能进行光合作用”。我们对表征源的记录和追踪就是源监控，它是一种跟我们的心智解读能力紧密相关的认知禀赋。元表征能力让我们在深思熟虑后储存信息或表征。也就是说，即使我们知道信息是错误的，我们还是会继续我们的推断或者对这些推断保持疑虑（尽管对这些推断的疑虑范围是相当有限的）。表征源可以防止表征在我们认知系统内的“任意妄为”，从而成为他人推断过程的信息输入。更有甚者，他人的信息输出又会成为更多他人的信息输入。表征源并不能时刻对应我们的知识储存，从而不能在很大程度上使我们不断调整自己的行为，所以有时候，它们也是有害的。我们的信息一般储存在一个被称为“假想的格式”（suppositional format）中，它可以随时给我们提供认知数据库的选择机制，而这个选择机制就依赖于信息源①。康斯曼德斯（L. Cosmides）和图比（J. Tooby）在《追踪溯源：分离机制和元表征顺应性的演变》（Consider the Source：The Evolution of Adaptations for Decoupling and Metarepresentations）一文中指出：一旦信息有了很大程度的确定性，信息源就消失了，比如我们已经不知道是谁告诉我们苹果是能吃的、植物是能进行光合作用的②。

心理学家在区分情节记忆和语义记忆时引入了元表征能力的概念。他们指出，情节记忆是通过元表征进行储存和检索的。情节记忆会保留表明时间、地点或者人物的源标签，甚至是那些“自我在特定时间、特定地点所经历的”事件。如：我记得是上个星期四（时间标签）在我朋友家（地点标签）吃饭的时候她（人物标签）跟我说我在学术写作中应更多地使用短句，这就是表征或者说是记忆本身。相反，语义记忆就是储存在大脑中不带源标签的表征（Tulving，1972）。克莱恩认为语义记忆能让人记住所有文化共享的知识，包括词义以及关于世界的一切事实，而无需回忆这个知识来自于哪次具体的体验，如我们前面提到的植物能进行光合作用（Klein，2002）。然而我们必须强调的是，任何语义记忆或者是不带源标签的表征只要具有了源标签，就变成了

---

① Lisa Zunshine. *Why We Read Fiction：Theory of Mind and the Novel*. Columbus：The Ohio State University Press，2006：47-51. Information is stored in what Cosmides and Tooby call a “suppositional” format and is thus available to a very selective set of cognitive database，many of them having to do with the source of information.

② L. Cosmides & J. Tooby. Consider the Source：The Evolution of Adaptations for Decoupling and Metarepresentations. In Dan Sperber（eds.）. *Metarepresentations：A Multidisciplinary Perspective*. New York：Oxford University Press，2000：53－116. Once information is established to a sufficient degree of certainty，source… tags are lost… e. g.，most people cannot remember who told them that apples are edible or that plants photosynthesize.

元表征。比如在过去，人们认为地球是宇宙的中心，其他天体都围着地球自转。但是慢慢地，这个语义记忆、这个在过去无可争议的知识变成了带有源标签的元表征：人们过去认为地球是宇宙的中心，其他天体都围着地球自转。我们给语义记忆“植物是能进行光合作用的”加上“小明不相信”，这个语义记忆就变成了元表征：小明不相信植物是能进行光合作用的。同样，在生活中，我们会把许多的语义记忆看成是绝对的真理，虽然有时候这些记忆是不准确的。例如我们丢鞋子，鞋子会落在地上。但是在没有引力的外太空呢？显然，没有地点标签“在地球上”，这个语义记忆是不准确的。但由于现实的理由，我们不会去考虑这些选择性的框架，而直接把它储存为表征。这表明，虽然情节记忆和语义记忆的区分只对我们认知信息管理以及认知研究起作用，但这种区分往往是潜在的并依赖于语境①。

3.2 心智解读和元表征

面对认知挑战，我们的元表征能力也在不断进化。康斯曼德斯和图比指出，在现实世界多样性的语境中，人类因为使用暂时的、受地域限制的、偶发的而非普遍的和稳定的信息而显得格外突出（Cosmides & Tooby，2000）。一方面，这种使用地域性、偶发性信息的能力激发了人类比其他物种更多的有利行为的认同，赋予人类生活更多复杂性和多样性。另一方面，这种潜在表征信息领域的广泛运用也大大增加了误用的可能性。在一定范围内，有用的描述性信息超出范围后就变成了错误的、误导的甚至有害的信息。因为只有当这种临时的、受地域限制的信息被使用时，这种计算策略才会依赖于对有用表征界限的不断监控和重建。信息只有依赖于它被使用的环境才会凸显它的优势。

由于对界限的不断检测和重建，我们的元表征能力对规划和解释沟通、信息运用、他人断言的评估、心智解读、假装、欺骗和识别欺骗、过去信息的推断以及潜在的因果关系起重要作用。缺乏元表征能力被看作是“天真的现实主义”，也就是康斯曼德斯和图比所说的“人和动物都具有的自然进化而来的认知”。他们还进一步指出，我们进化了的表征分离和纠错认知系统是用来区

① Stanley B. Klein, et al. Is There Something Special about Self? A Neuropsychological Case Study. *Journal of Research in Personality*, 2002 (36): 490-506.

分表征以及储存限制推断范围源标签的，但是这些系统还不够完美。如果没有这些认知系统，我们所有的心理状态就没有可能（Cosmides & Tooby，2000）。

那么心智解读与元表征之间究竟是什么关系呢？拜伦·科恩（1995）和丹·斯珀伯（2000）都指出，人类进化而来的元表征能力最初是为了解决在模仿他人心智以及为沟通而进行推理时所出现的问题。由此可见，元表征在我们归因他人思维时，可以帮助我们保持好归因源，从而避免后期修正。一方面，康斯曼德斯和图比（2000）强调，通过对信息的元表征处理，有限的推理运用已不再是心智解读的副产品，相反体现了准确模仿他人心智最重要、最核心的顺应性；另一方面，他们也强调，由于元表征所引发的问题如此广泛，甚至渗透到许多认知过程，值得我们考虑元表征是否就是人类进化选择的结果，这是为了更好地服务于与人类演变息息相关的、更广泛的功能。

在每天的日常生活中，人们有时会由于个人记忆问题丧失表征源，这是正常现象。那么，我们不禁要问：既然我们会在日常生活中丢失我们的表征源，为什么我们还要提出元表征能力作为我们的认知禀赋呢？同样，既然我们日常生活中常常误读、误解和误表征他人的心理状态，为什么我们还要提出心智解读作为我们特别的认知顺应？答案是一致的：虽然它们不够完美和容易出错，但它们已经足够好，能够帮我们完成日常功能，完成每日的社交活动。

概括地说，只要心智解读能使我们赋予人物角色一系列的思想、欲望、意图和感情，然后通过语境线索弄清他们的心理状态，从而预测他们的行为，我们的元表征能力就能让我们区分和辨别通过心智解读而获得的信息流，并让我们赋予具体环境下来自不同信息源的表征重要性不一的真理价值。这种让我们记录谁在思考、谁需要以及谁在什么时候认为什么的元表征能力对大多数的小说叙事是非常关键的。

《红楼梦》有力地表达了史无前例的与张力、细节、心智正确解读和误读相关联的主题。即使现在阅读，这个主题也不可避免地与我们的元表征能力密切相关。

3.3　林黛玉的心智解读

从元认知角度来看，林黛玉的心智解读主要体现在如下三个方面：自我表征源监控、过分心智解读和误读。

3.3.1　林黛玉心智解读中的自我表征源监控

林黛玉在心智解读中能够清楚地意识到自己作为表征源的身份标签，从而进行自我表征源监控。

解读《红楼梦》心智状态模式时，我们分析了一段林黛玉的二重心智状态模式。在《红楼梦》第五回，林黛玉很确定周围的每一个人都认为她不如薛宝钗（第一重，周围的每一个人都认为林黛玉不如薛宝钗；第二重，林黛玉知道周围的每一个人都认为她不如薛宝钗）。从元表征角度看，这是两个带有源标签的元表征的镶嵌。第一重心智状态中的表征源是“周围的每一个人都认为”，表征内容是“林黛玉不如薛宝钗”；第二重心智状态中的表征源是“林黛玉知道”，表征内容变成了“周围的每一个人都认为她不如薛宝钗”。林黛玉心中有些“悒郁不忿”。在第三十二回中，林黛玉提到薛宝钗时的口吻更是恼怒的：“又何必来一宝钗呢?”“一宝钗”的重复出现无疑凸显了林黛玉心中“既生瑜，何生亮”的无奈，更何况还有后来的“金玉良缘”之说。出于深深的妒忌，薛宝钗的“行为豁达，随分从时”以及“目下无尘”都被林黛玉认为是“心里藏奸”。但第四十二回中薛宝钗款款的教导“看杂书不好，怕移了性情，就不可救了”以及第四十五回中薛宝钗真心实意地建议她喝燕窝粥比药强，这些细节使林黛玉改变了对薛宝钗的看法。过去林黛玉认为薛宝钗是心里藏奸之人，很显然“宝钗是心里藏奸之人”这个表征被林黛玉贴上了明显的时间标签（过去）以及人物标签（是自己认为而非他人认为），从而作为元表征而储存在心智中，这是林黛玉的情节记忆在起作用。正是这种带有明确信息源标签的元表征才让林黛玉关于薛宝钗的认知没有变成林黛玉世界观不可分割的一部分。林黛玉很清楚地意识到是她自己过去认为薛宝钗是心里藏奸之人，所以她及时地修正了自己的观点，承认自己是多心之人，“往日竟是我错了，实在误到如今”。

3.3.2　林黛玉的过分心智解读

提到林黛玉的心智解读，我们不可避免地要提到贾宝玉与林黛玉的感情以及两人相互间的心智解读。在小说的最开始，我们就知道林黛玉和贾宝玉是“木石前盟”，但两人的感情发展一直是跌跌撞撞的，期间琐琐碎碎，常有口角。原因很简单，在第二十九回中，可靠的叙述者明明白白地告诉我们：贾宝玉自幼就有痴病，更何况从小和林黛玉耳鬓厮磨，心情相对；及如今稍通时事，又看了些邪书僻传，认为在远亲近友家中所见到的那些闺英阁秀，都不能与林黛玉相比，所以早存了一段心事，只是不好说出来，所以“每每或喜或怒，变尽法子暗中试探”；偏那林黛玉也是有些痴病，既然贾宝玉用假意，那她也用假意。于是两人在交往过程中就不得不致力于对方的心智解读，而两人的心智解读过程也就不得不经历猜测、再猜测、期盼和解释的过程。前面我们提到了贾宝玉过来探病的情节，两人因为清虚观张道士为贾宝玉提亲之事弄得很别扭。此时此刻，贾宝玉想的是：别人不知我的心还可恕，“难道你就不想我的心里眼里只有你”，林黛玉是否知道他的心中只有她，作为元表征在贾宝玉心中游离，不由得让他猜测和疑惑，这就构成了贾宝玉三重心智状态模式。即使猜测和疑虑，他还是期待林黛玉能为他解烦恼，哪曾想林黛玉反而拿话去堵他，于是他自己给出了林黛玉行为的解释：“你心里竟没有我”。而林黛玉对贾宝玉的解读是“你心里自然有我”，且林黛玉给出的解释是：虽有“金玉相对”之说，贾宝玉岂是重邪说而不重人的。但林黛玉心中期待自己在提到“金玉”时，贾宝玉能做到“了然自若无闻”，但贾宝玉着急，她便认定贾宝玉心中时时有“金玉”，且贾宝玉着急的理由是“你又怕我多心，故意着急，安心哄我”。短短的一段文字，体现了痴男怨女多少爱恨纠结。两人之间过分的心智解读让他们总是在幸福的门口徘徊，“那求近之心，反弄成疏远之意”，林黛玉更是因此弄了一身的病。但毫无疑问，正是两人之间心智解读的互动才推动两人情感的发展。在万能的叙述者的帮助下，读者区分表征源和表征内容，并不断地去猜测、关联、解释和调整相关信息，解读小说人物，从而达到读者与人物角色的互动。

3.3.3　误读

心智解读是我们日常存在的一个重要方面，但如果一个人物角色过于解读他人的心理状态，甚至盲目自信于自己能看穿他人的能力，就会有严重的元表征危险。也就是说，他就无法察觉自己作为他人心理状态表征源标签的身份，从而导致误读。林黛玉诗情横溢，观察敏锐，但她孤傲、多疑，频繁地解读和误读他人，有很严重的忽视自己作为他人心理状态表征源标签的倾向，常常把那些表征当作别人准确的心理状态去看，用她的智慧不断地去探测社会妄想症的新高峰。

林黛玉与贾宝玉不约而同地来拜访薛宝钗，大家正一起喝酒聊天，紫鹃让雪雁给林黛玉送来了小手炉，为了奚落贾宝玉听薛宝钗的话改喝暖酒，林黛玉借故批评雪雁："也亏你倒听他的话。我平日和你说的，全当耳边风；怎么他说了你就依他，比圣旨还遵些!"① 这只是因爱生妒的酸溜话，贾宝玉和薛宝钗深知林黛玉的个性，也不予理睬。但薛姨妈不知就里，忙替丫环辩解："你素日身子弱，禁不得冷的，他们记挂着你倒不好?"林黛玉却是这么回答的："姨妈不知道。幸亏是姨妈这里，倘或在别人家，人家岂不恼？就看的人家连个手炉也没有，巴巴的从家里送个来。不说丫鬟们太小心过了，还只当我素日是这等轻狂惯了呢。"林黛玉此时想的是：第一，人家会认为她在想薛宝钗这里没照顾好她；第二，人家会认为她平时轻狂惯了。面对林黛玉的回答，薛姨妈无可奈何地说："你是个多心的，有这想头，我就没这样心了。"薛姨妈的明确表态让我们读者清楚：林黛玉自己在想，人家会认为她在想宝钗这里没照顾好她林黛玉；她自己在想，人家会认为她平时轻狂惯了。林黛玉已完全忽视了自己作为他人心理状态表征源标签的身份，把自身作为源标签的元表征看作是不带任何源标签的表征。很显然，这里包含了一个三重心智状态模式（第一重，她在想薛宝钗这里没照顾好她林黛玉；第二重，人家会认为她在想薛宝钗这里没照顾好她林黛玉；第三重，林黛玉自己在想，人家会认为她在想薛宝钗这里没照顾好她林黛玉）以及一个二重心智状态模式（第一重，人家会认为她平时轻狂惯了；第二重，她自己在想，人家会认为她平时轻狂惯了）。如果我们读者够清晰，能意识到自己作为源标签的身份的话，那么这里包含的就是一个四重心智状态模式（第一重，她在想薛宝钗这里没照顾好她林黛玉；第二重，人家会认为她在想薛宝钗这里没照顾好她林黛玉；第三重，林黛玉自

① 曹雪芹，高鹗：《红楼梦》，长沙：岳麓书社，2001 年版，第 56 页。

己在想，人家会认为她在想薛宝钗这里没照顾好她林黛玉；第四重，读者清楚，林黛玉自己在想，人家会认为她在想薛宝钗这里没照顾好她林黛玉）以及一个三重心智状态模式（第一重，人家会认为她平时轻狂惯了；第二重，她自己在想，人家会认为她平时轻狂惯了；第三重，读者清楚，她自己在想，人家会认为她平时轻狂惯了）。读者正是在这种不断确认表征源和表征内容的过程中，参与解读，享受乐趣。这也更进一步说明了从元表征角度阐释心智解读的必要性。

第七回中，周瑞家的替薛姨妈送宫花，因为顺路，先送了迎春、探春、惜春。然后给林黛玉送过来。贾宝玉好奇，先接了宫花，林黛玉只就贾宝玉手中看了一看，马上问道："还是单送我个人的，还是别的姑娘们都有呢?"可见林黛玉很在意自己在别人心目中的分量，很期待被重视。当周瑞家的回答说各位都有了，那两枝是她的了，林黛玉的反应是"我就知道，别人不挑剩下的也不给我"。在林黛玉看来，大家认为她不重要。虽然她说"我就知道"，但这并不意味着她对自己表征源身份的确认，从她说这话时的口气，我们不难看出，林黛玉坚信自己对他人心智解读的正确性。很自然，林黛玉不具备心灵感应能力，所以她不能时刻正确解读别人复杂的心理状态，误读也就在所难免。但问题是，在很多情况下，林黛玉往往通过对自己源标签身份的忽视，认定自己超强的解读他人的能力，也就下意识地排除了她忽略别人复杂感情细节的可能性，因此无法去修正她对别人的误解。更糟糕的是，她误读的输出又会变成他人心智解读的输入，产生更多误会，从而导致人际关系更复杂、更紧张。

但误读也是一种解读，意味着我们元表征能力的实现和参与，误读不会抹杀掉我们阅读小说的认知满意度，反而会增加新的阅读体验。通过对自己作为他人心理状态表征源标签的身份确认，我们就能意识到自己误读他人的可能性。这就解释了为什么林黛玉能消除对贾宝玉的误解，最后心意相通。

透过小说的情节，我们不能确定林黛玉是否完全清楚自己对他人心理状态的表征在某种程度上完全是她服务于自我的臆想。我们也无意去诊断林黛玉是否患有臆想症，无意去探究林黛玉真正相信现实的哪个版本。林黛玉毕竟是不存在的，但读者存在，体现读者强大认知顺应性的小说存在。从认知理论角度看，林黛玉煞费苦心的、有明显瑕疵的心智游戏能够被大家接受，是因为它使小说叙事不断地吸引、培养、挑战、愉悦我们的元表征能力。我们的大脑才是小说注意力的焦点、游乐场、存在的意义和理由。无论是林黛玉还是其他角色，都只是激励我们大脑进行心智解读的一种手段。

我们可以完全忽视林黛玉对现实操控的某个层面，或者增加其操控的某个层面，但这个层面可能是曹雪芹潜意识里都没有涉及的。如果我们把林黛玉的心智过程放入特定历史环境中去分析，就会发现她对贾宝玉以及周围其他人缺乏移情是封建男权社会里拼命挣扎和觉醒的女性典型的症状；就会发现曹雪芹对女性的特殊感情是基于18世纪自然哲学的发展。我们的每一个解释、错误、有意的虚构、异议和历史追溯都微妙地但无可避免地与我们梳理什么人、在什么时候、想什么的能力有关。正因为林黛玉强迫性地、持之以恒地聚焦于周围的人对他人思维状态的表征，才会以特别的方式构建了读者对她心理状态的表征。

同样，我们关于《红楼梦》历史美学、人物意义的不断讨论拓宽了我们将元表征能力运用于小说解读的边界。我们吸收《红楼梦》任何一次创新的解读，这种解读会毫不犹豫地以无法预测的方式占有我们每个人的元表征生态。林黛玉伴随着每一次新的解释而重新融入文化，因为她是为独一无二的环境而准备的，那环境就是我们反应迅速、充满活力、不断学习、不断变化但又不断进行元表征的大脑。

4 《红楼梦》中不可靠叙述的源监控阐释

随着认知语言学的发展，认知叙事学、认知文体学等交叉学科应运而生。认知叙事学将经典的叙事学与认知语言学、认知心理学、人工智能研究等有机结合，为叙事构建了一个认知基础。西方认知叙事学蓬勃发展，其中最为火热的是以博尔托卢西（Bortolussi）和狄克逊（Dixon）为代表的心理叙事，它注重叙事文本中故事世界的心理表征（Bortolussi & Dixon，2002）。但国内认知叙事学的发展一直停滞不前，唯有申丹做了一个一千字左右的引介（申丹，2006）。随着认知叙事学的发展，不可靠叙述理论的研究方法也由修辞方法转向为认知（建构）方法。但发展也意味着继承，借鉴美国修辞理论学家詹姆斯·费伦（James Phelan）和德国认知叙事理论学家莫妮卡·弗卢德里克（Monika Fludernik）、安斯加·南宁（Ansgar Nunning）的研究成果，从心智解读的源监控分析《红楼梦》中的不可靠叙述，无疑可以验证运用西方叙事学理论分析中国叙事文本的可行性，同时丰富《红楼梦》经典小说的认知解读，为国内认知叙事学的发展添砖加瓦。

4.1 源监控与不可靠叙述

源监控是与心智解读密切相关的认知禀赋，可以帮助我们保持好归因源，避免后期纠正。但在日常生活中，人们常常由于个人记忆问题丧失表征源，会误读、误解和误表征他人的心理状态。但无论如何，我们不够完美的源监控能力能够帮助我们完成日常功能，完成每日的社交活动。

所有的小说都依赖和挑战读者追踪表征源的能力：什么样的环境下，什么人在思考、需要和感觉什么。换句话说，只要心智解读能使我们赋予人物角色一系列的思想、欲望、意图和感情，然后通过语境线索弄清他们的心理状态，从而预测他们的行为，我们的元表征能力就能让我们区分和辨别通过心智解读而获得的信息流，并让我们赋予具体环境下来自不同信息源的表征重要性不一的真理价值，这种让我们记录谁在思考、谁需要以及谁在什么时候认为什么的元表征能力对大多数的小说叙述都是至关重要的。

不可靠叙述（unreliable narration）的概念是由美国著名修辞叙事理论学家韦恩·布斯（Wayne C. Booth）于1961年在《小说修辞学》（*The Rhetoric of Fiction*）中首次提出的。韦恩·布斯以叙述者的言行与隐含作者的规范是否一致作为衡量叙述是否可靠的标准。但这种没有读者参与的理论终究是不够完整的，不可靠叙述理论只有在阅读过程的互动模式中才能得到充分发展（Wayne C. Booth，1961）。乔纳森·卡勒（Jonathan Culler）在1975年首次强调了不可靠叙述者作为读者源监控的文本实验功能，莫妮卡·弗卢德里克（1996）和安斯加·南宁（1999）对其进行了深入研究，并提出不可靠叙述者的使用，提出不可靠叙述可以被看作是读者在具体的文化语境中对文本元素使用的解释结果。很明显，我们引进不可靠叙述的概念是我们需要一个大家熟悉的术语去架构文本的模糊性。从认知理论角度看，即使我们通过直觉知道叙述者在玩弄我们的源监控能力，我们头脑中还是会有特别的心理状态呈现。由于我们“饥渴”的心智能力会去主动搜集更多的信息进行加工，所以从最初怀疑文本是在欺骗我们，到归因所有的心理状态，甚至把它们变成印刷文字，都只是一小步。

詹姆斯·费伦是韦恩·布斯的学生，他继承并发扬了他老师的理论，并在1996年出版的《作为修辞的叙事：技巧、读者、伦理、意识形态》（*Narrative as Rhetoric*：*Technique*，*Audiences*，*Ethics*，*Ideology*）一书中指出，判断某个叙述是否可靠，主要看叙述者的叙述和隐含作者的标准是否有距离，而这种距离的察觉依赖于隐含读者和隐含作者的隐秘互动：隐含作者让读者通过场景推断出适当的结论，而不管叙述者是否做出相同的推断。随着叙事功能和人物功能之间关系的变化，叙事的可靠性也出现游离。也就是说，叙述者可以在不违背模仿常规的情况下，在极不可靠、具有有限特权的可靠和具有权威性的完全可靠之间游离[①]。而且，詹姆斯·费伦在2005年出版的《活着就是为了讲述：人物叙述的修辞与伦理》（*Living to Tell about It*：*A Rhetoric and Ethics of Character Narration*）一书中进一步扩展了不可靠叙述理论，归纳了六种不可靠叙述，这些不可靠叙述是根据文本和读者的具体行为方式来划分的。在这本书中，他对不可靠的定义是：不可靠叙述是叙述者违背隐含作者的意图对文本进行的报告、解释和评估。这六种具体的不可靠叙述是：误报、误读、误评、不充分报道、不充分解读、不充分评价。这六种不可靠叙述又分为两组，这两组分类是根据对作者的读者（authorial audience，假想的理想读者）要求的行为不一样而进行区分的。其中，第一组中，读者必须完全抛弃叙述者的叙述，重新构建一个新的叙述；第二组中，读者必须补充叙述者的观点[②]。詹姆斯·费伦（2008）在《疏远型不可靠性、契约型不可靠性及〈洛丽塔〉的伦理》（*Estranging Unreliability*，*Bonding Unreliability and the Ethics of*〈*Lolita*〉）中，从叙述者与隐含读者之间的关系出发，进一步提出了疏远型不可靠性和契约型不可靠性。其中，疏远型不可靠性指拉大叙述者与隐含读者之间距离的不可靠叙述；而契约型不可靠性指拉近叙述者与隐含读者之间距离的不可靠叙述[③]。

在詹姆斯·费伦的理论中读者有自由选择文本的任何解释，而这种对文本的绝对解释权以前只有作者才能拥有。比如，康斯曼德斯和图比认为那些明确被定义了的小说本身就是元表征，永久性地带有许多隐含的源标签[④]，如《傲

① James Phelan. *Narrative as Rhetoric*：*Technique*，*Audiences*，*Ethics*，*Ideology*. Columbus：The Ohio State University Press，1996：112. The narrator may，without violating the conventions of mimesis，fluctuate between being highly unreliable，being reliable with limited privilege，and being fully reliable and authoritative.

② James Phelan. *Living to Tell about It*：*A Rhetoric and Ethics of Character Narration*. Ithaca：Cornell University Press，2005：49-53. Combining the activities of narrators and audiences，then，I identify six kinds of unreliability：misreporting，misreading，misevaluating—or what I will call misregarding—and underreporting，underreading，and underregarding.

③ James Phelan. Estranging Unreliability，Bonding Unreliability and the Ethics of *Lolita*. In Elks D'hoker and Grunter Martens（eds.）. *Narrative Unreliability in the Twentieth-Century First-Person Novel*. Berlin：Walter de Gruyter，2008：7-26. More specifically，I want to distinguish between estranging unreliability，by which I mean unreliable narration that underlines or increases the distance between the narrator and the authorial audience，and bonding unreliability，by which I mean unreliable narration that reduces the distance between the narrator and the authorial audience.

④ L. Cosmides & J. Tooby. Consider the Source：The Evolution of Adaptations for Decoupling and Metarepresentations. In Dan Sperber（eds.）. *Metarepresentations*：*A Multidisciplinary Perspective*. New York：Oxford University Press，2000：3-13.

慢与偏见》（*Pride and Prejudice*）中的简·奥斯汀（Jane Austen）以及《红楼梦》中的曹雪芹。这也正好解释了红学界把《红楼梦》当作曹雪芹自传的倾向，认为曹雪芹的叙述是真实可靠的。但只要我们追踪包含复杂人类互动的表征源，我们就会发现没有任何表征是经得起重新评估的。詹姆斯·费伦认为，任何一个叙述者可以采用不同方式展示不同程度的不可靠[①]。沿袭他前面的“在极不可靠、具有有限特权的可靠和具有权威性的完全可靠之间游离”的理论，我们有理由认为，在极不可靠到具有权威性的完全可靠这条轴线上，叙述者的不可靠在极不可靠、具有有限特权的不可靠和以可靠叙述为目的的不可靠之间徘徊。

《红楼梦》中的叙述明确表达了与源监控能力相关的主题，当我们重新权衡体系“真理”时，就会发现《红楼梦》中的不可靠叙述精彩无比。

4.2 《红楼梦》中的不可靠叙述

《红楼梦》中的不可靠叙述充分展示了叙述者在极不可靠、具有有限特权的不可靠和以可靠叙述为目的的不可靠之间的游离和徘徊。

4.2.1 极不可靠的叙述

《红楼梦》中的极不可靠叙述与作者的创作意图以及所处的时代息息相关。在“文字狱”兴盛的中国封建社会，作者无法直抒胸怀，只能通过叙述者的极不可靠叙述向读者构建一个“假作真时真亦假”的虚幻世界。

《红楼梦》第六回有一段叙述者的叙述和自我心理状态解读。“按荣府一宅中合算起来，人口虽不多，从上至下也有三四百个；虽事不多，一天也有一二十件，竟如乱麻一般，并无个头绪可作纲领。正寻思从那一件事自那一个人写起方妙。恰好忽从千里之外，芥豆之微，小小一个人家，因与荣府略有些瓜葛，这日正往荣府中来，因此便就此一家说来，倒还是头绪。”[②] 我们知道《红楼梦》中人物众多，事物繁杂，叙述者的叙述“竟如乱麻一般”，“并无个

① James Phelan. *Living to Tell about It: A Rhetoric and Ethics of Character Narration*. Ithaca: Cornell University Press, 2005: 52.

② 曹雪芹，高鹗：《红楼梦》，长沙：岳麓书社，2001 年版，第 37-38 页。

头绪可作纲领”，“正寻思从那一件事自那一个人写起方妙”很容易迷惑误导读者，使读者认同这一感受。在这里，没有人提醒读者区别叙述者对事情的描述跟真实版本的差异。事实上，叙述者似乎对自己表征源的监控存在选择性问题，他不清楚自己作为表征信息源的身份。换句话说，当叙述者在撒谎时，他都没意识到自己在撒谎。更糟糕的是，叙述者甚至完全相信自己所说的，并整理证据支撑自己对事件叙述的版本，因此读者根本无法知道究竟发生了什么，而只能被动地接受叙述者的陈述。叙述者不仅误导了自己，最终也误导了读者。这个叙述最大限度地拉大了叙述者和读者之间的距离，属于典型的疏远型不可靠性叙述。有些读者可能要到小说的第500页甚至结尾才能意识到这个叙述的极度不可靠。在读完整本小说后，我们才会发现作者对人物的布局独具匠心，人物的出场和缺位都是精心设计的，并不是“无个头绪可作纲领”。刘姥姥充当了贾府兴衰变化的见证，她三进荣国府，穿针引线，最后救巧姐，成为《红楼梦》主要的收场人物。所以刘姥姥并不如叙述者所说的那样在小说中是“芥豆之微”，她的最先出场也并不是作者的随意之举。这时读者必须给叙述者的表征加上表征源“叙述者认为……”，并进行重新评估，然后重构一个新的叙述。

从上述例子我们可以看到作者是如何“玩弄”读者心智的，如何利用不可靠叙述把读者引入元表征的不确定状态。作者向我们引出不可靠叙述者时，通过使用这种狡猾的策略，让读者认为叙述者不但可信，而且比小说中其他人物更可信。正如罗纳德·布莱斯（Ronald Blythe）所说的那样，“魔术师必须在观众察觉到不对劲之前行使魔术”①。

4.2.2 具有有限特权的不可靠叙述

《红楼梦》中具有有限特权的不可靠叙述与我们前面提到的曹雪芹作为《红楼梦》永久性表征源有关，简而言之，与他的身份有关。

第十九回，袭人坚持不肯赎身，最后其母兄也就死心不赎了。叙述者给出的理由是：“况且原是卖倒的死契，明仗着贾宅是慈善宽厚之家……二则，贾府中从不曾作践下人，只有恩多威少的。且凡老少房中所有亲侍的女孩子们，

---

① Ronald Blythe. Introduction. In Henry James. *The Awkward Age*. London: Penguin, 1987: 7-19. Charmers must charm before the charmed begins to smell a rat.

更比待家下众人不同，平常寒薄人家的女孩儿，也不能那样尊重。”[①] 可以说叙述者对贾府的描述是认真的。他的这种观点源自于作者的幻想和特权。贾府被看作曹雪芹自身家族的写照，叙述者的叙述与其说是谎言，不如说是一种期盼。他明知道自己谎言的脆弱，也明白现实与幻想的差距，贾府并不是真正的“慈善宽厚之家”“从不曾作践下人”“凡老少房中所有亲侍的女孩子们，更比待家下众人不同”，所以在后面的叙说中，叙述者有意无意地总能让读者有迹可循，能清楚地勾勒出一个真实的贾府。这个过程的每一步都会吸引和刺激我们的元表征能力：我们监控表征源，我们清楚遗失的源标签，我们重新利用它，并思考两个表征的区别所带来的不同影响：第一，贾府是“慈善宽厚之家”，“从不曾作践下人”，“凡老少房中所有亲侍的女孩子们，更比待家下众人不同”；第二，叙述者认为贾府是“慈善宽厚之家”，“从不曾作践下人”，“凡老少房中所有亲侍的女孩子们，更比待家下众人不同”。这两个表征在读者的意识中相互推挤着。我们不禁会问：小说中还有哪些表征丧失了他们的表征源？詹姆斯·费伦指出，一旦不可靠性被发现，所有的叙述都变得可疑(James Phelan，2005)。在某些叙述中，这种丧失源标签的游戏从来就没有停止过。我们合上书本时总有种怪怪的感觉，那就是书本在我们心中引起的认知不确定性从来就没有得到全面解决。我们继续猜测小说中的哪些表征应该被看作真实的，哪些表征必须是以叙述者作为表征源的元表征。

4.2.3 以可靠叙述为目的的不可靠叙述

《红楼梦》中的以可靠叙述为目的的不可靠叙述是曹雪芹艺术风格的体现。谈到这种不可靠叙述，我们不得不重提刘姥姥。第六回，刘姥姥第一次进荣国府，“只听见咯当咯当的响声，大有似乎打萝柜筛面的一般，不免东瞧西望的。忽见堂屋中柱子上挂着一个匣子，底下又坠着一个秤砣般一物，却不住的乱幌。刘姥姥心中想着：‘这是什么爱物儿？有煞用呢？’”[②] 当读到这个叙述时，读者头脑里会有短暂的停留，但继而马上就会想到刘姥姥看到的是摆钟。不可靠叙述的叙述者是可靠的，只是借用的人物眼光不可靠，一个乡下的老太婆对“洋玩意”摆钟自然缺乏认知。叙述者借用刘姥姥的眼光来叙述，

---

① 曹雪芹，高鹗：《红楼梦》，长沙：岳麓书社，2001 年版，第 125 页。

② 曹雪芹，高鹗：《红楼梦》，长沙：岳麓书社，2001 年版，第 41 页。

使读者直接通过刘姥姥的视角来看待事物，并直接感受她的认知方式和知识结构，从而使人物的不可靠与叙述者的可靠形成张力。这样，人物的刻画更加生动形象，一个没见过世面的乡下老太婆形象跃然纸上。这是一个典型的契约型不可靠叙述，拉近了叙述者与读者之间的距离，让读者更清晰地了解人物形象，也能准确地给这个元表征加上表征源“刘姥姥想……”。

很显然，任何一种不可靠叙述都是叙述者和读者之间的一种间接交流方式，体现了二者关系的亲疏程度。极不可靠叙述最大限度地拉大了叙述者和读者之间的距离，具有有限特权的不可靠叙述让叙述者与读者之间的距离既远又近，以可靠叙述为目的的不可靠叙述则拉近了叙述者与读者之间的距离。

任何小说都在挑战我们的元表征能力。在阅读时，如果我们缺乏源监控能力，就会被叙述欺骗，丧失表征源，从而感到晕头转向甚至抓狂。这种感觉是由不可靠叙述造成的。任何一个叙述者都可以采用不同方式展示不同程度的不可靠，任何一种不可靠叙述都操纵着叙述者和读者之间的关系。

很多时候，当我们意识到这是不可靠叙述而重新回头通过补充源标签把表征变为元表征，也是靠不住的，例如叙述者对贾府的叙述。在贾府的当权者中，总有“慈善宽厚”之人，或者说总有“慈善宽厚”的时候。现在我们能信任谁？哪个源标签应该保留？拿什么重新权衡他们相对的真理价值？我们已经把小说中的一些表征加工成了真理价值，难道我们现在要去掉它吗？如果我们这样做了，谁又能保证我们下一个真理价值的任务能坚持多久，50 页还是 100 页？作者没有完全解决表征源模糊的问题，直接把它留给了读者，而读者很享受这种心智游戏（不可靠叙述反而会引起读者的挑战欲，大玩心智游戏）。有些作者则在现实和幻想之间妥协。当然，环境改变、心智改变，读者也跟着改变。但即使我们不断地改变，我们还是会情不自禁地监控我们的表征源，重新权衡信息源明显可靠的表征的真理价值。不可预测性和信息处理认知系统不可避免的规范性之间的互动，使作者以各种各样的方式玩弄着读者的心智，也正是这种互动才保证小说游戏千百年来得以发扬光大。

5 《红楼梦》中的分布式心智解读

分布式认知（distributed cognition）是 20 世纪 80 年代认知科学在人类学、社会学、社会心理学基础上发展起来的一个新分支。分布式认知理论强调认知分布于个体、媒介、环境、文化和时间之中，而认知活动是对内部表征和外部表征的信息加工过程，不仅依赖于认知主体，也涉及其他认知个体、认知环境、认知工具、认知对象等因素。

5.1 分布式社会认知

詹姆斯·沃茨（James Wertsch）指出，行为不能脱离所发生的环境而存在，所有有关行为的分析都或多或少地与具体的文化、历史、制度因素有关。分布式社会认知这个概念是詹姆斯·沃茨概念框架中的基本元素，他认为心智活动和心理活动这两个术语既可以用于一群人，也可以用于单个的个体，所以说“大家想……”“大家记得……”都是恰当的。詹姆斯·沃茨强调二元体可以在心际层面执行问题解决功能，这就是心际思维和心内思维的对应。很显然，心内思维是个体思维。安迪·克拉克（Andy Clark）和大卫·查默斯（David J. Chamlers）通过大量具有真知灼见的论文讨论了以电脑和笔记本为例的物质分布式认知工具。但他们也不禁要问：社会扩展认知又是什么？别人的心理状态可以组成我们的心理状态吗？两个人或者更多人的心智是否可以构成一个认知单元，无论这个认知单元如何偶然和短暂？克拉克和查默斯提出了拓展性心智概念，通俗地说，就是主体间性①。科琳·塞弗尔特（Colleen M. Seifert）强调社会环境通过其他心智去影响、帮助、误导、展示、质疑和提出

---

① Andy Clark & David J. Chalmers. The Extended Mind. *Analysis*, 1998 (58): 7-19.

其他观点，从而影响认知[①]。心理学家埃德温·哈钦斯（Edwin Hutchins）向我们展示了操控飞机的认知过程，也强调了环境与认知的不可分割性。他指出，人类通过创造运行认知的环境来创造认知权利（Edwin Hutchins，1995）；他同时正式提出分布式认知概念，认为分布式认知系统存在于认知工件的主体部分，认知工件是人类创造的，是为了帮助和提升认知的实体物件[②]。

在此基础上，大卫·赫尔曼（David Herman）和艾伦·帕尔默（Alan Palmer）提出了小说叙事中的分布式社会认知。大卫·赫尔曼在《故事作为思考工具》（Stories as a Tool for Thinking）一文中采用了认知工件这一概念。他指出，叙述本身就是一种调节工具和认知工件。更有甚者，他进一步指出，叙述沟通了自身和他者，叙述促进了分布式社会认知，因此认知应该被看作是作用在具体语境、分布在群体中的超个体活动，而不是展现在孤独的、自发的、去情景化的认知者心智中的内部过程。[③] 大卫·赫尔曼向我们展示了分布式社会认知是如何在伊迪丝·华顿（Edith Wharton）的故事《罗马热病》（*Roman Fever*）中起作用。2004 年，艾伦·帕尔默在《小说心智》中进一步指出，由于他人心智会对我们有一个印象，所以我们的心智、身份分布在他人的心智里。艾伦·帕尔默在《利德盖特的故事世界》（The Lydgate Story）一文中也强调，人类的思维本质上是群体性、社会化的。我们大部分的认知、行为甚至身份都是社会性和分布性地存在于其他个体中。在研究乔治·艾略特（George Eliot）的小说《米德尔马契》（*Middlemarch*）时，艾伦·帕尔默指出利德盖特的身份在他出场前是社会分布式的，小说中有很多关于他的讨论，这是小镇人对他身份的探究。有趣的是，在小说的前部分中，关于利德盖特的信息更多地来自于其他人物的心智，而不是他自身的心智[④]。

---

① Colleen M. Seifert. Situated Cognition and Learning. In Robert A. Wilson and Frank C. Keil（eds.）. *The MIT Encyclopedia of Cognitive Science*. London：MIT Press，1999：767－769.

② Edwin Hutchins. Cognitive Artifacts. In Robert A. Wilson and Frank C. Keil（eds.）. *The MIT Encyclopedia of Cognitive Science*. London：MIT Press，1999：127－128.

③ David Herman. Stories as a Tool for Thinking. In David Herman（ed.）. *Narrative Theory and the Cognitive Sciences*. Stanford，CA：Center for the Study of Language and Informaiton，2003：163－192.

④ Alan Palmer. The Lydgate Storyworld. In Jan-Christoph Meister，Tom Kindt，Wilhelm Schernus，and Malte Stein（eds.）. *Narratology beyond Literary Criticism*. Berlin，New York：Wlater de Gruyter，2005：151－172.

5.2　分布式心智解读

2006年，丽莎·詹赛恩在研究小说《洛丽塔》（*Lolita*）时正式提出了分布式心智解读的概念。《洛丽塔》几乎让读者相信了亨伯特（Humbert）对于他和洛丽塔（Lolita）之间关系的描述。不是因为读者天真、无辨别力、无心智警惕性，而是作者最大限度地利用了我们的信息管理认知系统。作者采用了分布式心智解读的策略使我们的源监控能力有利于主人公亨伯特构建他和洛丽塔“爱情”的叙述，那就是通过多个人物分散了主人公亨伯特对事件的叙述。更确切地说，小说故事是通过分布式心智讲述的，即通过隐含读者、洛丽塔的朋友和家人以及他们在旅行途中碰到的许多人的心理状态呈现故事。分布式的表征效果是：我们会很快发现，我们在处理多个信息源而不是单一的信息源，大部分的信息源都很快地被引入和移除，以致我们没有机会去评估他们的可靠性，甚至意识到这种评估的必要性。

《红楼梦》是中国古典文学的传奇，作者充分利用分布式心智叙述，不断地挑战着我们的源监控能力。在作者所呈现的一个又一个精彩的故事和复杂的人物背后，是我们在信任与不信任之间的挣扎和游离。

5.3　《红楼梦》中的分布式心智解读

《红楼梦》中的分布式心智解读分析主要从心际思维、源监控和双重聚焦三个方面入手。

5.3.1　心际思维

秦可卿属于曹雪芹笔下的金陵十二钗之一，但在第十三回中她突然暴毙。在曹雪芹的安排里，秦可卿作为贾蓉的正妻，美貌不输黛玉和宝钗，如此美貌之人，本不应该如此匆忙退场。“彼时合家皆知，无不纳罕，都有些疑心”[①]。表面上，小说中的一干人等都觉得纳闷和疑心，其实这也是隐含读者的疑虑。

---

① 曹雪芹，高鹗：《红楼梦》，长沙：岳麓书社，2001年版，第81页。

在第五回中，曹雪芹曾用曲子词《好事终》来描写她的一生："画梁春尽落香尘。擅风情，趁月貌，便是败家的根本。箕裘颓堕皆从敬，家事消亡首罪宁。宿孽总因情。"① 在第十回中，作者交代了秦可卿患有疾病，宁国府请了"医理极深，且能断人的生死"的张太医给她看病，张太医断言："人病到这个地位，非一朝一夕的症候……总是过了春分，就可望痊愈了②。"可现在她突然死了，其死因可疑。为了进一步推动隐含读者的疑惑，叙述者使用了多个认知单位即分布式心智讲述了秦可卿的孝顺与慈爱。"那长一辈的想他素日孝顺，平一辈的想他素日和睦亲密，下一辈的想他素日慈爱，以及家中仆从老小想他素日怜贫惜贱、慈老爱幼之恩。"③ "长一辈的""平一辈的""下一辈的"以及"家中仆从老小"，不同的群体形成不同的认知单位，从而构成心际思维。由此可见，秦可卿"孝顺与慈爱"的形象和身份分布在他人心智里。如此一个"孝顺与慈爱"的人怎能草草收场？这个疑虑更引起了后来许许多多红学家们对秦可卿死因的研究。

5.3.2 源监控

在《红楼梦》中，叙述者充分利用多个人物分散了对宝玉形象的叙述，这就是说，让其他人物以作者期待的方式间接地树立宝玉的形象。第三回，林黛玉初进贾府，王夫人在介绍宝玉时称其为"孽根祸胎""混世魔王"。这个叙述让林黛玉回想起母亲对宝玉的评价："顽劣异常，极恶读书，最喜在内帏厮混；外祖母又极溺爱，无人敢管。"④ 当丫鬟说宝玉到了时，黛玉心中正疑惑着："这个宝玉，不知是怎生个备懒人物，懵懂顽童？"⑤ 黛玉母亲的评价无疑对黛玉产生了影响。叙述者还利用隐含读者——"后人"所作的《西江月》来进一步评价贾宝玉："无故寻愁觅恨，有时似傻如狂。纵然生得好皮囊，腹内原来草莽。潦倒不通世务，愚顽怕读文章，行为偏僻性乖张，那管世人诽谤。"⑥

① 曹雪芹，高鹗：《红楼梦》，长沙：岳麓书社，2001年版，第35-36页。
② 曹雪芹，高鹗：《红楼梦》，长沙：岳麓书社，2001年版，第41页。
③ 曹雪芹，高鹗：《红楼梦》，长沙：岳麓书社，2001年版，第81页。
④ 曹雪芹，高鹗：《红楼梦》，长沙：岳麓书社，2001年版，第19页。
⑤ 曹雪芹，高鹗：《红楼梦》，长沙：岳麓书社，2001年版，第20页。
⑥ 曹雪芹，高鹗：《红楼梦》，长沙：岳麓书社，2001年版，第21页。

宝玉的贴身丫鬟袭人，因为宝玉“性情乖僻，每每规谏宝玉不听，心中着实忧郁”①。第十九回，袭人“自幼见宝玉性格异常，其淘气憨顽自是出于众小儿之外，更有几件千奇百怪口不能言的毛病儿”②，由于祖母溺爱，父母又不能严紧拘管，更“放荡弛纵，任性恣情，最不喜务正”，于是想借赎身规谏他。叙述者在第五回提到宝玉“况自天性所禀来的一片愚拙偏僻”③，第二十九回更认为宝玉“自幼生成有一种下流痴病”④。很显然，宝玉的形象是通过对叙述者、隐含读者、王夫人、林黛玉母亲、林黛玉、袭人等人的心理状态解读所呈现的。每一个人都构建了一个对宝玉形象的表征。叙述者对宝玉形象的叙述，再加上其他人物的想法和情感表征，叙述者以如此快、如此随便却又确定的方式向我们提供表征，以致我们没办法停下来把叙述者对这些心理状态的解释同我们实际观察所形成的判断区分开来。我们会把信息储存为一个带有具体人物源标签的元表征，即：王夫人认为宝玉是孽根祸胎、混世魔王；黛玉母亲认为宝玉顽劣异常；袭人认为宝玉性情乖僻。但我们不会把信息相应储存为：叙述者认为宝玉是孽根祸胎、混世魔王；叙述者认为宝玉顽劣异常；叙述者认为宝玉性情乖僻。在这个时候我们有理由不信任叙述者，但我们没有理由不信任王夫人、林黛玉、林黛玉母亲以及袭人，我们会全盘接受这些错误的源标签，因为这些标签从表面上看可信，或者说至少不带有明显不可信的痕迹。这些简单心理状态堆积的最大影响就是，宝玉顽劣异常、性情乖僻的人物形象悄无声息地潜入读者的意识中。

难道在善于言辞、工于心计的叙述者面前我们就丢盔弃甲、缴械投降了吗？答案是“不”。我们强大的源监控能力会不断地收集更多信息进行加工，随时准备抓住任何蛛丝马迹，明确表征源。所以，从最初的盲目相信到怀疑文本，直至最后的正确归因，都只是一小步。阅读越深入，我们就会发现宝玉越可爱，他的“痴”“呆”“傻”“疯”“怪”“狂”是与封建家族、封建贵族阶级的尖锐对立，他不是“混世魔王”，而是“中国封建社会末期母腹中开始孕育的‘新人’的胎儿”，他的形象“带着光辉和芳泽出现在中国文学史上”⑤。

① 曹雪芹，高鹗：《红楼梦》，长沙：岳麓书社，2001 年版，第 22 页。
② 曹雪芹，高鹗：《红楼梦》，长沙：岳麓书社，2001 年版，第 125 页。
③ 曹雪芹，高鹗：《红楼梦》，长沙：岳麓书社，2001 年版，第 29 页。
④ 曹雪芹，高鹗：《红楼梦》，长沙：岳麓书社，2001 年版，第 197 页。
⑤ 曹雪芹，高鹗：《红楼梦》，长沙：岳麓书社，2001 年版，前言，第 1-12 页。

5.3.3 双重聚焦

《红楼梦》中挑战我们源监控能力的例子比比皆是。但我们最应该注意的是叙述者关于贾政、王夫人以及贾府的叙述。贾政以及王夫人作为贾府的当权者，他们的形象从某种程度上也反映了贾府的形象。叙述者在第三回和第四回就直接表明：贾政是“最喜读书人，礼贤下士，济弱扶危，大有祖风”；“训子有方，治家有法”；“素性潇洒，不以俗务为要”。为了证明自己叙述的可靠性，叙述者故意隐藏自己源标签的身份，在第二回和第三回分别利用冷子兴和林如海进行分散叙述，他们认为贾政“最教子有方”，“为人谦恭厚道，大有祖父遗风”。关于王夫人，叙述者在第三十回也直接表明她是“宽仁慈厚的人，从来都不曾打过丫头们一下”。第三十二回，在王夫人逼死金钏儿以后，利用宝钗仍然感叹王夫人是“慈善人”。在第三十九回，王夫人的儿子宝玉坚信“我们的老太太、太太都是善人”。就连赵姨娘在第五十五回都宣称，“分明太太是好太太，都是你们尖酸刻薄，可惜太太有恩无处使”①。关于贾府的直接形象，叙述者在第十九回利用袭人拒绝赎身时进行叙述：“贾宅是慈善宽厚之家……贾府中从不曾作践下人，只有恩多威少的。且凡老少房中所有亲侍的女孩子们，更比待家下众人不同，平常寒薄人家的女孩儿，也不能那样尊重”②。第三十九回宝玉指出，“就是合家大小也都好善喜舍，最爱修庙塑神的”③。

从詹姆斯·费伦的观点来看，叙述者以及小说其他人物都误评了贾政、王夫人和贾府，展示了伦理/评价轴线上的不可靠性。可以说，在小说的最开始，即使最具慧眼的读者都不会怀疑叙述者以及其他人物角色对于贾政、王夫人和贾府的评价。叙述者通过不同的、表面上看起来独立的、不涉己利的表征源分散了对贾政、王夫人和贾府形象的表征，从而让读者相信了他们的叙述。因为人类的元表征能力，我们会情不自禁地记录这些表征源，所以我们愿意接受信息源所传递的错误观点。但总有一些事情发生，我们应该把叙述者一分为二：曹雪芹本人以及隐含作者，抑或是过去的曹雪芹和现在的曹雪芹。这种现象，

---

① 曹雪芹，高鹗：《红楼梦》，长沙：岳麓书社，2001 年版，前言，第 382 页。
② 曹雪芹，高鹗：《红楼梦》，长沙：岳麓书社，2001 年版，前言，第 125 页。
③ 曹雪芹，高鹗：《红楼梦》，长沙：岳麓书社，2001 年版，前言，第 265 页。

詹姆斯·费伦称之为小说的双重聚焦。隐含作者被迫去审视曹雪芹本人不愿意面对的事。在第三回具有有限特权的不可靠叙述中，我们曾经提到贾府被看作是曹雪芹家族的真实写照，叙述者的不可靠叙述其实是一种希冀和期盼。他清楚地知道贾府并不是真正的“慈善宽厚之家”，以曹雪芹父母为原型的贾政和王夫人也不是真正的“礼贤下士，济弱扶危”和“宽仁慈厚”。但正是这种令人痛苦的误评，使他慢慢成为一个可靠的叙述者。换句话说，为了欺骗我们，小说通过让我们充分认识到一定的表征源，从而激发我们的元表征能力（如：宝钗认为王夫人是“慈善人”）；同样，为了让我们从欺骗中醒悟，叙述者有意无意地总能让我们有迹可循，让我们充分认识到一定表征的时间标签（曹雪芹本人即过去的曹雪芹认为王夫人是“慈善人”）。王夫人逼死金钏儿、晴雯，凤姐逼死尤二姐，贾赦逼死石呆子，贾政的不理家政任族人胡作非为，无不反映了贾府的金玉其外、败絮其中的实质。叙述者在不断地改变自己的认知和错误，同时也在不断地改变他和故事、自身以及读者的关系。最开始，叙述者竭尽全力地回避和隐瞒，叙述得越多，他看得就越清晰，负罪感也就越强烈。于是，叙述中隐含的作者即现在的曹雪芹开始彰显，自我谴责的叙述者通过小说其他的信息源让我们看清楚他的叙述，从而重构贾府真正的形象。

当然，现在的曹雪芹开始面对贾府的不堪，重新赢得读者的信任。但现在的曹雪芹也并不是完全与过去的曹雪芹决裂。他拒绝记录这些痛苦，时不时地回到以前的叙述方式。双重聚焦使整个心智解读增加了一个新的层次，那就是叙述者的道德挣扎。整体而言，这个挣扎就是：继续为贾府辩护还是清疾除恶？作为叙述者的心智解读者，这个挣扎反而成了我们最大的兴趣，即使叙述者越展示贾府的丑陋，我们越痛苦（无疑叙述者更痛苦）。

如果我们允许自己（不是所有的读者）信任现在的曹雪芹，我们可以回头重读这本小说，通过最早的、不太明显的痕迹寻找慢慢浮出水面的、痛苦的可靠叙述者。到这时，我们才明白，即使在同一个语句中，两种不同的力量同时在作用，在吸引我们源追踪的顺应性。这就是说，同一语句可以促使我们看到一定的表征，即过去曹雪芹对事实的叙述以及其他独立信息源，同时也让我们充分认识到现在的曹雪芹的声音正在跟过去的曹雪芹的声音斗争。两个不断竞争的源监控策略让小说形成了张力。如何在两次阅读时的信任与不信任之间寻求平衡，这是极富挑战性的。

正如多立特·科恩（Dorrit Cohn，2000）所分析的那样，在接受的第一阶段（这个叙述有可能会延续十几年），接受叙述者进行和谐阅读；第二阶段是对同一叙述者的不和谐阅读，带有一点讶异和不信任；然后是第三阶段的阅读，但这个阶段的阅读不常见，是一种自我意识的阅读。读者很清楚自己面临的选择，也清楚地意识到不同的叙述者（对事件评价具有模糊性的叙述者以及其他人物叙述者）的叙述所带来的问题。虽然多立特·科恩认为第三阶段的阅读不常见，但只要我们关注文本控制我们认知倾向的方式，我们就能保持"自我意识阅读"的状态。尤其是在读《红楼梦》时，如果我们意识到小说鼓励我们一会儿接受这种源监控，一会儿接受另一种源监控（有时，同一语句中，在两种源监控中徘徊），我们就能同时保持既信任叙述者又不信任叙述者的奇怪心理状态。

毫无疑问，《红楼梦》的重读是必要的，因为它极度地挑战我们的心智解读能力。《红楼梦》中的分布式心智解读不断地试探、玩弄和消耗我们的源监控能力，这是后人读它千遍也不厌倦的原因。

6 《红楼梦》中元表征的再思考

根据前面有关源监控和元表征的讨论，大家可能会情不自禁地想：小说作品本身不就是作者作为表征源的元表征吗？是的。那么是什么促使我们思考作品中的任何信息，尤其是那些不容置疑的“事实”或“体系真理”？难道我们就不应该设想出一个更复杂精细的元表征程度框架体系对细微差别进行区分吗？

谈到小说文本特殊的元表征状态，康斯曼德斯和图比认为凡是被明确地称为小说的故事从来都带有源标签（Cosmides & Tooby，2000）。源标签的特征从“妈妈告诉我某个故事”降级为“某人告诉我某个故事”，但源标签只是作为自我监控系统很重要的一部分。我们期待这种源标签以某种方式被保留。换句话说，那些明确被定义了的小说本身就是元表征，永久地带有许多隐含的或者明晰的源标签，如英国安格鲁撒克逊民族英雄叙事长诗《贝奥武夫》（*Beowulf*）中的安格鲁撒克逊吟游诗人就属于隐含的源标签，而《傲慢与偏见》中的简·奥斯汀和《红楼梦》中的曹雪芹都是明晰的源标签。《红楼梦》中曹雪芹的这个源标签是如此明显，以致许多人都认定《红楼梦》就是曹雪芹的自传。

由此我们可以认为，是我们对表征背后表征源的认识使我们对文本的方方面面重新情景化、重新解释和重新权衡。自然就会有人怀疑曹雪芹对贾府是“慈善宽厚之家”的认定。很显然，表征源的追踪让任何表征都经不起重新评估。

6.1 作者已死

1968年，后结构主义者罗兰·巴特（Roland Bathes）在论文《作者已死》（The Death of the Author）中提出了作者已死的观点。1969年，其观点被米歇尔·福柯（Michel Foucault）详细阐述，从此奠定了罗兰·巴特在文学理论中的一席之地。当然，这个概念并不指作者真正的死亡，它被提出的目的是反对作者作为作品的主要代言人和最终解释人的传统观念。罗兰·巴特指出，“读者的产生必须是以牺牲作者为代价”①。这就是说，读者有自由解释文本的权力，这种对文本的绝对权力以前只属于作者。传统的文化理论教条被冲击，为挑战元表征的心智，这无疑要求我们进行概念调整：作者角色的被抹杀呼吁源监控过程的中断。作为概念实践，“作者已死”可能很具吸引力，因为它让我们考虑源监控中断的各种暗示，即使在某种程度上，这种中断难以做到。尽管“作者已死”这个概念很单纯，但我们不得不注意它的认知保守性。小说作品背后的表征源并没有真正被消除，它只是被另一个表征源所替代，那个表征源就是读者。读者、作者或者小说叙事中的其中一个作者出现。这个替代正好证明了我们固守的一个观点，即带有明显小说标签叙事背后一定有表征源（如读者、多名读者、作者、多名作者）。《红楼梦》小说叙事的表征源当然包括曹雪芹、高鹗和千千万万的读者。如果加上《红楼梦》影视剧叙事，表征源还包括导演、摄像师、剪辑师和千千万万的观众。任何参与《红楼梦》创作和再创作过程的主体都是表征源。所以，我们要突出读者的主观能动性，并不一定要抹杀作者的元表征性，读者、作者都是小说标签叙事背后的表征源，都对小说的解读贡献认知力量。

6.2 表征的整体认同

康斯曼德斯和图比认为，小说能打动人的事实意味着小说能对人类产生情感和动力的所有系统进行信息输入。也就是说，在某种层面上，这些系统不会

① Roland Bathes. The Death of the Author. *In Image-Music-Text*. Stephen Heath（trans.），London：Fontana，1977：145. The birth of the reader must be at the cost of the death of the author.

介意动人的表征带有表征源而让整个小说看上去好像某人"杜撰"的一样，就如《傲慢与偏见》中的简·奥斯汀。但即使我们随着杜撰的故事或哭或笑，在某种程度上，我们会介意作者把自己的幻想作为真实的事情而不是单纯的元表征。康斯曼德斯和图比指出，即使错误的叙述被加入到某人关于社会策略行动和形形色色人的知识储存里，这种叙述比真实的、准确的但又令人乏味的真实生活叙述要好。当然，这并不意味杜撰应该被平等对待。关于人和事情的真实叙述应该被当作紧急新闻一样处理，严守真实性，直到所有信息被吸收。所有打着"真实性"幌子的杜撰都应该受到谴责（Cosmides & Tooby，2000）。《鲁滨孙漂流记》（*Robinson Crusoe*）的有些读者在读完小说之后对作者丹尼尔·笛福（Daniel Defoe）产生了愤慨，认为在小说的最开始，他们被告知小说源于真实的故事，但后来他们发现故事是捏造的。为了应对"把谎言当作真实的指控"，丹尼尔·笛福不得不专门做出解释，他告诉那些脾气糟糕的批评家他的故事不是"捏造的"。虽然该事件具有讽刺意味，但它反映了历史，包含了真理性的东西。事实上，丹尼尔·笛福的小说包含了许多不带源标签的信息或者带有很弱源标签，这意味着对源标签进行分级是非常有必要的。《鲁滨孙漂流记》中包含的许多信息同我们对因果关系、朴素物理学、心理状态以及最基本的本体论猜想都不谋而合；同时，这些信息同我们文化具体化的语义知识相兼容。例如：18 世纪，英国人喜欢从事海外贸易，使用奴隶劳动，遵循长子继承权。康斯曼德斯和图比在《奥德修斯》（*Odysseus*）中极力凸显的是，奥德修斯（Odysseus）的赫赫战功就是人们可以通过谎言战胜强大敌人的最好证明，但这并不意味着《鲁滨孙漂流记》同《奥德修斯》一样，鲁滨逊（Robinson）可以被用作推理的信息源。从严格意义上说，这些本体上、语义上以及情感上真实的信息让丹尼尔·笛福能够宣扬他的小说是"真实"的故事，因为它确实包含了一些事实。当然，批评家们也有理由指责作者说谎，因为作者完全抛弃了事实。批评家们的愤怒更加证明了一个观点，那就是一定的表征应该作为一个整体被认同，即使有些部分是为了满足"真理价值"的需要。

曹雪芹和丹尼尔·笛福正好相反，自传体性质的小说被当作虚构的故事来讲。不过曹雪芹在小说最开始的时候就坦言"将真事隐去"。小说中更是"假作真时真亦假"[1]，让读者在"真实"和"虚构"中游离，不得不花费大力气去区分表征源。但这无疑更挑逗了读者的心智，让读者情不自禁地去追求真相。也正因为如此，《红楼梦》的"真实"与"虚幻"成了红学专家们研究悬而未决的焦点。

不同的时代和文化背景为区别"真实"和"虚构"故事提供了更多的例子，即使在不同的案例中，对"真理"的评判标准也不一样。其中，最有名的就是公元前 4 世纪中国的《左传》。三位历史学家因不愿意杜撰、改编历史而被杀害。《左传》毫无疑问也是为了满足当时权贵的要求而包含了一些错误的记载。三位历史学家的证词很容易让读者明白，评论并不支持政治神话的蔓延，即使当时"神话"这个词在古中国还没有出现。同样，公元前 6 世纪希腊历史学家赫克特斯（Hecataeus）讽刺其他人的故事很"荒谬"，而他自己的故事是"真实的"。希腊历史学家修昔底德（Thucydides）也把自己同那些"叙述是为了娱乐听众而不是坚持真理的人"区分开来。最后是大家非常熟悉的一个例子，那就是我们的书店总是想方设法地把小说和非小说区分开来，即使小说中有许多信息很值得我们吸收到认知系统作为真理储存。非小说也包含了许多文化幻想，如关于约会或减肥的文章。

6.3 真理价值与元表征能力

从认知角度看，"小说"和"历史"能更好地表明真理的概念只是西方的发明，今天的神话，在 2000 年前可能是真理。这就说明，虽然我们不会区分现实情形和小说幻想，但是我们在阅读时流的眼泪是真实的。人们虽然介意"真实"故事和"虚构"故事的区别，但他们为了把那些神话的东西叫作神话甚至付出生命的代价。另一方面，我们对"历史"和"小说"的普遍概念持怀疑态度，这是完全正确的。因为在实际层面，在我们追求真理的过程中，我们会发现真理的意义和标准在文化、语境、个人的每一个层面都会发生变化。事实上，它们必须发生变化。如果我们从康斯曼德斯和图比所提出的角度考虑的话，如果我们元表征的心智忙于监控和重新建立每个有用表征的界限，那么

---

① 曹雪芹，高鹗：《红楼梦》，长沙：岳麓书社，2001 年版，第 4 页。

我们对真理的追寻就是一个临时的、地域化的、受制于上下文的真理的广泛追寻。换句话说，真理不断变化的界限和定义并不是社会历史变化的受害者，而是人类大脑运作最基本的条件。通过调整和重新定义组成每个社会和文化的真理，我们利用、依赖、发展、微调和培养我们进化的元表征能力所依靠的广泛认知机制。

一旦《红楼梦》读者把真理价值和弱元表征标签结合起来，他们就会经历负面感情，从迷茫到失望。到后来，他们意识到必须花更多的精力重新评估自己最初的评价以及重新把《红楼梦》和一个非常强大的元表征标签结合起来。有些读者很快就能适应这种重新评估，这种重新评估就意味着许多信息储存的更改；而有些读者认为这种费脑的事情令人心烦。同样，从成本效益分析书店对小说和历史书的分类，虽然分类不够完美，但却让消费者节省了一些体力去确定这个故事带有多少元表征标签。一旦一本书被放到小说的书架上，我们的认识就会意识到这个故事作为整体可包含一个元表征——一个以作者作为永恒表征源的元表征，虽然我们在阅读时，可以把部分情节处理为弱元表征或者根本不具有元表征的框架。当我们从历史书的书架上拿书时，我们潜意识地期待这些书作为整体已被同化为带有弱元表征标签的书籍。当然，在我们阅读过程中，我们可以改变主意，把具有很多宣传性质的而非具体历史信息的文章定义为具有强大元表征标签的文章。但出版商必须进行又一次初级的认知工作，他们向我们提供大量的外部标志以提醒我们这本书的真理价值，书店员工会把书放到指定的书架上。

此外，我们不得不考虑文化是如何满足、强化、控制我们的认知倾向的。我们可能会意识到有些东西从现在的历史学家和修昔底德时代的历史学家看来是相矛盾的。一方面，历史学竭力减少读者在阅读时所利用的元表征框架数量。这就意味着，历史学家的最终目的就是让他的读者把信息储存为“Y”，而不是“左丘明说 Y”、“修昔底德说 Y”。另一方面，历史学家的个人气质（如学术水平）、其他作品以及出版社等成为让读者相信书中的信息具有很高的真理价值的重要因素，那就意味着这个信息已被同化为一个具有弱源标签的信息。修昔底德因此不得不吹嘘自己，贬低同行为骗子或神话小贩子，从而使他自己在作品中消失，让他的读者感觉到他所写的历史叙述只是单纯的历史叙述。三位历史学家的殉难让《左传》变得可信，变成了一本带有弱弱源标签的书。"作者已死"的观点令人兴奋，但从认知角度看并不那么可行，因为一本小说背后总有一位作者，即使他的名字已被遗忘。相反，"历史学家已死"的观点并不那么令人兴奋，因为期待历史学家的消失是蕴含在渴望较高真理价值的历史叙述中。

这种源监控现象听上去、看上去很复杂，它确实也很复杂。我们进化的认知能力在深思熟虑后储存表征，重新权衡体系真理，重新把我们的注意力转移到表征源。当然，我们现在还无法知道当我们在区别与表征相关的真理价值层次时，我们的大脑究竟是如何运作的。但有一点我们很明确：我们的认知能力让我们把一个带有很强的、永久的源标签储存在大脑里，如《贝奥武夫》永远都是被人杜撰的故事，《傲慢与偏见》也是如此。一旦我们认同故事的全面元表征框架，我们就可以把它的构成部分当作体系真理来处理，包括那些关于人物情感的真理和我们对人物感情所反映的真理。

7 《红楼梦》中人物自我心智解读的人格理论阐释

7.1 人格理论

德国哲学家、心理学家赫尔巴特（Herbart）最早提出有关潜意识的概念。他认为，“一个观念若要由一个完全被抑制的状态进入一个现实观念的状态，便须跨过一道界线，这界线便是意识阈（consciousness threshold）”（Herbart，1806）。而意识并不是全部的心理活动，在意识阈界线以下的称为无意识（潜意识）。这就是赫尔巴特对意识和潜意识的界定，他为人类意识以下的这一层心理活动开启了探索之门。德国唯心论代表人物黑格尔（Hegel）则提出，“灵魂的职能是无意识地制造，它把自己造成一个有机体，意识到自己，把自己同自身的肉体区分开来”（Hegel，1807）。另一位德国哲学家约瑟夫·谢林（Joseph Schelling）则提出了“无意识的东西与有意识的东西之间”具有“绝对的同一性”（Joseph Schelling，1794）。虽然他们都对潜意识作了一些初步的探讨，但始终都没能跳出赫尔巴特的界定范围，直到著名心理学家弗洛伊德（Freud）的出现。

来自奥地利的心理学家弗洛伊德（Freud）是潜意识理论发展史上的一个标志性人物，他系统地提出了著名的人格理论。人格理论主要包括意识层次理论、人格结构理论以及人格发展理论。根据意识层次理论，弗洛伊德把人的整个心理活动分为三部分：意识（conscious）、前意识（preconscious）和潜（或无）意识（unconscious）（Freud，1917）。其中，意识是个人在任何时刻觉察到的感觉和体验，前意识则是通过适当的努力或注意就可以提取的关于事件和体验的记忆等。换句话说，前意识虽然不是能随意想到或觉察到的主观经验，但却是经过努力人们可以进入到意识的主观经验。也就是说，前意识与意识之间尽管有界限，但这个界限不是不可逾越的鸿沟。而潜意识是原始的冲动和各种本能、通过遗传得到的人类早期经验以及个人遗忘的童年时期的经验和不符合伦理的各种欲望和感情。潜意识通常是对意识构成威胁而必须推开的记忆和情绪等内容，是不能简单注意就能觉察到的，可能在梦境、幻觉、口误、痴呆、直觉中泄露其部分内容。由此可见，前意识是潜意识中可召回的部分，是人们能够回忆起来的经验，是潜意识和意识的媒介。潜意识很难或根本不能进入意识，前意识处于意识和潜意识之间，起着警卫的作用，不准潜意识的本能和欲望侵入意识之中。但是，当前意识丧失警惕时，有时被压抑的本能或欲望也会通过伪装而迂回地渗入意识（Freud，1917）。

在人格结构理论中，弗洛伊德把人格区分为本我（Id）、自我（Ego）和超我（Superego）。其中，本我是位于潜意识中的本能、冲动与欲望，是人格的生物面，遵循“快乐原则”。而自我介于本我与外部世界之间，是人格的心理面。自我一方面能使个体意识到其认识能力，另一方面自我使个体得以为了适应现实而对本我进行约束和压抑，遵循的是“现实原则”。超我则是人格的社会面，是道德化的自我，由“良心”和“自我理想”两个重要部分组成。“良心”是约束自己行为免于犯错的限制，“自我理想”是要求自己的行为符合自己理想的标准。所以说，超我的力量是指导自我、限制本我，遵循“理想原则”。本我、自我和超我之间的关系不是静止的，而是始终处于冲突、协调的矛盾运动之中。本我在于寻求自身的生存，寻求本能欲望的满足，是人类生存和发展的必要原动力；超我则监督、控制自我去接受社会道德准则行事，以保证正常的人际关系；而自我既反映本我的欲望，并找到途径满足本我的欲望，还要接受超我的监督，同时反映客观现实，分析现实的条件和自我的处境，以促使人格内部协调并保证与外界交往活动顺利进行，不平衡时则会产生心理异常（Freud，1923）。

结合弗洛伊德的意识层次理论和人格结构理论，我们不难发现，本我对应的是潜意识，是人的整个精神活动的基础和源泉；自我对应的是前意识，代表的是判断和理性，它既要满足本我的要求，又要符合现实；超我则对应意识，是对本我的道德限制（冯阳，2004）。

一部《红楼梦》，一出悲剧戏，不仅帮助我们走进生活细节，也让我们洞察一个个人物的内心世界。他们的喜、怒、哀、乐、痛楚与欲望在封建伦理的重压之下，深藏在每个人的内心深处。弗洛伊德的人格理论能帮助我们更透彻地阐释人物的自我心智解读，从而真正了解人物性格，并由此窥探作者的真正意图和良苦用心。当然，想要解读人物的心理活动，必须从不易察觉的潜意识入手，而潜意识的泄露往往通过梦境、幻觉、口误、痴呆、直觉。《红楼梦》第一回明确指出：篇中凡用“梦”用“幻”等字，是提醒阅者眼目，亦是此书本旨①。我们的分析自然就先从梦境和幻觉开始。

7.2　《红楼梦》中的梦境

梦由情生，梦是内心潜在之情的外溢。以《红楼梦》第二十四回“小红梦会贾芸”为例：小红在梦中“忽听窗外低低的叫道：‘红儿，你的绢子我拾在这里呢。’小红听了，忙走出来看，不见别人，正是贾芸。小红不觉的粉面含羞，问道：‘二爷在那里拾着的?’那贾芸笑道：‘你过来，我告诉你。’一面说，一面就上来拉她的衣裳。那小红躁的转身一跑，却被门槛子绊倒。”②小红“唬醒过来，方知是梦”。显然，梦中人物的行为和生活中人物的行为是不对称的，甚至可以说正好相反。梦中的小红有着少女怀春的矜持，这与现实生活中“娇声嫩语的叫了一声‘哥哥’”③、有人还要“下死眼把贾芸盯了两眼”④、听“说起贾芸来，不觉心中一动”⑤ 等一系列表现所反映出的爱慕之情截然相反。在小红的梦中，贾芸直呼小红“红儿”，并处于非常主动的地位，一面就上来拉她的衣裳，反而把小红吓得摔了一跤。而现实生活中，像贾芸这样的公子是不会注意到大观园女儿世界里小红这样一棵小草的。贾芸和小红偶遇，并不知其名姓，更不会唤小红“红儿”。小红留给贾芸唯一的印象可能就是“生的倒也细巧干净”。

小红的梦境正是小红自我心智解读的过程。梦中的小红是小红潜意识中的本我，反映了小红的本能和欲望。根据《红楼梦》上下文我们可以了解到，

---

①　曹雪芹，高鹗：《红楼梦》，长沙：岳麓书社，2001 年版，第 1 页。

②　曹雪芹，高鹗：《红楼梦》，长沙：岳麓书社，2001 年版，第 158 页。

③　曹雪芹，高鹗：《红楼梦》，长沙：岳麓书社，2001 年版，第 158 页。

④　曹雪芹，高鹗：《红楼梦》，长沙：岳麓书社，2001 年版，第 158 页。

⑤　曹雪芹，高鹗：《红楼梦》，长沙：岳麓书社，2001 年版，第 161 页。

在小红睡去之前，她曾遭到秋文、碧痕一顿臭骂，显然她们俩伤害了小红的自尊。这自然会在她的意识潜层激起自尊自爱，所以一向轻佻的小红会在无意识的梦中变得那样“粉面含羞”。我们可以发现潜意识里小红多么渴望有一个公子能察觉她的芳心，向她示爱，并主动追求她这个身份卑微的丫环，让她能感受到一点点少女的自尊。

日有所思，夜有所梦。《红楼梦》第八十二回，白天薛姨妈家老婆子的一番混话“这样好模样儿，除了宝玉，什么人擎受的起”[①]，让黛玉千愁万绪。想到自己身体不好，年纪也不小了。宝玉心里虽然有她，但贾母和王夫人却没有半点意思。懊恼父母在时，未能早定下这门亲事。但转念又一想，如果父母在时，定了别的亲事，又怎么能碰到宝玉这样的知心人。虽然贾母和王夫人没有表示，但至少现在还有机会。心内顿时七上八下，“辗转缠绵，竟像辘轳一般”。和衣倒下，梦见父亲升官、续弦，自己被许给了继母的亲戚。梦中黛玉的自我非常清楚“父母之命、媒妁之言”的重要性。在当时的封建社会，两情相悦、私订终身被看作是不道德的。所以即使在梦中被许他人，也是由贾雨村做媒。黛玉的前意识也非常庆幸父母在时，自己没有许配他人，但同时黛玉的前意识也认识到贾母和王夫人认可的至关重要性，梦中黛玉自我向贾母哭求。黛玉的自我分析自身条件和自身处境，知道“外祖母与舅妈姊妹们，平时何等待的好，可见都是假的”，于是贾母的拒绝显得十分的合情合理。当然，这一切都离不开黛玉超我对自我的监督和控制。黛玉潜意识里渴望与宝玉双宿双飞，渴望真真切切、明明白白看到宝玉的心意，所以梦中宝玉“掏心明志”。但心一掏，宝玉就必死无疑。这预示着宝、黛二人的爱情悲剧。贯穿黛玉梦境的是黛玉潜意识、前意识和意识的矛盾运动，反映了黛玉对爱情的期盼和担忧。

梦境的出现，往往也是人物的一种自我精神抚慰。在第六十九回中，尤二姐因受了一个月的暗气，郁郁寡欢，奄奄一息。夜里合上眼，做了一个梦，所有的酸楚、痛苦、悲凉涌上心头。自己“一生为人心痴意软”，谁料到却碰到一个“外作贤良，内藏奸猾”的妒妇，深感死亡的逼近，却又自救无门。意欲一拼死活，却无杀戮之心。不甘心听任命运摆布，想像妹妹一样坚强，却又

① 曹雪芹，高鹗：《红楼梦》，长沙：岳麓书社，2001年版，第596页。

觉得自己“品行既亏，今日之报既系当然”。善良的她最终被封建伦理道德所捆绑，任人宰割。尤二姐的梦无疑是尤二姐的自我心智解读，或者说是非严格意义上的三向心智解读，即非三向三向心智解读，反映了尤二姐内心的挣扎和无奈。梦中的尤二姐是现实生活中尤二姐的超我，是意识的化身。梦中的尤三姐是现实生活中尤二姐的本我，代表着尤二姐的潜意识。梦中尤二姐和尤三姐的激辩，正是尤二姐复杂心理的矛盾冲突。尤二姐超我中的良知不断地在限制本我，即使为“鱼肉”，也无怨无怒。现实生活中的尤二姐即尤二姐的自我，代表着理性和判断，所以即使在梦中，在自身的心智解读中，还保持着清醒，认为一切皆报应。可见，尤二姐梦中的自我心智解读（非三向三向心智解读）无疑就是她对自身悲惨命运的一种自我精神安慰。

小说中人物的梦其实质是矛盾心理状态的一种折射。梦更是各种人物生活中理性意识的缺憾补给，是潜在欲望的一定程度的满足。所以，梦的描写对于小说人物的心理构建、心理分析以及梦境本身的认识都有意义。

7.3 《红楼梦》中的幻觉

梦、幻是一对双生子，梦较幻更接近于人物的潜层心理世界。梦是人在睡眠状态下潜意识的奔流，能把很久以前被遗忘的意象卷入到梦中来。梦境由于受意识挤压和限制，因而显得隐蔽、含蓄、幽深和矛盾。幻则是人在有意识状态下较为清醒的意念幻形，是长期不能实现的愿望的形象呈现，所以更加明显和突出。一部《红楼梦》，幻始幻终，曹雪芹大量地描绘了众多人物的幻觉，向读者展示了丰富的人物精神世界。下面我们就来看看《红楼梦》中有关幻的描写。

第六十六回柳湘莲见尤三姐为情饮剑：“出门无所之，昏昏默默”，尤三姐这样标致，又这等刚烈，柳湘莲追悔莫及。“正走之间，听得隐隐一阵环佩之声，三姐从那边来了，一手捧着鸳鸯剑，一手捧着一卷册子，向柳湘莲哭道：‘妾痴情待君五年矣。不期君果冷心冷面，妾以死报此痴情。妾今奉警幻之命，前往太虚幻境修注案中所有一干情鬼。妾不忍一别，故来一会，从此再不能相见矣。’……湘莲不舍，忙欲上来拉住问时，那尤三姐便说：‘来自情天，去由情地。前生误被情惑，今既耻情而觉，与君两无干涉。’说毕，一阵香风，无踪无影去了。”①

“隐隐环佩之声”、三姐哭诉，这些都是幻听；而尤三姐捧鸳鸯剑和册子而来，则是幻视；“昏昏默默”“似梦非梦”，这是幻觉。通过幻视、幻听、幻觉，作者向我们展示了柳湘莲由悔及悲及悟的情感曲线。至纯至真的柳湘莲，为世俗之情所误，以眼观世，认为“东府里除了那两个石头狮子干净罢了”，竟由此推及三姐，致三姐以死明志。之后，柳湘莲追悔莫及，在他的潜意识里，他多么希望与三姐相会。于是，他才会看到三姐幻化而来。这幻觉中的三姐，实则为柳湘莲内心深处强烈的自我愿望，是柳湘莲潜意识中的本我。“妾痴情待君五年矣。不期君果冷心冷面”。这透露着柳湘莲深深的自责，“妾不忍一别，故来一会”，流露出柳湘莲对三姐的眷恋。然而，覆水难收，柳湘莲清楚地意识到自己毁灭了尤三姐，也毁灭了自我。正是在这毁灭中，柳湘莲“耻情而觉”，认识到这恶浊尘世才是悲剧的真正原因。

湘莲警觉，似梦非梦，来到一座破庙，旁边坐着一个跏腿道士捕虱。湘莲便起身稽首相问：“此系何方？仙师仙名法号？”道士笑道：“连我也不知道此系何方，我系何人，不过暂来歇足而已。”柳湘莲听了，不觉冷然如寒冰浸骨，掣出那股雄剑，将万根烦恼丝一挥而尽，便随那道士，不知往那里去了。②

由于觉醒，柳湘莲潜意识中的本我也由三姐转化为道士。人生“警觉”竟如“歇足”，仅在一瞬之间。“此系何方，我系何人？”这一切都不重要了。柳湘莲以雄剑斩断万千烦恼丝，逃离尘世。曹雪芹通过幻觉，生动形象地展现了柳湘莲的自我心智解读，反映其内心情感世界的发展过程。

第十六回中，秦钟幻化说鬼判是曹雪芹对弗洛伊德人格理论构建最凸显的部分。幻境的叙述是由秦钟、鬼判、都判官三者共同完成的，是秦钟的自身心智解读过程。“那秦钟早已魂魄离身”，“正见许多鬼判持牌提索来捉他”。③秦钟魂魄那里肯离去。记挂家中无人掌管，记挂父亲和智能。秦钟本我面对死亡时所表现出的强烈求生愿望，让他“百般求告鬼判”。可现实往往是残酷的，这些鬼判都不肯徇私。鬼判是秦钟超我。作为读书人，秦钟很清楚：阎王叫你

① 曹雪芹，高鹗：《红楼梦》，长沙：岳麓书社，2001年版，第474-475页。

② 曹雪芹，高鹗：《红楼梦》，长沙：岳麓书社，2001年版，第474-475页。

③ 曹雪芹，高鹗：《红楼梦》，长沙：岳麓书社，2001年版，第103页。

三更死，谁敢留人到五更。自己的求告是无用的，自己本能的求生愿望是难以实现的。在秦钟本我和超我发生矛盾冲突时，秦钟自我会自然而然地分析现实条件和自身处境，寻找既能满足本我欲望又能接受超我监督的途径。都判官听说宝玉来了，唬的慌张起来，急忙将秦钟魂魄放回。都判官——秦钟自我的出现让秦钟的本我欲望得到了一定程度的满足，但这一切毕竟都是虚幻的，理智的超我让他明白命运的无奈，从而他只睁眼看了一眼宝玉便瞑然而逝。秦钟本我、自我和超我同时粉墨登场无疑让秦钟的心智解读过程更清晰，人物刻画更丰满。

7.4 《红楼梦》中的口误

口误是一种普遍的语言现象，通常发生在紧张、恐惧和情感松弛的情形之下，往往是人真实心理的反应。弗洛伊德在《精神分析引论》（*A General Introduction to Psychoanalysis*）中指出，说话者决意不将观念发展为语言，因此他便说错了话。《红楼梦》中丰富的口误现象，为我们描绘了多姿多彩的语言天地和人物复杂纷呈的内心世界。

第四十五回：一个秋雨绵绵之夜，宝玉头带箬笠，身披蓑衣来看黛玉，黛玉不觉笑了："那里来的渔翁！"再细看这蓑衣斗笠，却是十分细致轻巧，非寻常市卖的。宝玉看黛玉喜欢，就打算弄一套送黛玉，黛玉马上说"我不要他。戴上那个，成个画儿上画的和戏上扮的渔婆儿了"①。渔公渔婆，本就是一对儿，是夫妻。黛玉话刚说完，"方想起话未忖夺，与方才说宝玉的话相连，后悔不及，羞的脸飞红"②。可见黛玉潜意识里希望与宝玉成双成对，有情人终成眷属，换句话说，黛玉的本我渴望与宝玉结成夫妻。在封建社会，待字闺中的少女是羞于说出"渔翁渔婆"这样的话的。黛玉的本我被封建的伦理道德标准所束缚，只有黛玉的意识约束力下降，长久被环境、道德等社会普遍约束力压迫至意识底层的精神存在才会立马浮上意识表层，从而产生口误。"方想起来话未忖夺"表明了黛玉对自身的心智解读，意识到自己真正的内心，为了掩饰尴尬，"便伏在桌上嗽个不住"。

---

① 曹雪芹，高鹗：《红楼梦》，长沙：岳麓书社，2001年版，第309页。

② 曹雪芹，高鹗：《红楼梦》，长沙：岳麓书社，2001年版，第309页。

在清虚观打醮时，宝玉听说史湘云有一个金麒麟，于是就把张道士贺礼中的金麒麟揣在了自己怀里。可这一揣不要紧，却又增添了黛玉无尽的烦恼。“近日宝玉弄来的外传野史，多半才子佳人都因小巧玩物上撮合，或有鸳鸯，或有凤凰，或玉环金珮，或鲛帕鸾绦，皆因小物而遂终身之愿。今忽见宝玉亦有麒麟，便恐借此生隙，同湘云也做出那些风流佳事来。”① 所以后来宝玉为黛玉拭泪时说话忘了情，才会动了手，顾不得死活时，黛玉才会脱口而出说：“你死了倒不值什么，只是丢下了什么金，又是什么麒麟，可怎么好呢?”② 原有“金玉姻缘”，现又有“金麒麟姻缘”，此时，醋劲大发的黛玉本我突显，凡是拥有小巧物件跟宝玉“阴阳”相配的女性，都成了黛玉提防的对象。幸亏黛玉超我的及时规范，才让谨言慎行的黛玉回到现实，让黛玉“遂自悔这话又说造次了”。

7.5 《红楼梦》中的痴

痴，很显然是一种病态的情感显现。《红楼梦》中痴人痴态，作者给读者刻画了一个情真意切、纷繁复杂的情感世界。宝玉和黛玉分别是绛珠草和神瑛侍者的化身，木石前盟，他们爱得如痴如醉，是至情至纯的代表。两人在《红楼梦》中的情感张力无疑是最大的。因情而痴，他们的感情很容易在巨大的现实冲突面前激化，表现出痴态，用痴显情。

第五十七回，紫鹃一句“林妹妹要回苏州”的顽话，宝玉听了，“便如头顶上打了一个焦雷一般”，“一头热汗，满脸紫胀”，“两个眼珠儿直直的起来，口角边津液流出”。连紫鹃都清楚，宝、黛“最难得的是从小儿一处长大，脾气性情都彼此知道的了”，爱情的种子已在两人心中生根发芽。宝玉的潜意识是渴望与黛玉“活着，一处活，不活着，一处化灰化烟”，所以紫鹃的一句戏言让宝玉“急痛迷心”，出现痴迷症状。湘云后来向宝玉描述他的痴狂之态时，引得宝玉自己伏枕而笑。原来这全是他潜意识的行为，完全不自知，而且听人说还不信。此时的宝玉完全没有自我心智解读可言，但爱已入髓，由于受到外部刺激，当意识无法控制潜意识的欲望本能时，本我就会冲破自我的桎

① 曹雪芹，高鹗：《红楼梦》，长沙：岳麓书社，2001年版，第214-215页。

② 曹雪芹，高鹗：《红楼梦》，长沙：岳麓书社，2001年版，第214-215页。

梏，寻求满足，从而出现各种各样的神经症症状或心理疾病症状。痴呆就是本我对本能欲望保护的一种应急反应。

第九十六回，黛玉从傻大姐那儿听到了宝玉和宝钗要成婚的事，“如同一个疾雷，心头乱跳”，心里“竟是油儿酱儿糖儿醋儿倒在一处的一般，甜苦酸咸，竟说不上什么味儿来了”，“那身子竟有千百斤重的，两只脚却像踩着棉花一般，早已软了”，脸上“颜色雪白”，眼睛也“直直的，在那里东转西转”。宝玉和宝钗的婚事对黛玉的打击无疑是毁灭性的，浓烈的感情和残酷的现实在黛玉内心形成剧烈的冲突。当意识崩溃后，本我从潜意识中浮出保护本能欲望。宝玉和黛玉见面时，宝玉只瞅着黛玉“嘻嘻的傻笑”，黛玉坐下“也瞅着宝玉笑”，两人“只管对着脸傻笑起来”。傻笑、痴笑是本我应急反应的一种外在表现，是一种自我精神的抚慰，两人的痴笑无疑让人感到的是心酸、苦楚和悲哀。

宝玉、宝钗的事情是黛玉数年来的心病，宝玉和宝钗的婚事让黛玉一时急怒，迷惑了本性。回来后吐了一口血，这口血让黛玉超我回归，控制着黛玉自我主动接受社会道德准则，接受“父母之命”，接受今生与宝玉有缘无份的现实，让黛玉“心中却渐渐的明白过来”。所以反不伤心了，“惟求速死，以完此债”。

宝玉和黛玉的痴很显然都属于情痴，而“邪魔”入侵则引起邪痴。第八十七回和第一百一十二回中，妙玉和赵姨娘的痴言痴语就是邪魔入侵的外在表现。妙玉的邪魔是内心涌动的春心和袈裟所包裹的清规戒律矛盾冲突的结果。妙玉正值花一样的年纪，美貌多才，情窦初开。对于宝玉，即使是袈裟也抑制不住她的邪心邪念。宝玉第一次去庵里，她便情不自禁地在内室赠茶，以及后来宝玉生日的飞鸿传情和讨要梅花，都是妙玉对宝玉情难以自处的表现。在妙玉潜意识里，她渴望得到宝玉的青睐。当宝玉夸她“静则灵，灵则慧”时，妙玉的脸一下就红了，“微微把眼一抬，看了宝玉一眼，复又低下头去”。怀春少女在心上人面前的娇羞之态跃然纸上。月光皎洁，并肩而行，潇湘馆外琴声绵绵。此情此景，让潜意识和意识的矛盾达到了不可调和的状态。妙玉的意识想要抑制住这邪魔，于是想坐到禅床上收摄心神。但一切都无济于事，妙玉精神状态崩塌：心中如万马奔腾，顿时觉得禅床摇晃，身子已飘离庵中。恍惚中，有许多王孙公子求娶她，有媒婆拽她上车，又有盗贼劫持和逼勒。她不得不哭喊着求救。对于妙玉的邪魔，惜春后来一语中的：妙玉虽然洁净，但毕竟尘缘未了。

如果说妙玉的邪魔还能平复，那么赵姨娘的邪魔则是坚不可摧的，因为赵姨娘的邪魔有其复杂的社会原因。在贾府，她永远是丫环，永远被人看不起。即使是自己的儿子，也低人一等。最可悲的是，连自己的亲生女儿都否认自己的存在。可想而知，她承受着巨大的精神压力。她想抗争，想争取自己的权力和地位，但赵姨娘的自我是清醒的。理想与现实、潜意识与前意识的巨大冲突让赵姨娘在邪魔的泥泞里越陷越深，不能自拔。

虽说妙玉与赵姨娘的邪痴有别，但潜意识与前意识以及意识的矛盾冲突给她们都造成了精神和肉体的双重伤害。妙玉“两手撒开，口中流沫”，“眼睛直竖，两颧鲜红”；赵姨娘则“满嘴白沫，舌头吐出”，其痛苦可想而知。这些都是邪痴的外在表现。邪痴也就是我们俗称的“中邪”，是本我的欲望面临自我理性的冲击，在超我巨大的道德禁锢下所形成的恐惧、绝望等精神压力。本我与自我之间的差距越大，本我和超我之间的矛盾就越难调和，所引起的情绪波动就越大。如果潜意识和意识之间无法找到平衡点，就会引起精神崩溃。这就是为什么妙玉的邪魔是可以平复的，而赵姨娘的邪魔是坚不可摧的。

7.6 《红楼梦》中的直觉

直觉是未经推理的直观感觉。作为日常生活中一种普遍存在的心理现象，直觉具有快速、直接等特征，是一种本能意识。直觉与人类大脑右半球的逻辑推理相关联。当突然出现新的现象、事物或者问题的时候，大脑右半球直接跳过推理过程，依赖人生阅历、知识甚至本能作出快速的、整体的判断。简而言之，直觉是大脑中的记忆碎片，结合感官所接受到的信息，跳过逻辑层面，直接把综合的信息结果反射到思维中。所以直觉反映了认知过程中的跳跃性以及非逻辑思维性。如果说逻辑思维代表理性，那么直觉代表的是率真。作为通灵宝石的宝玉其脱俗的直觉表现更加纷繁复杂。作者主要从言语、行为、视觉、嗅觉等角度对宝玉的直觉进行了描述。

言语是心智归因最直接的方式，是直觉最直接的表达形式。在第二回，宝玉直言：“女儿是水作的骨肉，男人是泥作的骨肉。我见了女儿，我便清爽；

见了男子，便觉浊臭逼人。”对女性的尊重是宝玉的一种直觉表现。舒芜在岳麓书社版《红楼梦》的前言中写道：“贾宝玉对女性的尊敬，并不是理性的认识，而是来自直接感受。”言语体现了宝玉的真性情。在《红楼梦》中，这样的例子比比皆是，不再赘述。

行为是人物性格和心智的外化。直觉发自内心，却见于行动。第十三回，宝玉听说秦可卿死了，“连忙翻身爬起来，只觉心中似戳了一刀的，忍不住哇的一声，直喷出一口血来”①。这个直觉反应，让人物的潜意识呼之欲出，但宝玉自己却不自知。袭人慌了，急着要回贾母请大夫，宝玉说：“不用忙，不相干，这是急火攻心，血不归经。”② 宝玉自己清楚是“急火攻心”，但却无法说出其深层原因。对于秦可卿的爱，由于伦理纲常，只能存于宝玉的潜意识中。

视觉是直觉发生的媒介。最典型的例子就是宝玉和黛玉的初次相见。作者给我们展示了一个用视觉来感觉的直觉世界。“闲静时如姣花照水，行动处似弱柳扶风。心较比干多一窍，病如西子胜三分。”③。宝、黛初次见面，都在打量对方。从未有过直接接触，宝玉如何知道黛玉之行为、如何知道黛玉之心思？一切全凭直觉。甚至对于黛玉的形容“两弯似蹙非蹙笼烟眉，一双似喜非喜含情目。态生两靥之愁，娇袭一身之病。泪光点点，娇喘微微”④，都带有直觉的因素。全凭直觉看出黛玉的“愁”心、“病”体，更别说两人之间的“似曾相识”感。这就是视觉引起直觉的玄妙之处。没有理由，只是从心出发的直观感受。

嗅觉也是引起直觉发生的一个重要媒介。如果说由视觉引起的直觉是玄妙，那么由嗅觉引起的直觉则妙不可言。以视觉鉴人、鉴物不足为奇，但以嗅觉鉴人、鉴物则异于常人。宝玉嗅觉的惊人之处是对香味的敏感。第五回，宝玉来到秦可卿的房间，便觉“一股细细的甜香袭人而来”，让宝玉“眼饧骨软”。这里的“甜香”是小男孩初入异性闺房的意乱情迷，是对性朦胧的、无意识的渴求，是宝玉的直觉反应。第八章，宝玉靠近宝钗，“只闻一阵阵凉森

---

① 曹雪芹，高鹗：《红楼梦》，长沙：岳麓书社，2001 年版，第 81 页。
② 曹雪芹，高鹗：《红楼梦》，长沙：岳麓书社，2001 年版，第 81 页。
③ 曹雪芹，高鹗：《红楼梦》，长沙：岳麓书社，2001 年版，第 21 页。
④ 曹雪芹，高鹗：《红楼梦》，长沙：岳麓书社，2001 年版，第 21 页。

森甜丝丝的幽香”。“幽”香反映香之绵长，“甜丝丝”是香之味道，“凉森森”是香之沁人心脾，“凉”是宝玉闻出的宝钗的性格。第十九回，宝玉未听黛玉说话，“只闻得一股幽香”从黛玉袖子中发出。宝玉所闻到的黛玉的“幽香”和宝钗的“幽香”其实就是少女的体香，是性香，是雌性荷尔蒙作用的结果。从情爱上，宝玉偏向黛玉，但男性对雌性荷尔蒙的吸引却是本能的。所以第二十八回，当宝玉看到宝钗雪白的胳膊时，也不由得心生羡慕，希望这胳膊能长到黛玉身上。

直觉是剖析人物心理状态的一把手术刀，不经意间的直觉反应能最真实地反应人物的性格。这是天然去雕饰之美，也正是作者刻画人物的独到之处。

8 《红楼梦》中人物的三向心智解读

心智解读是用来描述我们从隐藏的思想、情感、欲望和意图中解释行为能力的认知理论（Baron-Cohen Simon，1995）。日常生活中，我们总是在归因他人或自身的各种行为。比如我们看到有人伸手去拿水，我们就会认为他/她渴了。我们的归因常常会不正确，比如那个人伸手去拿水可能有其他原因，但心智解读是我们构建和操纵社会环境的默认方式。当心智解读能力受损时，就会引起交流、沟通失败，比如孤独症和精神分裂症患者就被认为是心智能力一定程度受损。我们心智解读的认识顺应性是杂乱的、贪婪的、前瞻性的，这些顺应性呼吁我们与他人的直接互动来作为发展和运用的条件。也就是说，人类的心智解读能力如此重要，我们的心智能力也随时准备行动，把我们每一个行动都置于强大的社会认知监督之下①。那么，我们不得不问：现实生活和小说叙事中多少层级的心理状态是我们比较喜欢的？

8.1 认知舒适度范围

认知舒适度范围是指我们在现实生活和小说叙事中喜欢的心理状态层级范围。邓巴（Dunbar）、邓肯（Duncan）和列托（Nettle）在《自由形成的谈话群组的大小和构建》（Size and Structure of Freely-Forming Conversational Groups）一文中指出：在自发的互动中，任何大小的社会群体通常都会分裂成更小的谈话群体。这样的谈话圈子通常只有四人或更少，只有在极少数正式的环境中才

---

① Jesse M. Bering. The Existential Theory of Mind. *Review of General Psychology*, 2002（6）：12. So important is the mind-reading ability for our species, and so ready is our Theory of Mind to jump into action and to subject every behavior to intense sociocognitive scrutiny.

会超过这个限制①。因此，在聚会上，当四个人在谈话时，如果有第五个人加入，那么这个谈话圈子很可能马上就会分裂成包含两人和三人的两个相对独立的谈话单位。这个观察暗示着我们在同一时间追踪四人心智有一定困难。如果我们任其自然，我们就会想方设法地设计能超过这个界限的社会环境。邓巴和他的同事在相关研究中发现，我们在处理四重以及更高级别的心理状态时，我们的理解力会急剧下降 60%。在生活谈话和小说叙事环境中，这种递归式的心理嵌入模式对我们的认知处理能力提出了更高的要求。对于一大群人（如 50 人、100 人、1000 人）的小说构建，我们看看作者是如何处理心智数量的问题。很显然，高度多重心智数量会超出我们的认知舒适度。作者通常有几种方法处理这样的挑战：有时作者用三四个突出人物代表一大群人，这些代言人充分收集大多数人的各种各样的观点；有时作者把一大群人描绘成一个心智齐声呐喊或者抱怨，这就让他们以统一的大众心理跟两人或者三人互动，这样，心智数量就可以控制在四人的舒适度范围内。

三重，不超过四重的心智状态模式是我们的认知舒适度范围。而且，有趣的事情常常发生在第三重。从古至今，作者就喜欢这种心智状态模式。也就是说，我们的大多数文化就发生在这个层级的心理状态中。因为似乎三个主体之间（不管有多少实质的人数参与）的相互作用是我们哲学、具象艺术和小说叙事的永恒主题。斯坦福大学认知文学批评家布莱克伊·韦尔默朗（Blakey Vermeule）就提出，小说中涉及第三重心理解读的时刻往往是最文学的时刻，因此呼吁强大的批判性监督②。三重心智解读强调的是心智嵌入模式及其层级，三向心智解读强调解读主体。三向心智解读的社会意义就如同列托（1994）所说的那样："首先，如果我们知道 A 在想 B 是如何考虑的，但 B 却不知道这些，那么我们就处于一个有利的位置；或者是 A 把我们当成了知心人，这就意味着我们是重要的合作搭档，我们比较聪明，知道一些他们不知道的重要事情，所以我们对 B 有影响力；或者是我们对 B 有好感，我们会给他

① Dunbar, R. I. M, N. Duncan & D. Nettle. Size and Structure of Freely-Forming Conversational Groups. *Human Nature*, 1994 (6): 67-68.

② Blakey Vermeule. Machiavellian Narratives. In Lisa Zunshine (ed.). *Introduction to Cognitive Cultural Studies*. Baltimore: Johns Hopkins University, 2010: 214. Moments in fiction that engage third-order Theory of Mind are the moments that we consider especially literary, and that have therefore attracted intense critical scrutiny.

一些暗示，赢得感激，从而互惠互利；抑或是我们对B怀有敌意，我们就可以拿他作为筹码。在任何情况下，这都是一个非常重要的情形：虽然我们只是一个旁观者，但我们已经成为社会三角的一部分，但如果我们知道A在想B是如何考虑的，而B又清楚这一切，那情形就完全不一样了。"①

无论是认知进化心理学家还是认知文化批评家的解释，他们都必须处理一件事情，那就是三向认知解读时的认知满意度的最终原因和直接原因之间的关系。如果我们寻找最终因果关系，我们如今的偏好可以追溯到我们进化的过去，比如在更新世时期成功进行三向心智解读是我们社会生存的必要手段。作为一个不断出现的认知挑战，三向心智解读影响着我们心智解读顺应性的发展，这就意味着我们本能地意识到自己很成功地进行了三重心理状态嵌入模式时，即使社会场景显得很不自然，我们也会对自己感到特别满意。如果寻找直接原因，那么我们三向心智解读的假想表征就是我们生活中的一个社会挑战。小说叙事中的三向心智解读很值得我们关注，因为它会向我们提供现实生活中心智解读不稳定性的清晰版本。这就是说，在小说中，你清楚地知道X是怎么想Y的，但在现实生活中，你不得不满足于对他人心理状态不完美的猜测。但无论何种解释，直接原因必须跟最终原因相结合。也就是说，我们对小说三向心智解读的广泛兴趣不仅依赖于我们的进化史，而且依赖于我们心智顺应性的日常操作。考虑到三向心智解读在我们社会生活中的重要性以及小说叙事和心智解读紧密接触的两个因素，我们认为所有的文化和所有的历史时期都会有三个主体参与的心智解读的情节。

作为中国古典小说经典的《红楼梦》，其三向心智解读更是不胜枚举。根据丽莎·詹赛恩（2011）的三向心智解读划分原则，我们将《红楼梦》中的三向心智解读划分为公式化三向心智解读、主题三向心智解读和非三向三向心智解读。

8.2 公式化三向心智解读

三向心智解读最典型的模式就是一个人观察两个相爱的恋人，被称作公式

① Lisa Zunshine. 1700—1775：Theory of Mind，Social Hierarchy and the Emergence of Narrative Subjectivity. In David Herman（ed.）. *The Emergence of Mind*：*Representations of Consciousness in Narrative Discourse in English*. Lincoln：University of Nebraska Press，2011：169.

化三向心智解读（Lisa Zunshine，2011：172）。在18世纪的小说中，这种一个观察者和两个恋人的心智三角无处不在。比如：列夫·托尔斯泰（Lev Tolstoi）的《安娜·卡列尼娜》（*Anna Karenina*）中的观察者基蒂（Kitty）、恋人安娜（Anna）和渥伦斯基（Vronsky）；亨利·菲尔丁（Henry Fielding）的《汤姆·琼斯》（*Tom Jones*）中的观察者为叙述者，恋人为汤姆·琼斯（Tom Jones）和苏菲娅（Sophia）。而且至今为止，这种形式就没有变化过。《红楼梦》中就有许多公式化三向心智解读。

林黛玉与贾宝玉的爱情纠葛是小说的主线，两人之间频繁的心智解读把所有的怨、痴、嗔一览无遗地展现在第三者或者一群人面前。在《红楼梦》第二十二回宝钗的生日宴上，大家都在看戏，凤姐戏谑地提到小旦与“某人”之间有相似处，宝钗和宝玉都不敢多言，只是点点头，但毫无心机的史湘云脱口而出说小旦像林姐姐。宝玉听了忙瞅了湘云一眼。但是已经太迟，众人听后，留神细看，都笑了起来。

宴席很快散了，生气的湘云命丫鬟收拾衣物打算提早回家。宝玉听说后，赶忙劝说并解释说他给她使眼色是怕林妹妹多想。黛玉碰巧听到了宝玉和湘云的对话，真正有趣的事开始了。首先，黛玉冷冷地解释，即使他没有比她，也并没有取笑她，但他所思所想却出卖了他。黛玉道：“你还要比？你还要笑？你不比不笑，比人家比了笑了的还厉害呢！”[①] 黛玉认为宝玉不应该担心自己对湘云会有看法。这是一个典型的嵌入式三重心智状态模式：第一重，黛玉对湘云有看法；第二重，宝玉担心黛玉对湘云有看法；第三重，黛玉认为宝玉不应该担心自己对湘云有看法。宝玉听了，无可分辩。

黛玉又道：“这还可恕。你为什么又和云儿使眼色？这安的是什么心？莫不是他和我顽，他就自轻自贱了？他是公侯的小姐，我原是民间的丫头，他和我顽，设若我回了口，那不是他自惹轻贱？你是这主意不是？你却也是好心，只是那一个不领你的情，一般也恼了。你又拿我作情，倒说我小性儿，行动肯恼人。你又怕他得罪了我。我恼他，与你何干？他得罪了我，又与你何干呢？”[②]

宝玉原出于好意，却不料反遭数落，所以非常沮丧，然后提笔立占一偈

---

① 曹雪芹，高鹗：《红楼梦》，长沙：岳麓书社，2001年版，第143页。

② 曹雪芹，高鹗：《红楼梦》，长沙：岳麓书社，2001年版，第143页。

云："你证我证，心证意证。是无有证，斯可云证。无可云证，是立足境。"[①] 意思是：彼此二人都想从对方的言行来印证对对方的感情，从而不断地用心去探测；看来只有到了灭绝情意的时候，才能无须再验证，才能谈得上感情上的彻悟；只有到了万境皆空，一切都无可验证之时，才是真正的立足之境。宝玉因情受伤，袭人问时赌气说不再"大家彼此"，自己是"赤条条来去无牵挂"[②]，不希望陷入感情纠葛之中。宝玉认为黛玉应该明白自己担心黛玉对湘云有看法（第一重，黛玉对湘云有看法；第二重，宝玉担心黛玉对湘云有看法；第三重，黛玉应该明白宝玉担心黛玉对湘云有看法；第四重，宝玉认为黛玉应该明白自己担心黛玉对湘云有看法），完全是出于自己对她的爱。想到昔日自己与黛玉两人彼此都想从对方身上得到感情的印证，说明其感情似乎并不坚固，黛玉似乎并不能了解自己的心意，于是产生了"失恋"般的郁闷。写完后，恐人看不懂，又填了一支《寄生草》放在偈后。很显然，他立偈的目标读者就是黛玉，他希望黛玉能明白他的情义。后来黛玉读到这个偈子，她续了两句："无足立境，方是干净"[③]。黛玉认为，何必寻愁觅恨，只有万缘俱寂、万物归空才是真正的"干干净净"。

黛玉与宝玉的心智互动被袭人看得清清楚楚、明明白白，"深知原委，不敢就说"[④]。观察者袭人加上两个恋人黛玉和宝玉就构成了公式化三向心智解读。此时袭人的心智状态模式是：袭人清楚，黛玉认为宝玉不应该担心自己对湘云会有看法（四重嵌入式心智状态模式）；袭人清楚，宝玉认为黛玉应该明白自己担心黛玉对湘云有看法（五重嵌入式心智状态模式）。由此可见，三向心智解读除了构建常规的三重嵌入式心智状态模式外，也可以构建四重、五重嵌入式心智状态模式。如果不考虑认知舒适度，作者甚至可以挑战更高级别的心智状态模式。

8.3 主题三向心智解读

施惠者、受惠者、观察者三者围绕施舍主题进行的心智解读，叫作主题三

① 曹雪芹，高鹗：《红楼梦》，长沙：岳麓书社，2001 年版，第 144 页。
② 曹雪芹，高鹗：《红楼梦》，长沙：岳麓书社，2001 年版，第 144 页。
③ 曹雪芹，高鹗：《红楼梦》，长沙：岳麓书社，2001 年版，第 144 页。
④ 曹雪芹，高鹗：《红楼梦》，长沙：岳麓书社，2001 年版，第 144 页。

向心智解读，也叫作被关注的施恩惠①。在《红楼梦》第六回中，刘姥姥上门告贷的段落可谓小说中最出彩的部分之一。刘姥姥忐忑、紧张、迫切的形象被描述得栩栩如生，而王熙凤虐待式施惠者的形象更被刻画得入木三分。对于乡下老太太来访的目的，老于世故的王熙凤当然心知肚明。刘姥姥见王熙凤时连忙"拜了数拜"，王熙凤问话时，刘姥姥"未语先飞红了脸"，正欲告贷时，蓉哥闯进来，刘姥姥更是"坐不是，立不是，藏没处藏"②。在分析《红楼梦》中人物的具身透明性时，我们可以看出，贫困告急、羞于启齿的刘姥姥在凤姐眼里是透明的③。通过刘姥姥的身体语言，王熙凤正享受着对刘姥姥的心智解读。而迫切、忐忑的刘姥姥也在谨慎小心地解读着王熙凤。当王熙凤让她晚饭后再说，便觉得有些希望，"心神方定"。但到最后王熙凤打算资助时还先告艰难："外头看着这里轰轰烈烈，殊不知大有大的艰难去处，说与人也未必信罢"④，让刘姥姥心里突突，以为没有希望了。由于权力和地位的不平衡注定了王熙凤与刘姥姥之间心智解读互动的不平衡。在刘姥姥眼里，王熙凤的心理状态是隐藏的，而刘姥姥的一举一动在王熙凤那里是完全透明的。当然，王熙凤与刘姥姥之间失衡的心智解读较量被周瑞家的看在眼里，她深知王熙凤的精于算计与爱慕虚荣，也清楚刘姥姥的难为情和忐忑。当周瑞家的报告了老夫人，回来带话，说有什么跟凤姐说都是一样的，可刘姥姥羞于开口，只道："也没甚说的，不过是来瞧瞧姑太太、姑奶奶，也是亲戚们的情分"⑤。周瑞家的忙给刘姥姥递眼色，刘姥姥这才表明了来意。

王熙凤作为施惠者、刘姥姥作为受惠者、周瑞家的作为观察者，三人围绕施舍主题进行的心智解读，就是典型的主题三向心智解读。分析这种被关注的施舍的情节，我们可以推测具有移情和善行的小说故事会跟情感表征产生共鸣。社会历史的发展挑战单纯的施舍救济行为，从而把施舍重新变成一个具有

① Lisa Zunshine. 1700—1775: Theory of Mind, Social Hierarchy and the Emergence of Narrative Subjectivity. In David Herman (ed.). *The Emergence of Mind: Representations of Consciousness in Narrative Discourse in English*. Lincoln: University of Nebraska Press, 2011: 175-176.

② 曹雪芹，高鹗：《红楼梦》，长沙：岳麓书社，2001年版，第43页。

③ 曾冬梅，邓云华：心智解读与《红楼梦》中人物的具身透明性.《南通大学学报》2016年第32期，第64-68页。

④ 曹雪芹，高鹗：《红楼梦》，长沙：岳麓书社，2001年版，第44页。

⑤ 曹雪芹，高鹗：《红楼梦》，长沙：岳麓书社，2001年版，第42页。

很大吸引力的有争议的话题。这个情节中的心理嵌入模式，即由不同程度的共同意识引发的心智三角，让这种被关注的施舍更具有认知意义，增加他们的叙述吸引力。

以心智三角为特征的小说叙述可以让读者认识到，参与这种小说叙事中的心理状态的归因，他们就可以学到一些关于慈善捐助的政治。对社会相关性的了解能促进这些捐赠施舍的认知构建的吸引力。

8.4 非三向三向心智解读

在本书的第七章，我们分析了弗洛伊德的自我、超我以及本我，这三者其实就是驱使一个人行为的三种心理状态。依据快乐原则运作，本我追求愉悦，追求完美，是过分的、盲目的、非理性的、非社会化的、自私的；自我则追求现实，自我的功能是根据现实来表达和满足本我的愿望；超我主要强调实现个人与社会的整合，实现个人的社会价值（Freud，1923）。从认知角度看，这个理论如此有影响力的原因之一，就是它把三向心智模式放入多样化的文化语境，使多种解释成为可能。

在《红楼梦》第三十二回，宝玉正同湘云谈经济一事，宝玉说：“林妹妹不说这样混账话，若说这话，我也和他生分了。”这让黛玉又悲又喜：喜的是，宝玉果然是知己；悲的是，父母早逝，虽有铭心刻骨之言，无人为她主张①。第四十五回，黛玉躺在床上感念宝钗，又羡慕他有母兄。“听见窗外竹梢蕉叶之上，雨声淅沥，清寒透幕，不觉又滴下泪来。”② 中国传统一直讲究“父母之命，媒妁之言”，如果有父母兄长，自然有人替她做主。现实中的林黛玉（自我）以及林黛玉假想的有父母兄长的自己（本我），在清寒雨夜窃窃私语。作为黛玉的贴身丫鬟，紫鹃当然将这一切看在眼里，她很清楚黛玉内心的担忧和期盼。在第五十七回，紫鹃说，替黛玉愁了这几年了，又没个父母兄弟，谁是知疼着热的人？劝她趁老太太健在时，赶快找一知心人。

现实中的林黛玉（自我）、林黛玉假想的有父母兄长的自己（本我）以及紫鹃构成了非严格意义上的心智解读的三个主体。这种心智解读就叫作非三向

① 曹雪芹，高鹗：《红楼梦》，长沙：岳麓书社，2001 年版，第 215 页。

② 曹雪芹，高鹗：《红楼梦》，长沙：岳麓书社，2001 年版，第 310 页。

三向心智解读。这种心智解读的存在就意味着，那些想要避免三向心智解读的作者不得不面对一个现实，那就是第三个心智总会悄然潜入。

具体的社会语境吸引着我们的认知顺应性，并由此塑造文化表征的历史以及随之而来的我们对历史的思考。小说叙述的认知描述是如此的丰富多彩，以致我们无法指定任何一种心智解读三角为最基础的心智三角。如果我们一定要指出《红楼梦》或者18世纪叙事三角形式的最基本特点的话，那就是多样性：使用公式化三角的文本、以主题构建三角的文本、使用非严格意义上的三角的文本以及使用三角增加哲学以及美学观点的修辞吸引力的文本共存。文化历史学家对18世纪这种高速发展的媒介进行了具体的认知评论，那就是萌芽的资本主义经济给它的消费者提供了多途径的心智解读顺应性，心智解读的虚幻表征的主题构建无处不在。18世纪的文化遗产就是心智解读多样性的遗产。

9 《红楼梦》中的具身透明性

认知进化心理学家相信人类的心智解读顺应性在距今180万年至1万年的更新世时期得到了发展，人类的神经回路也已适应了他人的存在、行为和情绪表现[①]。这种适应性在新生儿身上都会出现，随着我们的成长，适应性会以细微差别的多种形式呈现。认知神经学家提出，镜像神经元提供了一种神经元机制，这种机制可能是人类模仿以及表征他人目标和意图能力的一个关键组成部分。早期的功能性成像研究大多关注于了解如何表征他人简单的行为，但近期的研究已经将同样的机制用于了解他人的情感和知觉。认知科学研究因此进入了一个由哲学家和文学批评家广泛开展的一个新研究领域，那就是模拟研究、现象学以及意向性研究。模拟研究包含了从亚里士多德（Aristotle）的《诗学》（*Poetics*）、大卫·休谟（David Hume）的《论悲剧》（*Of Tragedy*）、埃里希·奥尔巴赫（Erich Auerbach）的《模拟：西方文学的现实表征》（*Mimesis: The Representation of Reality in Western Literature*）以及瓦尔特·考夫曼（Walter Kauffmann）的《悲剧和哲学》（*Tragedy and Philosophy*）到文化研究的模拟和操演性的再思考；现象学的主要代表乔治·巴特（George Butte）在《我知道你清楚我知道》（*I Know That You Konw That I Know*）中把法国著名哲学家、存在主义的代表人物、知觉现象学的创始人梅洛·庞蒂（Merleau-Ponty）的现象学理论重新引入到文学和电影研究中（George Butte，2004）；意向性研究的主要代表是芝加哥大学教授玛莎·纳斯鲍姆（Martha Nussbaum），她在《思想的剧变：情商》（*Upheavals of Thought: The Intelligence of Emotions*）中批判了传统的情感和明显身体状态之间的关联性（Martha Nussbaum，2001）。虽然镜像神经元的研究还处在初级阶段，但我们可以欣喜地看到传统人文研究和人际主体的神经基础研究的交叉。

---

① Lisa Zunshine. Theory of Mind and Fictions of Embodied Transparency. *Narrative*, 2008, 1 (16): 67.

9.1 具身透明性

具身透明性（embodied transparency）指的是小说叙事中人物的身体语言不自觉地泄露他们的情感，尤其是当人物想要隐藏自己的情感时。这样的时刻所带来的心智解读的冲击也正好解释了这样的时刻所带来的阅读乐趣[①]。“具身”概念源自认知神经科学下的具身认知，强调心智对身体及其感觉运动系统的依赖性，认为认知既是具身的，也是嵌入的[②]。也就是说，心智、大脑、身体和环境是一体的。具身透明性给我们提供了一种在日常生活中我们非常珍惜却又永远得不到太多的东西，那就是我们在复杂的社会环境中进入他人心智的经验。具身透明性也是小说吸引我们的心智解读顺应性的一种方式，心智解读使小说成为可能。小说的阅读过程就是小说人物、作者甚至读者自身在体裁和风格制约下的三种心理状态归因的平衡和配置过程。心智理论是为了探寻现实社会互动中的心理状态，但在某种程度上，我们的心智解读顺应性不会区分现实中的人和小说中的人的心理状态。小说叙事滋养着我们如饥似渴的心智理论，它给我们的心智解读提供了强大的社会环境，因此小说叙事中心智解读的乐趣在很大程度上是一种社会愉悦，是对我们仍然是社会游戏中优秀玩家的一种虚幻的、令人满意的肯定。

小说的具身透明性具有三个基本原则。第一，对比性。吸引眼球的任何艺术形式都需要层次感和对比度，所以作者必须构建一个突出人物透明性的环境，使它区别于其他相对缺乏透明性的角色，或者其自身前一刻抑或是后一秒相对缺乏透明性的状态。第二，短暂性。要想具有可信性，透明性的时间必须是短暂的。因为人物的透明性时间越长，人物知道他人通过自己的身体语言解读自己的心理状态，从而自己通过延长透明性时间来控制他人心理的可能性就越大。从伦理道德角度来看，短暂性也是必需的。一个人物被迫变得透明，而另一个人物在观察，如果这一切进行得太久，观察者很快就会被看作虐待狂。作者如果想让他的主人公变得富有同情心，他是不会把他们置于享受观察别人

① Lisa Zunshine. Theory of Mind and Fictions of Embodied Transparency. *Narrative*, 2008, 1 (16): 72.

② M. J. Landau, B. P. Meier & L. A. Keefer. A Metaphor-Enriched Social Cognition. *Psychological Bulletin*, 2010 (136): 1047.

透明性的境地的。第三，抑制性。人物通常都会极力地隐藏他们的情感，只有这样，人物才能透明。抑制性跟我们对复杂心理状态的痴迷有关。人物如果知道别人极力地解读他们的身体语言，他们就会想方设法地控制自己的身体语言从而影响别人对他们心理状态的看法。显然，这样的人物比那些单纯展示情感的人物要有趣得多①。一旦人物极力地去隐藏他们的情感，就会出现这样的心智状态：我不想让他知道我在想什么。这是一个典型的三重嵌入式心智模式，所以说抑制性呼吁三重嵌入式心智状态模式。当然，这些原则也并不是绝对的。一定的体裁，如以不可靠叙述者为特点的童话故事，常常会违背这个原则。

曹雪芹无疑是中国文学史上的巨匠。他有意无意地构建了一个个突出人物透明性的社会环境，让人物形象跃然纸上。小说中的具身透明性给我们提供了解读人物心智的直接途径，让我们享受到过山车式的乐趣。

《红楼梦》中的具身透明性主要体现在隐藏的绝望、隐藏的爱意和虐待式的施惠者三个方面。

9.2 隐藏的绝望

《红楼梦》第三十三回，宝玉挨打，贾政的身体语言所反映的心理状态是极其丰富的。忠顺亲王派人来索要小旦琪官，已经使贾政“又惊又气”。未曾想贾环就金钏儿自杀一事有意拨弄是非，陷害宝玉，把贾政气得“面如金纸”。此时的贾政已气急败坏，下定决心要打宝玉，一连声喊“拿宝玉来!”，众门客仆人也识趣地退出。“那贾政喘吁吁直挺挺坐在椅子上，满面泪痕。”这里的“满面泪痕”已不再是简单愤怒的成分了，它透露了贾政深深的绝望和悲哀。“今日再有人劝我，我把这冠带家私一应交与他和宝玉过去！我免不得做个罪人，把这几根烦恼鬓毛剃去，寻个干净去处自了，也免得上辱先人下生逆子之罪。”② 因为他希望宝玉长大后继承“祖宗荫德”，做一个“孝子贤孙”。可宝玉违背了他的意愿，成了不孝子，使贾府后继无人。由于极度的失

---

① Lisa Zunshine. *Getting inside Your Head: What Cognitive Science can Tell Us about Popular Culture*. Baltimore: The Johns Hopkins University Press, 2012: 30.

② 曹雪芹，高鹗：《红楼梦》，长沙：岳麓书社，2001 年版，第 220 页。

望，他甚至产生了出家为僧的念头。“喘吁吁直挺挺坐在椅子上”，贾政明显地是想抑制住自己的绝望，不被众小厮发现。但他的身体语言出卖了他，小厮们能读懂他的绝望，所以没有人进来劝说，都“齐齐答应着，有几个来找宝玉”①。此时呈现的是一个三重心理状态模式：第一重，贾政对贾府未来感到绝望；第二重，众小厮们知道贾政对贾府未来感到绝望；第三重，贾政不想让众小厮们知道自己对贾府未来感到绝望。贾政一见到宝玉，眼都红了，明显的是怒其不争，于是命令小厮们将宝玉按在凳子上用大板打了十来下，贾政还嫌打得轻，一脚踢开掌板的，自己夺过板子来，狠命地又打了十几下。且不说王夫人和贾母进来阻拦后贾政心理状态的变化，此时贾政的心理已是一波四折：又惊又气——气急败坏——绝望以及狂怒。贾政绝望的时刻正是其具身透明性时刻，他想要抑制的绝望对小厮们和读者来说是透明的。作者也有意让其具身透明性区别于其自身前一刻的气急败坏以及后一秒的狂怒这些相对缺乏透明性的状态。前后心理状态的变化说明这种具身透明性是短暂的。贾政的三重心理状态模式说明在小说中具身透明性与社会复杂性可以有机地结合，两者的相关性是肯定的。作者会有意无意地设置相关社会情节使人物的身体语言能全面反映他们的心理状态，所以小说中的人物大体上是可知的，小说表征可以成功地创造透明性幻想。

9.3 隐藏的爱意

宝玉挨打，宝钗前去探病，其具身透明性泄露了她对宝玉的爱，所表现的内心世界反映了她鲜明的性格。

宝钗问宝玉可好些了，宝玉一面道谢一面让座。“宝钗见他睁开眼说话，不像先时，心中也宽慰了好些，便点头叹道：‘早听人一句话，也不至有今日。别说老太太、太太心疼，就是我们看着，心里也……’刚说了半句又忙咽住，觉眼圈微红，双腮带赤，低头不语了。”② 听宝玉说好些时，宝钗心中感到宽慰。可一提到宝玉所受到的伤痛，心里也很心疼，所以才会“眼圈微红”，可她赶忙咽住，明显的是要抑制住自己快要脱口而出的爱意，深受封建

① 曹雪芹，高鹗：《红楼梦》，长沙：岳麓书社，2001年版，第220页。

② 曹雪芹，高鹗：《红楼梦》，长沙：岳麓书社，2001年版，第223页。

礼教影响的宝钗是绝不敢公开表达爱情的。她爱宝玉，这让她“双腮带赤”，“低下头只管弄衣带”，与平时举止大方的她判若两人。少女怀春的娇羞跃然纸上。这一切在宝玉眼里是透明的，“那一种软怯娇羞、轻怜痛惜之情，竟难以语言形容，越觉心中感动，将疼痛早丢在九霄云外去了”[①]。当然，宝钗的透明性并没有持续太久，为了掩饰自己的情感，她马上转移了宝玉的注意力，问袭人为什么会打起来。宝钗的心理状态从宽慰到隐藏爱意却又不小心泄露爱意，强烈的对比使后者更加凸显，这样的人物显然比单纯展示情感的人物要鲜活得多，宝钗的人物性格因此被展现得淋漓尽致。毫无疑问，这一切在读者眼里也是透明的：宝钗是封建大家庭里的典型淑女形象，循规蹈矩，遵守封建礼仪，她认同男子走封建仕途经济的道路，所以在宝玉挨打的事上，她是认同的。出于对宝玉的爱，她前来探望，可她缺乏反叛精神，即使爱意满怀时，也始终固守着封建礼仪，不敢有丝毫僭越。

9.4 虐待式的施惠者

小说中，有些人可以察觉到别人真正的情感，有些人根本不会注意任何事物，有些人甚至回头去斟酌别人的表情或者动作的真正含义。但是，还有一些人，他们不满足于仅仅发现他人的情感，相反，他们会有意构建他人的透明性，也就是说，这些人强迫他人通过他们的身体语言泄露他们的真实情感。为了避免虐待狂的指控，那些迫使他人显示具身透明性的人物的行为往往是受到复仇、情感、欲望或者良好愿望的驱使。后两种情形的道德标准非常模糊，迫使他人显现具身透明性并不能直接地被定义为折磨或者虐待。实际上，他们反而会觉得自己的行为最终会使那些展现透明性的人受益。为了反映这种模糊性，丽萨·詹赛恩把这样的人物角色叫作虐待式的施惠者[②]。《红楼梦》中王熙凤就是这样一个典型人物。

王熙凤是《红楼梦》整部小说的点睛人物，作为荣国府的“大总管”，她处事高明，精于算计，逞强好胜，爱慕虚荣。在《红楼梦》第六回中，她充

① 曹雪芹，高鹗：《红楼梦》，长沙：岳麓书社，2001 年版，第 224 页。

② Lisa Zunshine. *Getting inside Your Head: What Cognitive Science can Tell Us about Popular Culture*. Baltimore: The Johns Hopkins University Press, 2012: 45.

当了虐待式施惠者的角色，一步一步地迫使刘姥姥通过身体语言泄露自身的情感。势利的她，对于一个乡下老太太的来访是漫不经心的，老于世故的她很清楚一个穷亲戚来拜访的目的。但她没有直奔主题，而是享受权利、财富带给她的荣耀。周瑞家的已把刘姥姥和板儿带到了她跟前，“这才忙欲起身、犹未起身时，满面春风的问好，又嗔着周瑞家的怎么不早说”①。对于刘姥姥，她是不屑起身相迎的。而此时的刘姥姥在地下已是拜了数拜。一位贫困告贷的农村老太太忐忑、紧张、迫切的形象清晰地展现在我们面前。凤姐叫人抓些果子给板儿吃，说了些闲话，应付了些媳妇管事的。直到周瑞家的报告了老夫人，回来带话，说有什么跟凤姐说都是一样的，刘姥姥未语先飞红了脸，才忍耻说道“论理今儿初次见姑奶奶，却不该说，只是大远的奔了你老这里来，也少不得说了”②。刚说到这，有人来报贾蓉来了，凤姐忙止住刘姥姥“不必说了”。“刘姥姥此时坐不是，立不是，藏没处藏”③。贫困告急，羞于启齿的刘姥姥在凤姐眼里是透明的。通过刘姥姥的身体语言，她正享受着对刘姥姥的心智解读。凤姐到最后打算资助时还先告艰难：“外头看着这里烈烈轰轰，殊不知大有大的艰难去处，说与人也未必信罢。”④ 这些话让刘姥姥心里突突的，以为没有希望了。可王熙凤后来又把给丫头们做衣服的二十两银子打发给了刘姥姥。王熙凤的行为虽然明显地透露着轻视，可也立即让刘姥姥从失望变得“喜的又浑身发痒起来”，“千恩万谢”。凤姐的工于心计此刻体现得淋漓尽致。如果一见刘姥姥她就用钱打发了，刘姥姥可不会像现在这样感恩戴德。

由虐待式施惠者所暗示的心智解读的不对称也是现有权利不对称的一种反映。这种解读的不对称通常表现为如下三种形式：神明对人、富人对穷人、成人对小孩。王熙凤对刘姥姥的心智解读就是典型的富人对穷人的解读，由于财富所带来的权利的不对称，使这种解读明显失衡。王熙凤的心理状态是隐藏的，而刘姥姥的一举一动在凤姐那里是完全透明的。在某种程度上说，心智解读的途径就意味着权利，对心智的有效控制就意味着权利的滥用，如王熙凤那样的解读直接彰显了她控制他人心智的能力与欲望。

---

① 曹雪芹，高鹗：《红楼梦》，长沙：岳麓书社，2001 年版，第 42 页。
② 曹雪芹，高鹗：《红楼梦》，长沙：岳麓书社，2001 年版，第 42 页。
③ 曹雪芹，高鹗：《红楼梦》，长沙：岳麓书社，2001 年版，第 43 页。
④ 曹雪芹，高鹗：《红楼梦》，长沙：岳麓书社，2001 年版，第 44 页。

心智解读使人类文化成为可能。身体既是人类思想和感情最可靠的信息源，也是最不可靠的信息源。也就是说，我们往往把身体看作是最好的和最差的信息源。一方面，我们非常重视从身体语言来搜集关于他人心理状态的信息；另一方面，我们又把这个信息视作非常不可靠的信息。这种自相矛盾的双重视角是基础的，也是不可避免的，它反映了我们社会生活和文化表征的全部。毫无疑问，每一个行为背后都有一个心理状态，但我们并不清楚这个心理状态到底是什么。即使我们不清楚别人在想什么，我们在日常生活中还是或多或少地进行着心智解读。丹·斯珀伯（Dan Sperber）就曾说过，在我们每天理解他人的努力中，我们会做出不完全的推测式的解释（我们与他人的差异性越大，这种解释也就越具推测性），正是因为这些解释的不完美和不确定性，才使我们大家能够和睦相处。如果我们真正停下来，竭尽全力地了解周围的人到底在想什么，那么我们将丧失社会行为能力，纠结于可能的解释，而不能真正实施任何行为[①]。

同时把身体看作心智解读的直接途径将为我们看待多样文化现象提供新的方法。具身透明性的概念也无疑可以让我们认识一种普遍的形式，这种形式不受体裁、历史时期、元表征传统的影响，完全来源于我们心智解读不完美的却又强大的顺应性。值得我们注意的一点是，相对于其他了解人物感情的技巧而言，具身透明性在小说中出现得相对少些。认知叙事学家艾伦·帕尔默指出：小说阅读的乐趣在于享受被人告知小说人物在想什么，相对于现实生活中阅读他人的乐趣要求正确解码他人的行为来说，不能不算是一种解脱[②]。

---

① Dan Sperber. *Explaining Culture*: *A Naturalistic Approach*. Oxford: Blackwell, 1997: 79.

② Alan Palmer. *Fictional Minds*. Lincoln: University of Nebraska Press, 2004: 192.

10　《红楼梦》中的具身透明性语境

一部小说中的具身透明性时刻是短暂的、抑制的、有区别的，但这远远不够。为了具有说服力，这个具身透明性时刻应该在体裁语境中看上去超常规。我们在前面已经谈到了宣称身体方方面面不伪造的文化制度和那些竭力去表演身体方方面面个体之间的较量与竞争。创造透明性语境的文化表征是这种较量与竞争的前提。作家、艺术家、影视剧导演必须不断地探寻迫使身体透明的方法，创造具身透明性的语境。

10.1　身体与心智解读

在本书第一章中，我们提到心智解读的认知顺应性是杂乱的、贪婪的和前瞻性的。心智解读是人类互动抑或是虚构的人类互动不断刺激的结果，它包含了无数的具象艺术和叙事形式。为了更清楚地说明这一概念，我们有必要先比较一下心智解读顺应性和视觉顺应性。因为我们人类不断进化，通过视觉吸收大量的外界信息。早上一睁开眼，我们就会情不自禁地“看”世界。根植于视觉顺应系统特殊性的文化实践范围是惊人的。认知进化心理学家杰西·贝林（Jesse M. Bering）认为：“人到了一定年纪就无法关闭他们的心智解读能力，即使他们想关闭都做不到。所有人类行为永远都被当作是难以察觉的心理状态的产物，因此每一次行为都受制于强烈的社会认知监督。”[①] 所以，虽然我们还不能了解我们的生活在多大程度上是由心智解读顺应性构建的，但心智解读

---

① Jesse M. Bering. The Existential Theory of Mind. *Review of General Psychology*, 2002（6）: 3-24. After a certain age people cannot turn off their mind-reading skills even if they want to. All human efforts are forevermore perceived to be the products of unobservable mental states, and every behavior, therefore, is subject to intense sociocognitive scrutiny.

顺应性和视觉顺应性一样具有深远而又广泛的文化影响。

我们把人类的可视行为既当作一个可靠的信息源，同时也当作一个最不可靠的信息源。这种双重视角既是最根本的，也是无可避免的，它赋予了我们全部社会生活和文化表征最基本的特征。为了更好地了解双重视角的威力，我们就必须仔细想一想自己对身体语言所持的怀疑态度。当我们和某人说话时，他/她期待我们通过他/她的面部表情、行动和外表获取信息，也就是说，他/她不清楚此时此刻我们会注意到他/她什么具体的微笑、耸肩或者文身并认为很重要。确实，我们自己也不清楚。但进化的人类本能却让他/她期待我们解读他/她的身体，了解他/她的思想、欲望和打算；而且同样的进化也让我们知道他/她期待我们以这种方式解读他/她的身体。这就意味着，我们必须不断地在信任他人各种肢体语言中寻求平衡。

我们谨慎地对待我们通过他人的可观察行为捕获的有关他人心智状态的信息。我们会不由自主地把他人的可观察行为当作他人心智可靠的信息源。因为身体是人类作为社会物种在进化过程中一直不断解读的文本，我们无法摆脱的认知顺应性让我们一直关注这个特殊的文本。

但我们也不完全信任我们的身体，人与人之间迅速地但又不完美地解读让我们度过每一天。由于我们根据隐藏的心理状态草率地解读彼此的行为，在某种层次上，我们让“可观察行为是种误导”这种假设生生不息。值得注意的是，这种行为也不需要有意误导：如果我们碰到某人，他/她皱着眉头，我们就会错误地推测他/她看到我们不高兴。有时身体可以错误地表征心智。

所有的这一切让我们陷入困境，我们的心智解读如饥似渴，需要隐藏心理状态的可观察行为不断地输入信息。我们有进化的心智解读聚焦的身体，而身体作为我们心智解读痴迷的关注对象是享有特权的，它可以成为他人心智状态潜在的误读信息源。

对心智理论的研究弥补了我们关于身体是表演场地的看法，因为我们被彼此的身体所吸引，以期通过肢体了解彼此的想法和意图，最终我们通过演绎自己的身体（不总是明显的或者成功的），来帮助别人形成对我们心理状态的看法。所以，一个具体的肢体动作只能被当作此时此地的文化构建，也就是说，作为影响他人看法的一种尝试。

认知进化研究因此帮助了文化研究理论家扩展了表演的意义。戏剧历史学家、表演研究专家约瑟夫·罗奇（Joseph Roach）认为，表演“作为社会产品、社会层面最丰富的隐喻，它不断涉及戏剧性，包含更为广泛的人类行为，这样的行为也包括了米歇尔·德塞都（Michel de Certeau）所指的日常生活实践，在日常生活实践中观察者拓展为参与者”①。的确，关于心智解读的研究表明，不管我们是否意识到，我们日常的心智解读把我们每一个人都变成了表演者和观察者。心智理论的研究同时也鼓励我们把更多的文化制度和社会实践看作既反映我们归因心智的首要需要又受制于心智解读过程中固有的不稳定性。例如，我们的社会基础设施里充满了可以避开我们可伪造、可表演、可构建的肢体语言的设备，我们利用血液和头发样本、医疗记录、指纹和测谎仪器来避免做出重大决策时只能依靠他人即时行为提供信息的局面。这些设备是有帮助的，但没有一个是完善的。我们不会生活在科幻电影《千钧一发》（*Gattaca*）所描述的未来里。主人公文森特（Vincent）伪造了血液和头发样本向他人隐瞒自己的意图，但科幻时刻并不能捕捉我们对世界的社会认知特性，也就是说，不能捕捉那种认为肢体语言不可伪造、无意图、方方面面都很重要的文化制度与个体试图表达那些不可表述的肢体语言之间不断的矛盾冲突和较量。

我们再一次将认知进化论与朱迪斯·巴特勒（Judith Bulter）和佩吉·费兰（Peggy Phelan）等文化理论家的研究成果进行比较。朱迪斯·巴特勒（1993）和佩吉·费兰（1993）一直把身体看作是一个不断减弱的所指、一个永久有争议的可靠意义存储地。佩吉·费兰认为，生动表演的身体是符号交叉的中心，符号交叉让人观察、解读和记录表演，我们期待回到不需要语言的地方——一个幻想的天堂，那里没有语言和视觉的区分②。我们心存一丝希望，认为在烦人的世界开拓一些确定的区域是可能的，所以我们才会对身体是不断

① Joseph Roach. Culture and Performance in the Circum-Atlantic World. In Andrew Parker & Eve Kosofsky Sedgwick (eds.). *Performativity and Performance*. New York: Routledge, 1995: 46. Though it frequently makes references to theatricality as the most fecund metaphor for the social dimensions of social production, embraces a much wider range of human behaviours. Such behaviours may include what Michel de Certeau calls "the practice of everyday life", in which the role of spectator expands into that of participant.

② Peggy Phelan. Reciting the Citation of Others; or, A Second Introduction. In Lynda Hart & Peggy Phelan (eds.). *Acting Out: Feminist Performance*. Ann Arbor: University of Michigan Press, 1993: 15-29. The living performing body is the center of semiotic crossings, which allows one to perceive, interpret and document the performance event, we long to return to some place where language is not needed, an Imaginary Paradise where there are no linguistic and visual distinctions.

被构建和被表演的观点有所抵触。在烦人的世界中，我们喜欢的信息源身体的可靠性程度与不可靠性程度成正比。

10.2　身体与文化表征

有了身体，我们从文化表征中又能期待什么？换句话说，当我们的文化与贪婪心智理论的悖论和不稳定性纠缠在一起时，我们将如何改变自己的世界观？

首先，我们确定一个行为背后必定隐藏一种心理状态。当你看到某人在会场突然跳起来的时候，我们不假设他的心理状态，但可以合理解释他的行为。比如：他有了一个主意；他突然想起了什么；他想看自己究竟能跳多高；他屁股碰到凳子上尖锐的东西了；他看到了一条蛇；他想证实大家是否都清醒。认为每个行为背后都有一种心理状态的想法本身就是一个反应我们观察他人方式的认知工件。那个人跳起来时，他头脑中是否有想法和情感已经无关紧要了，对他同事以及任何一个在场的心智解读正常的人来说，他的跳跃本身就预示着一个隐藏的心理状态。

第二，即使我们知道一个行为背后有一个心理状态，但我们不知道这个心理状态具体是什么。这就是说，即使在最透明的行为背后也可能隐藏着什么。任何可观察的行为都无法完全显露给周围的人，这时候我们该暗暗庆幸：谢谢老天爷，我们不能解读彼此的心智，那这样别人也就无法知道我们在想什么。

第三，虽然我们不知道别人在想什么，但我们或多或少地可以依赖于我们的推测。借用认知文学批评家艾伦·斯波尔斯基（Ellen Spolsky）的观点，“我们日常的心智归因足够好”①。很明显，当一个男人大踏步走向跑步机时，无论过去还是将来我们都会认为他马上要用它，这就意味着我们最好去用另外一台。我们生活中每天都有这样粗糙的解读，正是因为解读的不完美和不稳定性，人与人之间才能和谐共处。如果我们停下来，想切实地知道周围的人在想什么，那我们将丧失社会行为能力。这时，我们就会注意到“不能解读彼此心智的时刻”，是因为这样的时刻在我们日常、粗糙的心智归因中非常突显，

---

① Ellen Spolsky. Cognitive Literary Historicism: A Response to Adler and Gross. *Poetics Today*, 2003, 24 (2): 164. Our everyday mind-attributions are good enough.

他们会打断解读过程，强迫我们一个更好的心智归因。也就是说，虽然我们不能完美地解读他人，但当我们以确切的、难以预料的心智归因他人的心智时，我们清楚地知道自己是怎么想的。

第四，因为我们了解每个行为背后必定有一个心理状态，所以即使我们不知道具体那是一个什么样的心理状态，即使我们假装知道，我们的文化表征还是会利用这种不稳定的知道和不知道的状态。日常生活和小说之间的一个最重要的区别就是意向性不完美的归因在我们生活中司空见惯，而我们小说的作者对这样“足够好”的归因不感兴趣。小说会放大或挖掘我们共有知识连续统一体的点：我们心智解读惊人的成功和失败就是小说情节的转折点。

综合上面的认知角度理论，我们会联想到本书前一章提到的一个概念：文化表征。它体现在不同作品和不同体裁中，这个表征，让主人公不自觉地通过身体泄露自己的真实感情，有时甚至违背自己的意愿。这样的时刻，在剩下的叙述中都会被前景化。在任何一种情形下，作者都会建立一个语境让角色的身体语言跟其他角色的不透明性甚至自身前一刻的不透明性形成强烈的对比。每一个透明性时刻都是相对的，都依赖于语境。在人类进化史上，作为社会物种的人类想要创造和关注这样的时刻的愿望是永久的。具身透明性表征会拿我们生活中难以拥有的东西取悦我们，那就是通过可观察行为进入他人心智。因此，具身透明性表征必须无限制地迎合我们的心智解读顺应性。这种顺应性能帮助我们通过身体解读心智，但同时，我们不得不同可能的误读以及由此引起的社会失败不断地斗争。所以说，由具身透明性引起的愉悦在很大程度上是一种社会愉悦——是深邃的社会洞察力和权利令人愉悦的错觉。想要知道进入他人心智的幻想会采取怎样的形式呈现，想要知道作者如何设置具身透明性的语境，就让我们看看《红楼梦》中的不同场景，包括看戏、游大观园、结社作诗、宴饮和酒令活动，看曹雪芹如何精心设计，让读者贪婪的心智来一顿大餐。

10.3 看 戏

《红楼梦》第二十二回，宝钗过生日，贾母捐资看戏的内院中搭了家常小巧戏台，定了新出的小戏，昆弋两腔都有。看戏的并没有外客，除了薛姨妈、史湘云、薛宝钗、林黛玉，其余都是自己人。大家都点了戏，按出扮演。上酒席时，贾母又让宝钗点，宝钗点了一出《山门》。戏在台上演着，可宝玉向宝钗抱怨戏太热闹。宝钗于是细心解释戏中精妙的排场辞藻。此时二人已完全忽视了台上的演员，醉心于对辞藻的研究。宝玉听得“拍膝摇头，称赞不已”，两人之间的相知相交展现得一览无余。毫无疑问，二人的身体是不设防的。宝玉和宝钗的一举一动尽收黛玉眼底。黛玉此时关注的不是台上的戏，而是宝玉和宝钗的“戏”，这让黛玉妒火中烧。宝玉赞宝钗“无书不知”，更让黛玉觉得自己才智不如宝钗，这“戏”黛玉如何能看得下去，忙道“安静看戏罢，还没唱《山门》，你倒《状疯》了”[①]。对黛玉而言，此时看戏是在看双重表演。如果说一个人物观察其他人物，并通过他们的肢体语言了解他们的心理状态是曹雪芹语境设置的精彩之处的话，那更绝妙的地方就是湘云看“戏”：“湘云也笑了”。在《红楼梦》众多人物中，湘云以其豪爽、率真和才情获得读者青睐。史湘云在《红楼梦》第二十回是“大说大笑”出场的，是个“爱咬舌子爱说话的人”。此时，这样一个爱说话的人却没有话语只有行为动作“笑了”。曹雪芹这样出乎意外的安排达到了意想不到的效果。宝玉和宝钗的“戏”、黛玉妒火中烧的“戏”加上台上的戏，对湘云而言，看戏是在看三重表演。当然，对于正在解读湘云肢体语言的读者而言，是在看四重表演。曹雪芹在描述黛玉的肢体语言时特别强调了短暂性：她的嫉妒的表情仅仅在一刹那间是可见的。心高气傲的黛玉是绝不愿意别人看到自己吃醋的模样，于是快速地控制自己的表情而显得不透明。要想可信，具身透明性必须短暂和自然，让具身透明性在伦理道德上能站得住脚：我们不希望看到湘云很享受黛玉最透明的时刻。

为什么小说中的人物喜欢看戏？——他们去看戏是故事发展的需要。看戏场景的设置能推动情节的发展。看戏时通常很多人在一起，人物角色之间能发生许多的联系与冲突，表现为爱人/情人/情敌/朋友；能听到许多的闲言碎语和传闻，甚至能看到不设防的身体语言，从而了解其他人物的心理感受。读小说中的一些事后描述时，你可能会注意到有的人没有关注戏台，而是关注其他人，并欣赏他们不自觉的身体反应，就像黛玉看宝玉和宝钗，湘云看宝玉、宝

---

① 曹雪芹，高鹗：《红楼梦》，长沙：岳麓书社，2001 年版，第 142 页。

钗和黛玉。这种暗中观察并非偶然，它是一种重要的叙事规范：让主要人物去看戏无疑为具身透明性增加了另一种可能。这种常规依赖一种非常特别的文化猜想：人们看戏时会关注舞台人物，从而放松对自身的警惕，以为没有人在观察他们、解读他们。在现实社会背景下，这就把人自然地分为表演者和观众。演员的成功与否是由观众的注意力是否集中决定的，最好的表演者往往能把观众迷住，观众会极度放松，放任自己的身体、表达自己的感情。当然，这就意味着，如果观众中有人恰巧忽视了演员，却把注意力集中在观众身上，那么这个人就很容易在这种场合捕捉到他人的真实情感。

如果作者想让某个人物角色的心理状态能够轻易地被另一个人和读者解读的话，那么把他放到看戏的场景中是一个很好的安排，是一个可行的、自然的叙事策略。看戏时最能产生故事，因为它能为具身透明性打开一个缺口。这个方法对享有特权的心智解读来说却不十分安全。所谓不安全，是因为这种方法的安全性不会持续太长时间。因为身体是最可靠的信息源，同时也是最可疑的信息源。任何时候，当文化环境成为小说具身透明性的一个可标识的语境，就意味着文化环境随时准备被颠覆。更准确地说，因为文化环境是一个人物身体泄露感情的地方，在这里，他们可以更隐晦地展示自己的情感。看戏就是在看双重表演或者三重表演。在同一部小说中，一个人观察另外一个人，并从被观察人的不自觉的肢体语言中解读一些关于他的重要信息。但同时，在另一个场景中，一个人去看戏，知道自己的肢体语言会被人解读，于是他小心翼翼地演绎自己的情感从而达到控制无知观察者的目的。不得不说，看戏也是一个伪造透明性的好环境。

10.4 游大观园

除了看戏以外，是否有其他的社会环境让人物展现透明性？在《红楼梦》中，游大观园就是曹雪芹为具身透明性设置的一个特殊语境。当人游大观园时，他们会被景物所吸引，忘掉自身，所以一个细心的、有策略的观察者，可以原汁原味地进行心智解读。在中国封建传统文化中，父子关系犹如君臣关系，父亲一般在家庭中扮演一个“权威”的角色，所以贾政对于宝玉而言一直是位“严父”。但曹雪芹在第十七回通过贾政自身的肢体语言向我们展示了他对宝玉深沉的爱。

大观园完工，贾政与众清客准备游园题匾额对联。贾政因闻得塾师常称赞宝玉特别擅长对对联，“虽不喜欢读书，倒有些歪对才情”[①]，于是借机命宝玉同游，一来可试其诗才，二来弥补自身花鸟山水题咏之平平，三来展现其才学，遂元春心愿。

大观园的景色是迷人的。“开门见山”的布局，让大家“自是欢喜”。雪白粉墙，一带翠嶂，白石崚嶒，藤萝掩映。大家都被景物所吸引，贾政也是。在历来的红学研究中，对贾政和宝玉的父子关系的解读一直是矛盾对立的，贾政对宝玉的教育也是失败的。可此时此刻，贾政完全被景色所吸引，脑子中对宝玉全无“仕途经济”之梦，身体也毫不设防，很自然地“扶”着宝玉，逶迤进入山口。读者所能感受到的是父子之间的和谐和贾政对宝玉浓浓的爱。但“扶”只是曹雪芹具身透明性设置的开始。其后，贾政笑道：“不可谬奖。他年小，不过以一知充十用，取笑罢了。”[②] 贾政拈髯寻思，因抬头见宝玉侍侧，便笑命他也拟一个来；贾政拈髯点头不语；贾政听了，点头微笑。[③] 一路观园，曹雪芹一共用了 16 个“笑”来描写贾政。贾政一改往日的威严形象，得意之色溢于言表。这一切，在众清客乃至读者眼中都是透明的。脂砚斋在此批注：“严父大露悦容也”。原来众清客心中早知贾政要试宝玉的功业进益如何。“众人忙迎合，赞宝玉才情不凡”“众人先称赞不已”“众人都哄然叫妙”“众人听了，亦发哄声拍手”“众人都摇身赞妙”。[④] 不得不说，众清客的曲意逢迎对读者而言是透明的，对贾政而言也未必不透明。

在整个游园中，贾政还对宝玉冷笑两次、断喝四回。正是这种欲扬还抑的具身透明性体现了曹雪芹的独具匠心。众清客欲拟潇湘馆匾额为“淇水遗风”“睢园雅迹”。宝玉初生牛犊不怕虎，认为都不妥。贾政冷笑：“怎么不妥?”这个“冷笑”，看似封建家长权威的显露，实为启发和期待。当宝玉解释“这太板腐了，莫若‘有凤来仪’”时，贾政口口声声的“畜生，畜生，可谓‘管窥蠡测’”，身体却情不自禁地“点头”。当宝玉得意忘形大评特评“杏帘

① 曹雪芹，高鹗：《红楼梦》，长沙：岳麓书社，2001 年版，第 104 页。

② 曹雪芹，高鹗：《红楼梦》，长沙：岳麓书社，2001 年版，第 105 页。

③ 曹雪芹，高鹗：《红楼梦》，长沙：岳麓书社，2001 年版，第 105 页。

④ 曹雪芹，高鹗：《红楼梦》，长沙：岳麓书社，2001 年版，第 105-110 页。

在望”，冷嘲热讽众清客“俗陋不堪”时，贾政对宝玉的评价是认可的，内心也是欢喜的。但贾政一声断喝：“无知的业障！你能知道几个古人？能记得几首熟诗？也敢在老先生前卖弄！你方才那些胡说的，不过是试你的清浊，取笑而已，你就认真了！”① 贾府是诗礼簪缨之家，应教子有方。对于宝玉的“不知天高地厚”，贾政若不言语则有失严父家体。虽然断喝，但贾政并非真的动怒。脂砚斋就在此批曰：“爱之至喜之至，故作此语”。对贾政的笑、冷笑甚至断喝的正确解读，都能给读者带来极大的愉悦。

10.5 结社作诗

明清两代，诗社盛行。女子结社作为特殊的文化现象，在清代中叶时也日趋成熟。曹雪芹充分利用这一特定场景来展示人物的具身透明性。曹雪芹整整用了五回来描写海棠诗社的三次雅集。诗会上大家争奇斗妍，一言一行、一颦一笑，无不被曹雪芹描绘得生动细致，为读者贪婪的心智奉上了一顿顿丰盛大餐。

结社作诗由探春发起，大家积极响应。恰逢贾芸送给宝玉两盆珍贵的白海棠，于是大家以咏白海棠开篇，诗社遂命名为“海棠诗社”。

作为金陵十二钗之一的迎春是《红楼梦》中曹雪芹着墨不多的人物之一。在诗社第一次雅集中，大家都兴奋不已，跃跃欲试。她姿色、才情平平，所以作诗热情远不及其他姐妹。限韵时，迎春走到书架前抽出一本诗集来，随手一揭，是一首七言律。迎春掩了诗，让丫头随口说一个“门”字韵，然后又让那个丫头拿了韵牌匣子，抽出“十三元”，又命她随手拿四块，定了“盆”“魂”“痕”“昏”其他四个韵。出题限韵，对诗社而言是件大事，这样一个出彩的机会，迎春用两个“随手”草草了事。读者在解读时，不免惋惜，但这正是曹雪芹的高明之处。迎春孤僻、自卑、怯懦，越是热闹的场合越隐藏自己。不得不说，曹雪芹对迎春这个人物的刻画入木三分，对具身透明性的设置看似漫不经心，实则精心细致。迎春在诗社的无足轻重也突显了黛玉、宝玉的举足轻重。

---

① 曹雪芹，高鹗：《红楼梦》，长沙：岳麓书社，2001 年版，第 107 页。

黛玉口齿伶俐，才情出众，就连贾府的小厮都知道她有“一肚子文章”。元春省亲时，黛玉本想在题诗作联上大展奇才，不想贾妃只命一匾一咏，黛玉不好违谕多作，只胡乱作一首五言律应景。这次雅集题咏，正是大展身手的时候，她岂能错过。但她是一个内敛的人，怎会轻易展示自己的迫不及待。

出题限韵后，其他人都悄然各自思索起来，独黛玉或抚梧桐，或看秋色，或和丫鬟们嬉笑。在众姐妹和丫鬟们眼中，此时的黛玉是淡定从容的。当探春先作完，宝玉背着手在回廊上踱来踱去，在众人眼里，宝玉是焦虑的。当燃香只剩一寸，时间快要到了的时候，宝玉问黛玉蹲在那潮地下做什么，黛玉也不理。黛玉蹲在地上是为了集中思维，所以当宝玉问她时，她置若罔闻。读者很清楚，此时的黛玉正在慎重备战，因为有宝钗、探春、史湘云这些劲敌在，她怎可大意。此时值得注意的是，黛玉透明性的构建所引起的强烈对比。她此时此刻不但比宝玉更可解读，而且比以前的黛玉和前一秒的黛玉更可解读。在前一秒，她看上去很淡定，这就意味着大家仍然有可能误读她的身体语言。但事实并非如此，她“蹲着”“也不理”毫无疑问地表明她的身体充分地、真实地反映了她的心智：她是慎重的。当然，这种强烈的对比也充分说明这种完美的透明性时刻是不能持续太久的，这种对比也增强了我们对包含真实情感的身体视觉的欣赏。等到大家全部做完并逐个评过后，黛玉才道“你们都有了”。说着提笔一挥而就，掷与众人。“提”“挥”“掷”，一连串的肢体语言，让黛玉才思敏捷、孤傲清高、故作姿态的形象跃然纸上。此时曹雪芹无需用过多笔墨描述黛玉的心理状态，读者已了然于心。

十二金钗的史湘云算是众多姐妹中最开朗豁达的一个。她虽不常住大观园，但只要有聚会，都少不了她的身影。海棠社初次雅集的第二天，湘云赶来，众人要她和诗，“湘云一心兴头，等不得推敲删改，一面只管和人说着话，内心早已和成，即用随便的纸笔录出”①。不需要推敲，一面和人说着话，两首诗一气呵成。对于湘云的肢体语言，众人的解读就是信手拈来。所以她的两首和诗一出，“众人看一句，惊讶一句，看到了，赞到了”②。此时读者看得真真切切，大家都被湘云的才思敏捷所折服。第五十回，芦雪庭第三次雅集，湘云一人力战黛玉、宝钗、宝琴三人。湘云站起来应联，宝琴也站起来。湘云

① 曹雪芹，高鹗：《红楼梦》，长沙：岳麓书社，2001年版，第252页。
② 曹雪芹，高鹗：《红楼梦》，长沙：岳麓书社，2001年版，第252页。

哪里肯让人，且别人也不如她敏捷，都看她扬眉挺身地续联。湘云口渴的时候，快速地喝了一口茶，就被岫烟抢联了，湘云忙丢了茶杯应联，这里湘云争强好胜的个性一览无遗。在整个激战中，曹雪芹一共用了21个“忙”字、23个“笑”字。如：湘云笑的弯了腰；黛玉笑的握着胸口；宝钗一边笑一边称好；湘云伏着已笑软；伏在宝钗怀里，笑个不停①。此时，大观园是喧嚣热闹的，湘云是率真、洒脱的。她诗如泉涌，技压群芳，虽然大出风头，可对她也绝非一件易事，正如她自己所言，“我也不是作诗，竟是抢命呢”②。湘云洒脱的肢体语言折射出她豪爽率真的个性，其心理状态也如小溪般清澈。

10.6 宴 饮

民以食为天，而文学源于生活，饮食描写自然而然成为《红楼梦》的重要组成部分。《红楼梦》中宴饮活动频繁，贯穿小说始终。但文学作品中的宴饮虽然写吃，却不关注吃本身。曹雪芹只是通过宴饮这一语境展现人物的透明性，塑造人物形象。

第四十回，贾母给湘云还席，凤姐和鸳鸯商议准备取笑刘姥姥。大家等来贾母，各自都坐下。凤姐“递”眼色给鸳鸯。对凤姐的这个肢体语言，鸳鸯心领神会，忙拉了刘姥姥出去，叮嘱了一番，这为戏弄刘姥姥打下了基础。平日里，贾母吃饭时都有小丫鬟在旁边拿漱盂麈尾巾帕之物。鸳鸯早已不当这差了，但今日偏接过麈尾来拂。这异常的举动在大家眼里是通透的，大家马上明白鸳鸯要捉弄刘姥姥。鸳鸯一边侍立，一边“递”眼色，刘姥姥道“姑娘放心”。与其说是刘姥姥明白鸳鸯的叮嘱，还不如说是刘姥姥已经正确解读鸳鸯的行为：鸳鸯想拿她娱乐大家。所以开饭时，当贾母刚说“请”，刘姥姥便站起身来，高声说：“老刘，老刘，食量大似牛，吃一个老母猪不抬头。”③说着，鼓着腮帮子，两眼直视，一声不语。不得不说，刘姥姥，这个目不识丁的农村老太太是精于世故的。且不说她俗语的灵活运用，她的“卖傻”也是成功的。大家先是一愣，后来一听，“上上下下”都哈哈大笑起来。“湘云掌不

---

① 曹雪芹，高鹗：《红楼梦》，长沙：岳麓书社，2001年版，第340-341页。
② 曹雪芹，高鹗：《红楼梦》，长沙：岳麓书社，2001年版，第340-341页。
③ 曹雪芹，高鹗：《红楼梦》，长沙：岳麓书社，2001年版，第270页。

住，一口饭都喷了出来”，她的笑是率真大气的；“黛玉笑岔了气，伏着桌子只叫‘嗳哟’”，她的笑是娇弱节制的；“宝玉早滚到贾母怀里”，他的笑是撒娇的；贾母笑着搂着宝玉叫“心肝”，她的笑是溺爱的；王夫人笑着用手指着凤姐，说不出话来，她的笑是微责的，显示了当家夫人的身份；薛姨妈也撑不住，口里的茶喷了探春一裙子，她的笑失态而不失礼；探春手里的饭碗都合在迎春身上，她的笑是毫不拘谨的；惜春离开坐位，拉着奶母叫揉一揉肠子，她的笑是娇嗔的。曹雪芹对主人们具身透明性的描绘是细致的，但主次分明。曹雪芹对奴仆丫鬟们的具身透明性的呈现就只用了寥寥几笔：地下的无一个不弯腰屈背，也有躲出去蹲着笑去的，也有忍着笑上来替她姊妹换衣裳的。读者能清晰地看到“上”“下”区分的界限。曹雪芹笔下的笑千姿百态，一笑传神。笑、叫、伏、喷、滚、搂、指、拉、躲、蹲、忍，一系列的肢体语言无疑给了读者巨大的解读空间，人物形象凸显。合上小说，仔细想想，此时此刻，刘姥姥娱乐了大家，大家也娱乐了刘姥姥。

端阳佳节，王夫人备了酒席，请薛家母女等一起过节。宝钗淡淡的，不和宝玉说话。宝钗的肢体语言无疑在告诉宝玉，她不想理他。而此时，宝钗的肢体语言是可靠信息源，宝玉能正确解读，而且宝玉明白宝钗不想理他是为昨天自己奚落她的事情。于是宝玉没精打采，此时宝玉的身体无疑是透明的、可解读的。但对于王夫人来说却是最不可靠的信息源，因为她误读了宝玉，她认为他无精打采的原因是昨晚他和金钏儿嬉闹，王夫人赶走金钏儿的事。所不同的是，宝玉懒懒的肢体语言对黛玉而言却是可靠的信息源，因为黛玉明白他是因为得罪了宝钗的缘故。王夫人和黛玉的解读形成了强烈的对比。读者在短暂逃离身体的双重视角后，却不得不细究造成王夫人和黛玉解读差异的语境。这种强烈对比再一次证实每一个透明性时刻都是相对的，都依赖于语境。再看看对宝玉透明性解读后的影响：黛玉也懒懒的；王夫人不好意思，越发不理宝玉。虽然王夫人误读了宝玉，但王夫人的肢体语言对凤姐却是可靠的信息源：王夫人因为宝玉和金钏儿的事不高兴，于是凤姐也淡淡的。宝钗的淡淡的、宝玉的无精打采、王夫人的不悦、黛玉的懒懒的、凤姐的淡淡的，迎春姊妹把这些解读为没意思，于是迎春姊妹“也都没意思了”[①]。宴不成席，大家最后不欢而

① 曹雪芹，高鹗：《红楼梦》，长沙：岳麓书社，2001年版，第206页。

散。一个场景中，曹雪芹设置了多个人物角色具身透明性时刻，但人物之间的解读有条不紊，将不欢而散的原因解释得明明白白。在这个场景中，宝玉、黛玉、王夫人、凤姐既是观察者，又是被观察者。

10.7 酒令活动

如果说宴饮是贾府日常生活不可或缺的部分，是曹雪芹具身透明性设置的必要语境，那么酒令作为宴饮上一种调节气氛助兴的游戏活动，理所当然地成为具身透明性设置的另一绝佳语境。《红楼梦》酒令活动丰富，这里采用刘鹏在《浅谈〈红楼梦〉中的酒令活动》中的酒令活动分类法，把酒令活动分为五大类：古令、雅令、通令、筹令、武令。下文中将要提到的“射覆”是一种古令；“女儿令”为雅令；“击鼓传花令”为通令；“群芳开夜宴”中的“抢红令”是筹令；“拇战”属于武令。

《红楼梦》第六十二回，宝玉、宝琴、平儿、岫烟四人同时过生。宝玉提议行令，众人附和。黛玉建议以抓阄的方式决定行什么令，众人都道“妙”。随即拿了一副笔砚花笺，香菱“连忙起座”。香菱近日学诗学字，“见了笔砚便巴不得”。她的连忙起座让大家看到的是她学诗学字的痴迷，不放过任何学习的机会。平儿抓出“射覆”，袭人又拈了一个“拇战”。湘云见香菱射不着，众人击鼓又催，便悄悄的拉香菱私授“药”字。不难看出，湘云才思敏捷、乐于助人。她的一举一动除了在读者眼中是透明的外，在黛玉眼里也是清晰的，黛玉“偏看见了”。作为才貌相当的同龄人，湘云无疑会成为黛玉的关注对象。湘云因此被罚，“恨的湘云拿筷子敲黛玉的手”，一个“恨”字、一个“敲”字，我们看出来两人的亲密无间。宝钗和探春对点子时，湘云等不得，早和宝玉“三”“五”乱叫，划起拳来。湘云“简断爽利”、不拘小节的形象映入众人眼帘。当湘云说出“这鸭头不是那丫头，头上讨那桂花油”的酒底时，众丫头哄笑“怎见得我们就该擦桂花油？倒得每人给一瓶桂花油擦擦”，黛玉脱口而出“他倒有心给你们一瓶子油，又怕挂误着打窃盗的官司”①。众人不理论，但宝玉“忙低了头”，彩云“红了脸”，宝钗“暗暗的瞅了黛玉一

① 曹雪芹，高鹗：《红楼梦》，长沙：岳麓书社，2001年版，第437页。

眼”。三人的肢体语言瞬间被黛玉解读，黛玉自知失言，原本想打趣宝玉替彩云背了偷盗玫瑰露的锅，却忘了彩云在场，羞到了彩云。宝玉忙低下头，就意味着复杂的心理状态，他低头不是因为黛玉的讥笑，而是因为他意识到黛玉的话语会让彩云难过。宝玉本能地想保护大观园的每一位青年女性，但对于黛玉的伶牙俐齿他又无能为力，不禁替彩云难过，于是下意识地低头。但正是因为低着头，让他错过了彩云、宝钗和黛玉的具身透明性时刻。此刻读者明白，宝玉只剩尴尬和难过了。彩云红了脸，让大家能直接、明确地解读她的思想感情：她因为偷窃玫瑰露而感到羞愧。虽说偷窃是因为赵姨娘央求她，但终究不是一件光彩的事。宝钗暗暗给黛玉递眼色。宝钗在众多姐妹中为人处世最得体，贾母认为她“稳重平和”，从不称赞别人的赵姨娘也夸她“展洋大方”，就连丫鬟们也都愿意和她亲近。“暗暗递”最大限度地反映了宝钗的心理：她一方面想提醒黛玉，另一方面又想保全黛玉颜面。毋庸置疑，宝钗的举止是得体的，她充分地考虑到了彩云的尴尬处境以及黛玉的敏感多心。她的得体举止也让读者一眼就能看出她的良苦用心以及她对黛玉的姊妹深情。虽然递眼色只是一刹那间的事，黛玉却最能体会这个情感泄露时刻的价值以及这个时刻的短暂性，并很快地抓住它。黛玉后悔不迭，“忙一顿行令划拳岔开了”①。宝玉低头、彩云红脸、宝钗递眼色、黛玉划拳岔开，曹雪芹对这四个人的透明性构建一气呵成。他们的此时此刻无疑比前一秒的哗笑更具解读性，他们的身体明明白白地反映了他们的心智。

第七十五回，中秋赏月，贾母提议玩击鼓传花令，花落谁手，谁就饮酒一杯、说一个笑话。两通鼓声，花落到贾政手里，按规矩贾政只得饮酒。此时，“众姊妹弟兄都你悄悄的拉我一下，我暗暗的又捏你一把”②。很明显，大家都很期待平时严肃、不苟言笑的贾政究竟会讲什么笑话。“悄悄的拉”“暗暗的捏”，大家无意识的肢体语言很自然地能让读者看到贾政在大家心目中的震慑力。贾政只说了一句“一家子，一个人最怕老婆”，大家都笑了。这句话本身并无笑点，但是因为大家从未听见贾政说过这样的话，所以才觉得好笑。大家的“笑”无疑让贾政的严肃、固执、刻板形象在读者的头脑中更清晰。由此可见，贾政的形象是通过大家的具身透明性折射出来的。再击鼓，花落到了宝

---

① 曹雪芹，高鹗：《红楼梦》，长沙：岳麓书社，2001 年版，第 437 页。

② 曹雪芹，高鹗：《红楼梦》，长沙：岳麓书社，2001 年版，第 544 页。

玉手里，因为贾政在座，宝玉惴惴不安。宝玉害怕贾政，这在大家眼里，甚至在贾政眼里是通透的（关于这一点，贾府上上下下尽人皆知，所以说宝玉的惴惴不安，与其说是可解读的，不如说是可预期的）。同样，宝玉的忐忑不安也折射出了贾政的“严父”形象。因为父亲在场，宝玉怕说不好笑话，于是小心翼翼地提出“再限别的罢”，贾母却认为好好的行令，怎么可以作诗了。贾政陪笑道“他能的”。贾政的“陪笑”让贾政在大家眼里的“孝子”形象更加清晰，他在母亲面前是恭恭敬敬的。贾政这么一个严谨的人玩酒令、说笑话，就是为了不扫母亲的兴，让母亲开心。同时，我们也看到贾政对宝玉的期待，想试探一下宝玉“这几年的心思”，于是竭力地替宝玉争取表现的机会。宝玉作了四句诗呈于贾政，贾政看了“点头不语”。此刻，宝玉完全有可能误读贾政的身体语言，认为父亲对诗不满意。因为一直以来，自己在父亲眼中就是异端，是顽劣，是无能，不喜道德文章，不谋仕途经济。但事实并非如此。知子莫若母，贾政的肢体语言在贾母那里是确切的、清晰的：无甚大不好。贾母知道贾政认为诗还凑合，因为在贾政心里，宝玉“只是不肯念书，到底词句不雅”。

第二十八回，冯紫英请喝酒，薛蟠、蒋玉菡、锦香院的云儿以及许多唱曲的小厮都在。喝酒唱曲后，宝玉提出行“女儿令”，要求说悲、愁、喜、乐四个字，而且要说出女儿来，并说明这四个字的缘故。说完了，才能喝门杯(酒席上每个人面前摆的一杯酒，有别于行令时的罚酒）。酒面要求唱一个新鲜时兴的曲，酒底要求酒席上生风一样的东西，或者古诗古对、《四书》《五经》的成语。“女儿令”属于雅令，要求较高的文化素养。薛蟠不等宝玉说完，便站起来阻拦。薛蟠的急切之情溢于言表，感觉宝玉意图捉弄他。对自己的不学无术，薛蟠还是有自知之明的，生怕自己行酒令时出丑。这一切云儿看得透彻，也站起来，推薛蟠坐下，因为云儿不相信一个富家公子的学识竟不如自己一个妓女。她的想法是，瘦死的骆驼比马大，富家公子再怎么不学无术，也比自己的学识高，自己尚且能应付，何况薛蟠了。对于云儿的洒脱，大家都拍手称赞。可见云儿虽然是妓女，但大家对她是认同的。薛蟠无可奈何，只得坐下。宝玉、冯紫英、云儿行了令以后，轮到薛蟠。薛蟠说了半天的“女儿悲”，就不见了下文，冯紫英忙催促，“薛蟠登时急的眼睛铃铛一般”。薛蟠粗俗不堪的形象暴露无遗。“又咳嗽了两声”，因为读书少，学识低，薛蟠是心虚的。当他好不容易说出“女儿悲，嫁了个男人是乌龟”①，大家的反应是：都大笑了起来、笑弯了腰。大家都笑薛蟠的酒令俗不可耐。对于大家的讥笑，薛蟠“瞪了瞪眼”。曹雪芹对薛蟠具身透明性的设置把薛蟠的不学无术、低俗的纨绔子弟形象展现得淋漓尽致。

从以上曹雪芹众多透明性语境的设置中，我们可以发现，一些具身透明性似乎总能在故事中找到一个或者多个有鉴赏力的观察者。另一些透明性则会被小说人物所忽视，而这些忽视往往都会被叙述所掩盖。但是当小说人物注意或者错过具身透明性的时刻，作者总会让读者注意到。无论小说人物注意或者忽视掉这样的时刻，一旦读者注意到，那么这样的透明性时刻就会让读者逃离身体作为最可靠信息源和最不可靠信息源的双层视角。这就是为什么黛玉对宝玉、彩云和宝钗具身透明性的解读是我们的收获，但同时宝玉错过黛玉、宝钗和彩云具身透明性时刻也是我们的收获，因为我们看到了宝玉那时那刻所剩的东西。所以当我们谈到具身透明性表征和他们的影响时，我们首先谈的就是他们对读者心智解读的影响，读者才是这种表征最终的具有鉴赏力的观众。

在作家、艺术家、影视剧导演探寻身体透明方法的过程中，总有一种方法会成为常规。一旦成为常规后，它就会被颠覆和模仿。心智会进一步避让，让心智正面显露“真”情感，从而让身体的双重视角回归。无论是在我们的言情小说还是现实生活中，这样的透明性被颠覆的语境比比皆是，如叫喊、喘息以及虚弱等身体语言所引起爱的关注。曹雪芹笔下大多数人物的身体展示着真实情感，但在第十一回中，王熙凤对贾瑞的两次笑却是为了考虑无知观察者——贾瑞的“利益”，这些身体展示明显是伪造的，是为了让贾瑞相信凤姐已经上钩了。

虽然艾伦·帕尔默在《小说心智》中曾经说过，“读小说的一种愉悦来自于被告知形形色色的人物在想什么，它可以帮助我们从现实生活中解脱出来，这样我们就不需要去准确解读他人行为”。但是，通过全知叙事告诉人物所想和让人物自己展示内心感情是有区别的，后者能带给读者更大的挑战和愉悦。

① 曹雪芹，高鹗：《红楼梦》，长沙：岳麓书社，2001年版，第187-188页。

《红楼梦》中具身透明性语境的设置无疑是成功的，他一次次地挑逗读者的心智解读能力，让读者觉得自己确切地知道人物在想什么。在短短的几分钟甚至几秒钟里，让读者自以为处于世界的中心，认为自己是优秀的社会玩家。这时候，心智解读是巨大的而又非常个人化的。读者的情感也被人物的情感所反射。人物的身体对读者而言是透明的，但同时读者的心智对曹雪芹而言也是透明的，因为他早就预料到了这一切。所以毫不夸张地说，《红楼梦》中具身透明性的语境就是一个个感情泄露的陷阱，是一个让人物和读者同时跌落的陷阱。

11 作者与读者的心智聚合

作者与读者的关系历来是争论的焦点。有人认为作者是写作主体，读者是接受客体，作者创造文本，读者被动接受文本，在这个关系中，作者占主动地位。也有人认为读者是主体，作者是客体，读者的阅读带有主观色彩和个人痕迹，没有读者的参与，文本就没有存在的价值，读者在文本的再创造过程中发挥主导作用。还有人认为读者与作者之间的关系是不稳定的，读者与作者不断地在主体与客体之间变换关系。最后的这种看法无疑有点“中庸”味道，但无论哪种看法都有其一定的合理性。认知理论的发展给我们解释两者之间的关系打开了一个新的窗口。

日常生活中，我们总是有意无意地归因自身和他人。阅读更是不断地吸引着我们的心智理论。在人类历史上的过渡时期，如印刷文化和不断增强的读写能力时代的到来，新的科技的发展和社会经济条件让这种“心智理论密集型”的叙述文化传播成为可能。这些文本总能找到他们的读者，也就是说，这些文本总能找到那些喜欢心智解读能力被挑逗，喜欢尝试认知训练，喜欢阅读更多、更好“心智理论密集型”文本的人。

11.1 创作的认知过程

当我们提到文本与读者相匹配的文化历史进程时，我们要说的并不是文本意外地找到它的读者，而是作者找到他/她的读者。因为在我们看来，涉及心智解读能力的故事通常涉及作者自身的心智解读能力。创作的过程是痛苦的，有时甚至是一种折磨，但对于根据作者心智构建的心智而言，这个过程代表着一种认知必要性。作者的创作过程其实就是作者对自身、人物甚至读者心智的解读过程。作者在动笔时，必须明确地知道自己需要创造什么样的人物心智、吸引哪些读者心智。作者创作中的心智解读过程可以用简单的二重心智解读模式表达，即：作者知道自己的人物想什么，作者知道读者想读什么。作者的创作预期了人物和读者。当然，这里并不是说创作的人只是纯粹地想表达他们自己成熟的心智解读能力。我们可以怀疑那些作者有意识的或者半意识的创作动机，比如谋生或者是让自己追求的对象印象深刻，但这些都不足以让人花上一生的时间去虚构人物的精神世界。《红楼梦》的创作目的当然就不是谋生或者博某人眼球那么简单。

11.2 作者心智解读的心智

英国作家沃德豪斯（P. G. Wodehouse）认为，作者创造小说世界是为了创造、控制和占据他人的心智，他把这叫作“创作爱好”。他在阐述这个难以描述的“爱好”时，提出促使作者创作的是可以进行集中心智解读的大好机会。塞缪尔·约翰逊曾经提出了他的绝对观点：“除非是傻瓜，否则没有人会为金钱以外的东西创作。”（Samuel Johnson，1987）沃德豪斯则认为，当作者想要创作时，他会尽可能去实现。但如果为金钱创作，创作就会成为一件很困难的事。推动创作过程的是我们对心智创造和解读的强烈渴望：有些人创作火车时间表，有些人写学术著作，还有些人写科幻小说。需要注意的是，这种创作观点让比较有影响的“读者反应论”变得更复杂。“读者反应论”在某种程度上就是“读者中心论”，它强调“文本只有被阅读时，才有生命力，如果要研究文本，就必须从读者的角度去研究”。谈到小说叙述时，我们习惯去想它们能对我们做什么（如阅读《红楼梦》有利于提高我们的文化素养）以及我们能对它们做什么（如我们参与文本意义的产生过程）。这两种观点跟本研究的观点不谋而合，但我们有必要在这两种观点上加上第三种：作者心智解读的心智。按照它们能对我们做什么的模式表述，就是作者进行构建小说心智的认知操作是有益的。模仿德国文学批评家伊泽尔（Wolfgang Iser）的表述就是，文本在作者心智里具有生命力，同样地在读者心智里也具有生命力，因为文本让读者以独特的、愉快的方式（偶尔可能是折磨的、痛苦的）进行心智解读[1]。

① Wolfgang Iser. Indeterminacy and the Reader's Response to Prose Fiction. In J. Hillis Miller(ed.). *Aspects of Narrative*. New York：Columbia University Press，1971：1-45.

11.3 心智的聚合

小说事实上是心智的聚合，是特殊历史时期具有心智解读倾向的心智的聚合，正是因为这种聚合让读者和作者的邂逅成为可能。英国著名小说家塞缪尔·理查逊（Samuel Richardson）可以沉溺于他心智理论的怪腔怪调，他写了1500页的《克拉丽莎》（*Clarissa*），聚集心智解读和误读。其实，在《帕米拉》（*Pamela*）里他已经开始小试牛刀。他应该非常喜欢这种感觉，而且他自己也相信他的《克拉丽莎》会有更多喜欢认知刺激的读者阅读；或者，换句话说，一些人读了《帕米拉》以后，意识到他们喜欢这样的故事，于是开始想要阅读更多这样的故事。这一切都是心理小说或者言情小说得以生存和发展的保证。

但世事难料，就如同我们前面讨论的一样，小说的发展，一个新体裁的产生、变形或者灭亡都是无法预料的，即使这些体裁如何巧妙地运用我们的心智理论。就我们所知，大约 18 世纪，有人开始了激发我们心智的新的文学传统。文学的历史只是向我们展示了一小部分被无数偶然性约束的认知可能，那些偶然性包含了作者和读者的认知倾向和历史。

12 《红楼梦》影视剧人物理解的层次

随着科技的发展，我们正从印刷时代迈入视听时代。就作为贪婪心智解读的盛宴而言，影视剧比文学作品的心智解读时刻更明显。《红楼梦》作为中国文学史上的巅峰之作，其中的大部分人物角色一睁开眼就开始对别人进行心理解读，探究别人心中所想。《红楼梦》电影的银幕时代和电视剧的屏幕时代为人物心智的"图像化"提供了新的视角。下面重点介绍观众对《红楼梦》影视剧人物的理解层次。

12.1 角色接受理论

有很多的著作都提到了身份的概念。身份主要考虑的是真实观众和小说叙事人物的关系。英国哲学家理查德·沃尔海姆（Richard Wollheim）区分了中心想象和去中心想象：中心想象是从人物角色的视角想象；去中心想象是从观察者的角度想象。影视剧作品能更好地向我们展示人物的所看、所听、所想，所以中心想象是观众和人物角色之间的一种较强的心智融合方式。英国媒体研究专家、文学评论家史密斯·穆雷（Smith Murray）认为心理分析作家如穆尔维（Mulvey）、考伊（Cowie）和克洛弗（Clover）把观众和角色的身份、关系看作一个中心想象现象，虽然这种现象有可能在几个角色中变换。观众可以理解角色对某一特定环境的理解，但观众不需要复制人物的心理状态，尤其当观众在观看恶棍时，他的情感、信仰、意图和感觉可能完全被观众所理解。

史密斯·穆雷竭力地想在中心想象和去中心想象中寻求平衡，他认为两者实际上都会发生，都会存在同情结构（去中心想象）和移情结构（中心想象）。同情的过程可以分为三个层面。首先，必须对角色有一个认知或者说基础构建，这指的是观众了解同一人的不同身体表现，并随时间变化有稳定性、身份性和延续性。其中，对面部和衣着的认知以及稳定身体的印象在此起作用。识别跟观众区别有意目标和无意目标的方式有关。另外，识别涉及对角色类型以及他们特性的认知。其次，观众如何通过了解角色的行为来了解他们的所思所想而和角色发生关系，这是结盟过程。这个过程涉及观众如何逐渐了解角色是如何了解情形并对情形做出反应的过程，观众往往通过在时空上附着一个特定角色或者通过主观观察进入到角色心智或者情感中。很显然，这个过程跟情绪、聚焦、过滤以及知识范围等叙述观点很接近。所有的这些理论都跟叙述通过角色分配叙事信息的方式有关，尤其是跟分配角色的心理状态信息有关。最后是忠实层面。忠实依赖于观众进入角色心智的可靠途径、对角色行为语境的理解以及基于理解上的对角色的道德评价。评价在这个意义上既有认知视角，也有情感视角。在评价基础上，观众构建道德结构，在道德结构基础上，观众根据个人喜好对角色进行划分①。由此可见，忠实依赖于认知，跟身份的基本概念非常相似。总而言之，角色和观众对公正和道德的观点决定了忠实程度。史密斯·穆雷也指出，这些过程都是去中心化的。这三个层面都无需观众复制人物角色的特性或者体验角色的思想或情感。认知和结盟过程仅仅需要观众认识到人物角色的特性以及认识到心理状态构成人物角色。忠实层面则超出了这个认知范围，它需要我们在叙述语境中对角色的情感和特征进行评估并做出情感反应。

如果同情具有结构，那么移情也同样具有结构。移情的过程也分为三个层面。首先是自觉情感模拟（emotional simulation）。通过这个自觉的过程，我们不但可以认识和理解另一个个体的情感，而且可以在我们的想象中把它表演出来，从而复活角色的感觉。我们可以模拟臭蛋的气味、跳楼的动作。其次是不自觉情感模拟（affective mimicry），指的是不自觉的、无意识的反应，是条件反射地通过面部或者身体语言的暗示模拟另一个人的情感。第三个移情过程是

---

① Smith Murray. *Engaging Characters*: *Fiction*, *Emotion*, *and the Cinema*. Oxford: Clarendon, 1995: 84. Allegiance depends upon the spectator having what she takes to be reliable access to the character's state of mind, on understanding the context of the character's actions, and having morally evaluated the character on the basis of this knowledge. Evaluation, in this sense, has both cognitive and affective dimensions. On the basis of such evaluations, spectators construct moral structures, in which characters are organized and ranked in a system of preference.

自发反应（autonomic responses）。例如尖锐刺耳的声音以及意外的动作所引起的惊愕。这个反应可以以不同于同情结构过程的方式把观众与角色联系起来。我们体验与角色一样的震惊，在这个意义上，这个反应是中心的，也是移情的。

虽然史密斯·穆雷认识到了在电影人物角色体验中的中心想象和去中心想象，但人们更多地注意去中心过程，至少在经典的影视剧中是这样。史密斯·穆雷的观点更具影响力，因为它从观众与角色互动更广阔的视野着手，是认知的也是情感的，是心理的也是具身的。

毫无疑问，观众是能主动使用知识和特质为感官输入创造一致性的生物体，那么这就涉及观众对人物的理解。理解人物的过程可以发生在很多层次中，每一个层次会对一个场景或者行为产生一致性。

12.2 角色理解层次

以李少红导演的2010年版《红楼梦》第14集中的一个场景为例（见图1），看看观众对人物角色的理解过程。下面的分析主要从表征和非表征角度入手。

Level 0 在非表征层次，观众分离角色的认知能力，看待事物只看颜色和形状的改变。比如图1中，宝玉和黛玉拌嘴，贾母不放心，让凤姐过来瞧瞧。凤姐见着二人正在一处，不由分说就把二人拉到贾母跟前。凤姐拉着宝玉和黛玉来到贾母跟前，只是被看作凤姐、宝玉和黛玉运动形状区域的伸缩，随着电视剧的继续，产生新的形状。运动和事物是从正式、抽象的层面来理解。

Level 1 在表征层面，我们可以单纯地从一个行为主义者的模式理解人物和他们的行为。黛玉听见宝玉奚落宝钗，“心中着实得意”；当小丫头靓儿因不见了扇子和宝钗开玩笑，说是她藏了的时候，宝钗“厉声说”你要仔细，应该去问素日跟她嬉皮笑脸的那些姑娘们；宝钗用戏名《负荆请罪》含沙射影，使宝玉、黛玉“早把脸羞红了”；宝钗、凤姐离开后，黛玉也讥笑宝玉总算遇着比自己厉害的人了。宝钗的多心、黛玉的夹枪带棒，让宝玉“无精打采”。无疑，这些描述和体验既是身体的也是心理的。当这些体验和描述要求身体进行空间置换时，这些描述和体验就是表征的。但我们仍然没有一个统一

图 1　2010 年版《红楼梦》第 14 集场景之一

的身体概念，这些都只是行为的碎片，一致性仅仅存在于身体的部分而不是整个身体。

Level 2　当行为碎片放在一起时，会形成更抽象的一致性结构。如：宝玉“奚落”了宝钗，宝钗才会对靓儿“厉声”说，才会讥笑宝玉的“负荆请罪”，宝玉、黛玉才会“羞红了脸”。这些是更整体的单位，由一系列的心理行为组成。我们可以把它们叫作简单行为。心理行为和简单行为都属于无意向性行为，但却是复杂运动。植物的运动如树叶沙沙作响，昆虫的运动如螃蟹捕食，机器的运动如活塞上下运功，这些都只能从一致性的层面理解。但心理行为和身体行为要求复杂的行为认知过程。

Level 3 简单的行为如果发生在一个情境中，就可以从一个更广泛的框架去理解。可是，要从这个层面理解这个场景有一定的难度。宝玉无意中奚落了宝钗、宝钗奚落宝玉和黛玉、凤姐奚落黛玉和宝玉在某种意义上可以看作三个不同的情境。

Level 4 另一个理解言语行为和身体行为的基本方法就是把这些行为放入角色心理的框架中。通过归因角色的心理世界，观众可以使场景中发生的一切都变得更有意义，从而构建理解的连贯模式。例如：

（1）宝钗看到宝玉、黛玉被双双拉到贾母跟前，“意识到”宝玉必定是上门负荆请罪，所以“心里很不是滋味”。

（2）黛玉听见宝玉无意中奚落了宝钗，“心里很是得意”。

（3）宝钗对靓儿厉声道，她是“想”让宝玉和黛玉“知道”她可不是好欺负的。

（4）宝钗用戏名《负荆请罪》含沙射影宝玉和黛玉，宝玉和黛玉听了，“知道”宝钗在讽刺他俩，“觉得”很不好意思，顿时羞红了脸。

（5）宝玉“知道”宝钗多心，自己“觉得没趣”；又见黛玉来问着他，“越发觉得没意思”；“想要”说两句，又“恐”黛玉多心，说不得“忍着气”，“无精打采”一直出来。

理解角色的感情、信仰、目标和感觉可以让观众把一系列的复杂心理行为和简单行为归入一种描述。角色的心理就如同“胶水”，把一切简单的行为和行动变得连贯。归因人物心理也可以在一个场景中的不同部分之间建立因果关系（宝钗对靓儿厉声道，是因为她知道黛玉听见宝玉奚落她一定很得意，所以她想让宝玉和黛玉知道她不是好欺负的；宝钗被宝玉奚落，所以她才用“负荆请罪”的典故讥笑宝玉和黛玉）。观众不归因人物的任意心理。心智解读能力是心理状态和心理状态因果关系的一个连贯系统。

Level 5 人们也可以从个性特质方面了解角色。无论是在生活中还是小说中，特质都是人们持久的特征（即在一定的情境下进行某种行为的稳定倾向)。特质跟角色的情绪和心理状态不同，因为特质更永恒①。特质只有通过不断努力，经过很长时间以后才会改变。有关特质的词汇，如害羞、积极、现实的、好奇的、自私的等，在生活中我们会频繁地使用。人格心理学就是特质使用的典范。人格心理学收集有关某个人的信息，然后把这些信息抽象化为不同的人格类型（Brody，1994）。这样的分析往往以一系列的特征尺度的描绘而告终，比如：外向的（善于社交的、健谈的）；和蔼可亲的（有同情心的、善良的）；尽职尽责的（有组织的、有计划的）；神经质的（紧张的、焦虑的）；开放性的（富有想象力的）。类型，更科学地说，是特质和行为倾向的总和。

心理学研究表明人们具有归因他人特质的主体间性标准。康托尔（Cantor）和米歇尔（Michel）（1979）用四种类型（即典型外向、典型内向、不外向、不内向）来描述受试者。因为特质是现实生活中形成对他人印象的基本参数，我们有理由相信，观众在理解叙述角色时也会采用同样的策略。在影视作品的欣赏中，观众可以利用特质了解角色。比如宝玉天生认为“女儿是水做的骨肉”，所以对黛玉和宝钗都小心翼翼，唯恐他们多心，不敢多说，忍着气，只能让自己无精打采。这种围绕角色的连贯形式会贯穿许多场景，主要人物特质的改变往往意味着故事的结束。特质也可以被用来描述扁平人物和圆形人物。查特曼（Chatman）认为扁平人物只有单一特质，圆形人物则相反，拥有多样特质，这些特质之间有时是冲突的，甚至是矛盾的②。

Level 6　我们可以根据人物的社会角色对他们进行分类和理解。这不但与职业角色（如医生、护士、警察、学者、厨师、农民和公共汽车司机）以及家庭角色（如父亲、母亲、儿子、女儿、表兄妹、叔叔、家庭主妇和一家之长）有关，而且与社会固定印象（如种族、性别、国籍、残疾）有关。观众对人物的社会角色、家庭角色以及固定印象都有自己固定的期待和偏见，一旦人物被分类，所有的背景信息就会提供一个心理框架，观众就可以把这个人的行为放到心理框架中进行理解。评估和划分他人（也就是所谓的印象形成）

① Seymour Chatman. *Story and Discourse: Narrative Structure in Fiction and Film.* Ithaca, NY: Cornell University Press, 1978: 126. Traits differ from moods and mental states of characters insofar as they are more permanent.

② Seymour Chatman. *Story and Discourse: Narrative Structure in Fiction and Film.* Ithaca, NY: Cornell University Press, 1978: 132. Bal Mieke. *Narratology: Introduction to the Theory of Narrative.* Van Boheemen, Christine (trans.). Toronto: University of Toronto Press, 1985: 81.

是我们日常生活中的一个普通过程，在社会心理学中被广泛研究。在理解小说人物中我们也期待同样的过程①。如观众认为女人天生多疑、敏感，有了这种认识，宝玉的“不敢多说，忍着气”便能在观众中引起共鸣。而封建社会对男人和女人的固定观念能更好地帮助我们理解宝玉。在封建社会里，女人没有任何地位可言，宝玉作为封建大家庭的宠儿，却爱护、尊敬女人，其精神难能可贵。但同时我们也应该清楚地认识到，由于固定印象会因个体和社会文化群体的不同而不同，这就会产生不同的理解。

社会角色通常跟清晰的身体暗示如肤色、头发颜色、身形、性别、着装、年龄等相关②。在对他人的首次归类中，这种可视性能引起社会角色期待。对他人越熟悉，这些可视的身体暗示就越不起作用。文学实践往往是在现实的社会基础上发展人物类型以及固定印象，如英雄、恶棍、女王、黑手党、知识分子、家庭主妇、侦探、伪君子等就是社会图式的复杂混合物。理解这些人物需要家庭角色、具体特质（如：好/坏、聪明的、天真的、有攻击性的）以及社会固定印象期待。人物在影视剧中的形象影响人物角色塑造。一般来说，影视剧已经假定观众熟悉这些人物类型。对中国观众来说，我们对封建大家庭的公子和小姐就有一个基本的认知。我们也可以从观众对具体人物的具体特征的期待中去了解人物角色。观众对历史人物的设想影响观众对这些人物在影视剧中的理解，一旦加入文本外的期待，观众就可以对人物角色行为有一定的预测③。而且对演员的了解有助于丰富人生体验，对演员和角色注意力和理解的切换能让我们对行为和行动有更多的理解和阐释，达到故事内叙事和故事外叙事的自然融合。

我们没有理由认为这七个理解层次（level 0—level 6）是详尽的，但它们是观众理解人物和人物行为的普遍方法。应该强调的是，这些理解过程都是认知过程而非情感过程，虽然它们依赖于忠实和其他更多的情感过程。用史密

---

① Richard J. Gerrig & David W. Allbritton. The Construction of Literary Character: A View from Cognitive Psychology. *Style*, 1990 (24): 380-391. Tan (ed.). *Emotion and the Structure of Narrative Film: Film as an Emotion Machine.* Mahwah, NJ: Lawrence Erlbaum Associates, 1996: 163.

② Martha Augostinos & Ian Walker. *Social Cognition: An Integrated Introduction.* London: Sage, 1995: 39. Social roles often link up with clear, visual body vues: skin color, hair color, body size, gender, clothing, age.

③ Bal Mieke. *Narratology: Introduction to the Theory of Narrative.* Van Boheemen, Christine (trans.). Toronto: University of Toronto Press, 1985: 82. Tan (ed.). *Emotion and the Structure of Narrative Film: Film as an Emotion Machine.* Mahwah, NJ: Lawrence Erlbaum Associates, 1996: 165.

斯·穆雷的话来说，这些理解层次可以构成认知和结盟过程。当然，我们前面提到过要在认知过程和结盟过程中划分出明显的界限是不可能的，因此，我们只谈认知或理解的不同层次。理解的七个层次在影视剧中努力构建事件的一致性，至今我们还没有客观的方法决定哪一个理解层次更“正确”。不同的观众，不同的环境，不同的文本，都会产生厚此薄彼的结果。也许，观众最能使用的抽象理解层次就是能产生最大一致性的理解层次。理解层次太高就可能漏掉文本信息，从而简化事物；理解层次太低就会有碍文本单位之间重要关系的理解和连贯。这一切当然跟观看目的有关（比如周末娱乐或者学术调查）。理解的七个层次并不是独立存在的，观众在观看整部影视剧作品时，七个理解层次可能会同时出现，也可能七个理解层次不断地进行切换。

不同的理解层次要求观众不同的处理方法，即使是最低层次的理解，也依赖于观众的认知-感知能力（如行为和行动认知）。如我们所讨论的，有些知识是通用的，但有些知识是根据情况而定的。有些知识在具体的媒介实践中有其自身来源（如观众对小说人物类型的预知）。在大多数情况下，这些知识来源于日常的社会文化生活。观众会使用日常生活中对他人的印象形成过程和社会认知来处理影视剧人物角色。按塔恩（Tan）的话说，我们有理由相信，我们对小说人物的理解方式同我们在日常生活中对他人的理解方式一模一样①。在不同的环境中，对没有明显表现的个体，我们会产生心理表征。无论是听到同事远房亲戚的故事，还是读到历史人物自传，抑或是小说中出现一个新的人物角色，我们都期待同样的认知过程②。

我们虽然认为观众利用与日常生活同样的理解能力理解影视剧人物，但这并不意味着现实生活中的人和影视剧中的人的行为方式就完全相同。各种各样的影视剧人物通常比现实生活中的人物更极端、更具有固定印象，而且影视剧人物结束的方式在现实生活中很少存在。当然，影视剧人物是以一种不现实的方式呈现，而观众在理解过程中采用的是日常生活中的理解能力，这两种表达是截然不同的。文学人物的认知理论最与众不同的地方不在于特别的心理结

① Tan (ed.). *Emotion and the Structure of Narrative Film: Film as an Emotion Machine*. Mahwah, NJ: Lawrence Erlbaum Associates, 1996: 156. There is reason to believe that our comprehension of fictional characters takes place in the same way as our comprehension of people in the everyday world.

② Richard J. Gerrig & David W. Allbritton. The Construction of Literary Character: A View from Cognitive Psychology. *Style*, 1990 (24): 380.

构，而在于对特别文学输入的普通处理过程。当然，这并不是因为观众的理解能力和处理过程有多特别或者有多了不起，而是在叙事世界中，以叙事方式呈现，由观众来构建。虽然叙事影视剧比文学更具符号意义，但对影视剧人物和现实人物的理解都会采用相同的处理和加工过程。特质、心理状态、社会固定印象以及简单行为在文本中并不是简单的可视，而是由抽象的推断构成。当然，我们通常可以找到暗示和外在表现形式（如衣着、面部表情、身体行为）。但这些暗示和外在表现形式会随着观众的知识面而无限扩展，因此，理解层次首先是精神实体的，在文本中的存在不如读者头脑中的那样多。也因此，抽象的心理空间或者说透过视觉看本质的现象不足为奇。

13 《红楼梦》影视剧中人物的心智归因过程

对影视剧中人物的心理状态的理解对大多数观众来说是理解主流影视剧十分普遍的方式。虽然在理论上观众可以选择不同的理解层次（level 0—level 6），但在实际中并非如此。心理状态的理解非常有趣，因为在整个叙事过程中心理状态会不断波动，相比较于特质或者类型而言，心理状态能够快速地在场景与场景之间切换，推动观众不断地更新心理状态模式。影视剧中的心智归因无疑会带给我们过山车式的快乐。

人物角色没有生命，我们赋予他们个性，这些个性源自于我们所熟悉的生活和艺术。否认这一点就等于否认一个基本的美学体验，即使最好的叙事都需要根据普通人日常的感知进行推断、猜测和期待①。如果我们认为心智解读是日常生活中解释和理解他人行为的基本框架，我们就有理由认为观众观看影视剧人物时也会进行心智归因。下面我们着重讨论的影视作品中的人物也会像现实生活中的人物一样激发观众的心智归因能力，引起心智归因过程。

13.1 观众的心智

克里斯汀·汤普森（Kristin Thompson）曾经说过，虽然影视剧人物不像现实生活中的人，我们无需以日常的行为和心理评价他们，但是作为手段，人

---

① Seymour Chatman. *Story and Discourse*: *Narrative Structure in Fiction and Film*. Ithaca, NY: Cornell University Press, 1978: 138. Characters do not have "lives"; we endow them with "personality" only to the extent that personality is a structure familiar to us in life and art. To deny that seems to deny an absolutely fundamental aesthetic experience. Even fantastic narratives require inferences, guesses, and expectations according to one's sense of what normal persons are like.

物必须从他们自身的作用进行分析。一些人物是中立的，是为了聚集一系列的嵌入式叙述。即使在非常规的心理叙述中，我们也会发现不同的人物功能：提供信息；提供融合信息的手段；创造平衡；构图时代表颜色、形式；移动时有助于推拉镜头以及其他功能[①]。

从某种程度上说，克里斯汀·汤普森是对的，影视人物角色不需要从行为和心理的常规理论去理解。就像我们前面所讨论过的，人物可以从不同的层次理解、描述和解释，角色在特定影视剧中的叙事和文本功能由这些层次组成。更重要的是，许多观众可能是有意识地、无意识地使用日常生活中的理解框架来判断人物。

心理归因过程不是任意的、特殊的，但在特殊文化背景下是由观众的心智解读能力构建的。对人物的理解就是影视剧文本追求连贯性的一个主要策略[②]。如前面例句中的黛玉“羞红了脸”，观众在许多行为和事件中创造了连贯性。心智归因让影视剧场景以及语篇变得更容易理解。在追求文本意义中，观众会努力找到一个强有力的精神工具。下文将着重分析这种关联系统在理解影视剧场景时如何被观众运用。在分析前，我们必须明确如下几个观点：

（1）影视剧人物角色的心智归因不仅是影视剧展现面部表情和肢体语言的方式，也是面部表情和肢体语言解读的能力。前面我们提到过，一旦把面部表情和肢体语言放入心智归因的语境中，面部表情和肢体语言就能提供心智归因有价值的信息。

（2）观众理解人物的纯粹心理学理论在影视剧研究中通常被忽视。与文本相关的理论认为电影媒介只给我们提供人物角色外在的表现形式。布劳迪（Braudy）认为，可看的身体是不可看的心智的唯一证据。电影必须外化人和物，在隐藏的地方分离、具体化以及停顿[③]。梅洛·庞蒂（Merleau-Ponty）同样认为，这就是为什么人类的表现性在影视剧中如此吸引人。电影不会像小说

---

① Kristin Thompson. Breaking the Glass Armor: Neoformalist Film Analysis. Princeton: Princeton University Press, 1988: 40.

② Tan (ed.). *Emotion and the Structure of Narrative Film: Film as an Emotion Machine.* Mahwah, NJ: Lawrence Erlbaum Associates, 1996: 159.

③ Leo Braudy. *The World in a Frame: What We See in Films.* Garden City, NJ: Anchor, 1976: 184. The visible body is our only evidence for the invisible mind... The necessity of films is to deal with exteriors, in objects and people; to separate and objectify, and pause in wonder at what is hidden.

一样告诉我们人物的想法，相反，电影呈现给我们行为、人们存在世界的独有方式以及待人接物的方式[①]。从文本的观点来说，这个观点是对的：他人的精神生活是不可以直接观察的，在日常生活和舞台上都是如此。但是当我们从接受和理解的角度看，可见的身体并不是我们唯一的线索。心智解读复杂的系统给我们提供了一个强大的推理结构，极大地支持观众推断人物的心理状态。那么唯一的“文本线索”就是演员的外在表现，这个线索是通过心智解读推理能力拓展的。心智解读能力让观众能够理解文本给出的明确信息背后的意义。心智解读不仅解码面部和身体表达，而且呈现隐藏的心理状态和过程。这个过程消除歧义，从而和演员的外部表现一致。

（3）如果我们认为心理状态的理解只要依赖于观众的背景知识和认知，那么忽视观众认知的一些电影专家在很大程度上就会拒绝描述角色的心理[②]。观众对人物的意图、信仰以及欲望的了解也会影响观众对人物心理状态的理解。

心智归因过程开始运作前有一些条件。其中一个非常关键的条件就是，观众必须认识到文本中的一个特定形象作为一个具体的人物，在不同场景、不同镜头以及不同影视剧片段的不同肢体语言呈现都是被当作同一个人而解读的（Smith，1995）。在文学作品中，这样的连贯性往往是通过适当的名称来实现的。在影视剧中，这样的连贯性必须是通过观众识别面孔、穿着和声音，然后进行推断而实现的。只有当这样的连贯性建立以后，观众才能在归因过程中使用以前的心理状态。如果观众不能识别一个特定的人物，那么在影视剧以前所做的归因都是无用的；在这样的情况下，观众就会把这个人物当作新的人物。在大多数影视剧中，识别过程并不麻烦，因为导演会想方设法地使他们的人物角色带有明显的特征。面部特写可以提供有用的个人特征，服装在突显人物特征上也自有妙处。《红楼梦》中，年轻女子众多，这些女性年纪相仿，个个容貌美丽。为了让观众更容易区分人物，1987 年版《红楼梦》电视剧导演王扶

① Merleau-Ponty. Le cinéma et la nouvelle psychologie. *Sens et nonsense*. Paris: Nagel, 1966: 104. This is why human expressivity can be so striking in the cinema; the cinema does not give us people's thoughts, as the novel has long done; instead, it gives us their behavior, their special way of being in the world, their manner of dealing with things and with each other.

② Noël Carroll. *Mystifying Movie: Fads and Fallacies in Contemporary Film Theory*. New York: Columbia University Press, 1988: 210.

林充分利用服装颜色来体现人物性格。林黛玉高雅脱俗，她的服装颜色都比较素雅；湘云性格豪爽，服装颜色多为大红大绿；香菱温柔大度，有上进心，衣服颜色大多为藕荷色；袭人性格温柔、细腻，服装颜色均为桃红色。

然而在其他影视剧中，导演妨碍角色的识别过程。在著名法国导演戈达尔（Godard）的影片《周末》（*Weekend*）中，罗兰（Roland）和科琳（Corinne）骑车去她母亲家清理父亲的遗物。然而在他们离开前，有这样一个画面：一个男人对他的女老板说，一旦科琳拿到钱，他就修理科琳。因为这个男人是长镜头拍摄的，所以很难看清楚他的脸，那么这个男人和罗兰之间的连续性就存在问题。因戈达尔阻止识别过程，似乎电话场景中的意图并没有传达给罗兰，当他后来出现在电影中时，如果识别模糊，那么心智归因也就模糊了。需要指出的是，支持和反对识别过程之间没有标准的规范或者审美的层次结构。如果电影导演想在不同的身体表现中建立清晰的心智归因和不模糊的连贯性，那么提供突出的线索更有效。

下面我们将讨论《红楼梦》影视剧及其他影视剧中的部分场景。如果我们认为观众在场景的理解中已充分利用心智解读能力，我们就可以开始构建观众选择角色心理作为连贯性层次的理解过程。我们强调心智解读能力引导观众进行心智归因的方式，更确切地说，在场景中，这些归因如何给行为和事件带来一致性。同时，我们还将讨论归因过程中的文本方面的问题：不同的技巧、惯例以及电影语篇用来激发、引导和制约心智归因过程的实际操作。

13.2 影视剧人物的心智

13.2.1 目标带来的一致性

叙述理论家认识到人物目标的重要性。他们的研究常常涉及目标和欲望推动情节的方式。在心理分析方法中，这些目标和需要常常依照弗洛伊德的术语而确定。另外，在追求目标的基础上，人们试图努力创造叙事分类。例如，巴尔（Bal）（1985：26ff）就认为侦探小说是由一个想知道凶手身份的侦探推动故事发展的。巴尔认为 19 世纪的小说中通常都有一个渴望独立的女性或者恶棍，例如法国影片《兰基先生的罪行》（*Le Crime de Monsieur Lange*）（1935）中的巴尔塔（Batala）和美国影片《虎胆龙威》（*Die Hard*）（1988）中的格鲁伯（Gruber）。反面人物通常是由贪婪、虚荣和对权利的欲望所驱使的；而正面人物通常追求有价值的东西，建立良好的社会关系（如婚姻）以及大众幸福的大家风范。这里我们需要注意的是，大多数的目标都是成就目标，持续一段时间，通常都有一些危险和阻碍要克服。悲剧常常以目标没有实现而告终。贾宝玉和林黛玉的目标非常明确，那就是相爱相守。可是在婚姻不能自主的封建社会，他们需要跨越的障碍实在太多，最终还是无法逃脱悲剧的命运。一些其他体裁如艺术片，就较少地集中在角色目标上，而是特别注意人物目标，如经典的好莱坞电影[①]。

虽然叙事理论处理跨越整个叙事的目标，但很少涉及所有目标如何产生子目标这一点。这些子目标在整个故事中不断地改变和转换，这就是说，虽然人物有一个总目标，但观众有必要了解随着感情和其他心理状态一起波动的具体的、短期的目标，比如全面成就目标可能产生手段目标（子目标的计划）。1987 年版《红楼梦》中由沙玉华老师扮演的刘姥姥给观众留下了不可磨灭的印象。刘姥姥与贾府并没有很深的关系，只是因为女婿狗儿祖上跟“金陵王家连过宗”[②]。刘姥姥家里穷得揭不开锅，万般无奈，厚着脸皮准备到贾府打秋风。她打秋风的总目标是明确的，更是坚定的，就如她自己所说的一样：“谋事在人，成事在天”。为了实现这一总目标，刘姥姥的子目标就是找到正确的救助对象，那就是王夫人。刘姥姥知道这位王家二小姐“着实爽快，会待人，倒不拿大”，“如今上了年纪，越发怜贫恤老，最爱斋僧敬道，舍米舍钱的”。[③] 为了找到求助对象王夫人，刘姥姥子目标的下一级目标就是找到正确的引荐人。因为侯门深似海，没有人引荐，她是绝不可能见到王夫人的。于是她找到了王夫人的陪房周瑞家的。为了实现让周瑞家的出面帮忙的目标，她口舌生花，一见面就亲热地称呼“周嫂子”，并表明“原是特来瞧瞧嫂子”[④]。刘姥姥的上门求助，让周瑞家的觉得刘姥姥拿她当个人物。为了证明自己的体面，周瑞家的很爽快地答应了。通过周瑞家的，刘姥姥很快就了解到“如今

① David Bordwell. *Narration in the Fiction Film*. London: Methuen, 1985: 157. Bordwell, David, Staiger, Janet & Kristin Thompson. *The Classical Hollywood Cinema: Film Style & Mode of Production to 1960*. New York: Columbia University Press, 1985: 12.

② 曹雪芹，高鹗：《红楼梦》，长沙：岳麓书社，2001 年版，第 37 页。

③ 曹雪芹，高鹗：《红楼梦》，长沙：岳麓书社，2001 年版，第 37 页。

④ 曹雪芹，高鹗：《红楼梦》，长沙：岳麓书社，2001 年版，第 40 页。

太太事多心烦，有客来了，略可推得去的就推过去了，都是凤姑娘周旋款待"①。于是刘姥姥立马更新了自己的子目标，把求助对象锁定为王熙凤。由此可见，整个过程涉及角色不断的评估和目标的更新，因此观众必须不断地进行临时的子目标归因。这些子目标跟上一级目标往往是兼容的，刘姥姥所有的子目标只有放到总的目标语境中才能被理解。刘姥姥找周瑞家的当引荐人，这种子目标的归因只有通过复杂的上一级和下一级目标系统才有可能实现。只有在这个系统里，刘姥姥求助于王熙凤才能被观众所理解。没有叙述理论涉及基础的、人物目标归因的连贯性功能，但这是我们研究的重点，目标的局部归因和普通归因使文本中的行为有连贯性。文本中所有的这些事件和情形可以解释为为了达到这些目标而进行的尝试（成功的尝试、失败的尝试或者是主体对这些尝试结果的反应）。如果不能对刘姥姥进行成功的心智归因，就会让事情变得随意和无关联，只会在观众中产生肤浅的理解。

语篇心理学有许多的研究专门针对目标归因的连贯功能以及这些功能在文本中创造的整体体验方式（Bourg & Stephenson，1997；Graesser，et al，1994；Long & Golding，1993；Stein & Liwag，1997；Trabasso，1991；Trabasso，et al，1995）。特巴索（Trabasso）就提出了叙事文本整体体验和读者目标归因数量上的关联性，并对此进行了测试。测试者要求其中一群受试者阅读短篇叙事，然后根据关联性程度进行评价。另外一组受试者被要求阅读同一篇短叙述，然后要告诉测试者他们对每一个句子的理解（即所谓的大声想）。这些受试者被指示尽力理解故事语境中的所有句子。在数据分析中，测试者着眼于角色目标推断（动机推断）以及受试者如何努力解释当前句子中的事件和信息。结果表明，动机推断的次数预示着另一组受试者连贯性体验的程度（Trabasso & Suh，1993）。如果我们认为连贯性的故事更容易引起回忆，能更准确地被复述，那么我们就能认为促进角色目标推理的文本比类似的故事更能被复述。这些研究都表示叙述连贯性和读者对角色目标的理解息息相关。我们看一看小孩对叙事的建立和理解，这一切就非常明显了。小孩对叙事的建立和理解往往较少关注角色目的，而是关注连贯性。相对于成年人来说，小孩对小说人物目标

---

① 曹雪芹，高鹗：《红楼梦》，长沙：岳麓书社，2001 年版，第 40 页。

推理上往往存在问题，即使文本中上一级目标被明确地指出①，这个可以归因为没有发育完全的心智解读能力。

连贯性的体验跟故事中的美学和情感体验不一样。研究表明，如果导演想创造文本连贯性，那么让观众归因明显的角色目标就是一个好的策略（主流电影往往都想方设法地达到这一点）。这个可以通过很多途径达到。首先，一些人物是由强目标驱使，一些人物是由弱目标驱使。满足、成就、危机目标都属于强目标，愉悦目标属于弱目标。贾宝玉、林黛玉、刘姥姥等一干人受强目标驱使。作为金陵十二钗之一的惜春没有强目标，她逃避现实，漂浮在虚幻的世界，在目睹贾府衰败时做出出家的决定。在这种情况下，文本的连贯性往往跟角色目标无关，而更多地与情境有关。但是一些现代电影制作阻止目标归因，以致我们很难推断其目标。在戈达尔的《周末》电影中，罗兰和科琳被塞拉河及瓦兹解放阵线绑架。虽然这个组织的名称表明了它的目的，但还是很难建立他们行动的连贯性：他们持着枪到处乱走；用无线电跟其他对抗组织联系；厨师把蛋液涂在尸体上；裸体的妇女身上涂满颜料；最后甚至可以看到吃人的场面。显然，文本公然阻碍观众推断解放阵线成员的意图，从而阻碍观众在文本中建立连贯性。在罗兰被残忍地杀害以后，一个男人对一个女人说：要克服资产阶级的恐惧，就需要经历更多恐惧。这可能暗示解放阵线的目的：把科琳变成真正的革命者。然而，因为我们只能看到说话人的脚，我们无法确定究竟是谁在说话、对谁说。更何况，其他许多事件也无法跟这个目的相匹配。这种碎片化在艺术片中很流行，特别是在戈达尔的许多作品中。有效阻止观众的目标归因就是碎片化流行的一个重要原因，如果观众不能成功地进行目标归因，那么所有行动就无法与目标相关联。帮助戈达尔电影营造一种特别氛围的就是角色目标。比如在《周末》中，罗兰和科琳驱车前往母亲家就是为了解决父亲的遗嘱问题。叙述常常在时空上与主要角色相关联，观众往往跟着主要角色“旅行”，但大多数呈现的事件跟这个目标不相干。乡村道路上的车祸、走在田野上的法国革命分子、垃圾车上针砭时弊的声音以及农场音乐会都跟去母亲家解决遗嘱问题毫不相干。显然，对角色目标的激进否定是文本连贯性的基础，而这一切才是戈达尔美学目标的本质。

---

① Tom Trabasso. The Development of Coherence in Narratives by Understanding Intentional Action. In Denhière G. & Rossis (eds.). *Text and Text Processing*. Amsterdam: North-Holland, 1991: 298.

另一个创造文本连贯性并促进文本理解的方法就是提供强目标，但要让强目标快速变化，而且看上去很不合理。在电影《放大》（*Blowup*）（1966）的后部分，主要人物托马斯（Thomas）来到音乐会场，当时会场一片混乱，演奏家们正在疯狂地砸自己的乐器，观众们则涌上舞台疯狂地抢被砸坏的乐器残件。主要人物托马斯（在剧中是一位时尚摄影家）费了九牛二虎之力拿到了吉他琴颈，这时候，观众可能认为拿到吉他琴颈对角色非常重要或者说跟犯罪线索有关，但这种猜测瞬间被下一个场景推翻。托马斯拿着吉他琴颈离开了音乐会，来到了一个巷子里，他看了看琴颈，毫不犹豫地把它丢了。此时，想要得到吉他琴颈的强目标立马被否定了，并被马上处理了。角色强目标动机不明地快速改变，通常会被理解为不可理喻的行为。根据心智解读理论，人们不会任意地、毫无目的地选择或者丢弃强目标或者欲望。当然，目标常常改变，但不会像《放大》一样变化如此之快。

因此影视剧导演为了美学、叙述或者其他原因会选择性地推动或者阻碍观众进行清晰或者模糊的目标归因。那么，要推动或者阻碍观众目标归因的具体技巧、方法和惯例有哪些呢？通过何种方式，影视剧能够促进目标归因？似乎没有什么特别的惯例，但方法有很多。旁白、内心独白、对话、音乐和标题字幕是最直截了当的方法。2010 年版电视剧《红楼梦》大量地引用了原文作为旁白和内心独白，对《红楼梦》经典进行新的阐释。把经典转换为声光图像，可以让人物的心理、目标展现更直接。当文字被转化为声光图像后，这些图像就会深深地打上导演的烙印。我们因此不得不思考一个问题：这究竟是推动了观众心智归因还是阻碍了观众的心智归因？对于李少红导演所采用的方法的评价恐怕是仁者见仁、智者见智。詹丹、孙逊（2010）认为这是经典代读，“对保持经典的纯正性进行了有益的尝试”，但对于结果却不置可否。对话也是常用的手段，比如在 1987 年版电视剧《红楼梦》中，观众通过刘姥姥和狗儿的对话了解了刘姥姥的目标，为了突显这一目标，我们发现导演采用了一个推拉镜头。另一个方法就是字幕。在 1962 年的经典越剧电影《红楼梦》的最开始，字幕与唱腔相配合，直接表明林黛玉入贾府的目的：“孤女投奔外祖母”。其次就是角色的身体行为。这一点在 1927 年上海复旦影片公司发行的《红楼梦》无声电影中尤其突出，表演形式、手势都起了至关重要的作用。最后，音乐也是一种方法。1987 年版电视剧《红楼梦》中，由陈力演唱的《葬花吟》中的“愿奴肋下生双翼，随花飞到天尽头”就直接展现了林黛玉的目标，那就是林黛玉看到花谢花飞，不由地感叹自己无处寄托的命运，渴望一个没有“风霜刀剑”的理想世界。

所有的这些方法在本质上都是文本的，因为它们受文本制约，没有太多观众参与的成分。但对角色目标推断最实质的方法通常都涉及观众对电影的社会、文化期待，比如：父母想保护自己的孩子；服务员必须让服务令客人满意；警察想要抓到罪犯，等等。事件模式、职业角色、家庭角色、社会类型、社会固定印象以及角色类型中所有这些的集合都涉及具体人物的“缺省”目标。影视剧只需激发观众对某一具体角色类型的正确认知，然后观众的表征、社会文化特质就会全面接手，归因角色隐含目标。在理解流氓地痞、怪物、精神病患者以及英雄时，对于他们的主要目标，比如抢劫、惹是生非、杀人、救人，观众已有所期待。通过使用这些在社会上盛行并为观众所熟知的肖像化代码，视觉媒体往往能成功地激发观众对具体人物类型的目标期待，并在展开的叙述中充分利用这些期待。一旦观众通过化妆、服装以及风格化的演出确定了《红楼梦》中刘姥姥的身份，想要推断出角色的目标就不成问题了。小说传统以及日常社会经验往往让观众对人和角色有了复杂的猜想，这些目标无需通过旁白或者标题字幕呈现。与此相反，文本的主要功能就是详细地说明特定角色的目标。观众知道刘姥姥是“厚颜知耻”的，因为她想要拥有有价值的东西，并准备通过便捷途径实现这个目标。由此，我们可以看到文本和观众是如何亲密互动的。

从叙事角度看，把握激发目标归因的时间能产生一定的效应。叙述中偶尔延迟角色目标的揭露能制造悬念，引起观众的好奇、期待或者惊讶。恐怖片和侦探片最普遍的方式就是在故事的结尾才揭示人物目标，从而让观众在新的基础上重新思考情节[①]。在 1987 年版电视剧《红楼梦》第二集中，冯家仆人陈述了薛蟠的罪行，贾雨村震怒，当即下令将凶犯薛蟠缉拿归案。贾雨村刚一下令，就发现旁边立着的门子在清嗓子、擤鼻子。在这么严肃的场合，很显然，门子的行为是不得体的。可此时，门子此举的真正目的并没有被揭露，贾雨村甚至观众都是一头雾水，直到退堂回到密室，门子才禀明缘由，这时候，贾雨

① David Bordwell. *Narration in the Fiction Film*. London：Methuen，1985：64.

村和观众才恍然大悟。这样的延迟无疑会引起人们的好奇和悬念。在主流电影中，这样的不确定性大多在叙述中会得到解决，但在有些体裁中却不会，如电影《周末》。

13.2.2　目标和行动的动力——情感

根据《心理学大辞典》的定义，情感是人们对客观事物是否满足自己的需要而产生的态度体验。情感通常被认为是心理活动的组织者。在分析情感目标和行动驱动力的作用前，有必要梳理一下影视剧人物的情感。

13.2.2.1　影视剧人物的情感

话语心理学的范畴涉及读者在叙事理解中表征小说人物的情感，把情感与心智解读模式融合，并在阅读时不断更新表征的方式（de Vega，Leon & Diaz，1996）。我们必须承认表征人物情感的心智过程是一个值得关注的认知现象。影视剧人物情感的表征是由观众构建的，就如同胶水一样把文本中相对疏远的内容融合。通过追踪角色的情感状态，观众具有把文本中分散的信息碎片聚合的能力，情感因而能在故事中促进整体连贯性[①]。无论是在语言文本还是电影文本中，这些情感常常会被明确地提到或者被推测到。如果评价理论为我们在日常生活中评价情感提供了标准或参数，那么在理解影视剧作品时，我们也可以合理地采用这种评价理论。接下来，我们将着重分析评价标准或参数是如何被导演所操控，从而激发观众恰当的情感归因。我们当然可以从接受视角进行分析，即：观众是如何利用评价标准或参数进行情感归因？评价如何产生文本一致性？

（1）正面情感和负面情感。

心理学上把情感分为两种即正面情感和负面情感。正面情感是一种积极的情感，有利于工作和生活；负面情感是一种消极的情感，影响工作和生活的顺利进行，有时甚至会对身心产生伤害。在欣赏影视剧作品时，我们如何对正面情感和负面情感进行区分？如果说目标是帮助观众理解特定人物行为的重要手段，那么目标在区分正面情感和负面情感时也起到同样重要的作用。我们知

---

① M. de Vega，J. Díaz & I León. The Representation of Changing Emotions in Reading Comprehension. *Cognition and Emotion*，1996（10）：304.

道，情感的正面或者负面价值依赖于时间或形势是否有利于角色目标的实现。目标越强、越清晰，区分正面、负面情感就越容易。让我们看看 2010 年版《红楼梦》第十二集的一个场景（见图 2）。

图 2　2010 年版《红楼梦》第十二集场景之一

宝钗扑蝶来到了滴翠亭，无意中听到了丫头小红和坠儿的谈话，知道了小红和贾芸的私相往来。私相往来在当时的封建社会被看作是“奸淫狗盗”之事，小红又是个“眼空心大”“头等刁钻古怪”的人，如今宝钗听到了她和坠儿的私密谈话，宝钗担心她“一时人急造反，狗急跳墙”，不但生事，而且会让宝钗没趣。此时，宝钗的当务之急就是想办法“金蝉脱壳”，摆脱自己偷听到她们谈话的嫌疑，这就是宝钗的强目标。于是宝钗故意放重了脚步，笑着说"颦儿，我看你往哪儿藏?"，一面故意往前赶。小红和坠儿推开槅子时，认为宝钗刚到，而黛玉藏在这里很久了。而小红和坠儿听到宝钗如此说着又往前赶，两个人都被唬得怔住了。无疑，黛玉被宝钗当作了替罪羊。为了进一步坐实黛玉偷听的事，宝钗更是编造了黛玉弄水的故事。宝钗的"金蝉脱壳"之计以及小红和坠儿知道谈话被偷听，所有的这些事情都会产生情感，包括正面情感（即宝钗用计脱身时的淡定）和负面情感（即小红和坠儿被偷听后的惴惴不安），这些情感促进或抑制宝钗的目标。宝钗拿黛玉当替罪羊时的淡定，让她能够从容地编造黛玉弄水的故事，让事情朝着她的目标发展，成功地让小红和坠儿认为是黛玉偷听了她们的谈话。此时，宝钗的正面情感无疑促进了目标的实现。相反，小红和坠儿发现被偷听时的惴惴不安会让她们非常警惕，也会慎重地分析宝钗的一举一动、一言一行，从而判断自己的谈话是否被偷听、被谁偷听。所以在一定程度上，小红和坠儿的负面情感会抑制宝钗目标的实现。所幸宝钗虚构的黛玉弄水的故事让他们相信是黛玉偷听了。但在宝钗实现这个强烈的自我保护和危机目标过程中会产生不稳定的情感，即在正面情感和负面情感之间的迅速游离，其表现为宝钗起初担心小红和坠儿不相信自己，当意识到这件事算遮掩过去了，松了一口气。一般说来，动作片也最擅长利用这一点制造明确的正面情感和负面情感。当然，这也会带给观众明确的情感反应。

对具有弱目标或者没有目标的角色，这样的情感归因会变得困难和模糊，因为他们的目标不像宝钗的目标那么明确、清晰，所以这样的角色往往具有开放性。在电影《周末》中，这种开放性更不确定，即使在第一个场景中观众想方设法地去归因科琳和罗兰的目标（比如，驱车前往母亲家、"修理"科琳），电影中的事件似乎也与这些目标无关。这就意味着观众只能通过很少的暗示才能判断这些事件的情感效价（对情感的自我评估即正面情感或负面情感）。在农庄听钢琴演奏会是令人愉悦的，但因为跟人物的旅行无关（既不阻碍，也不促进目标），所以很难让观众决定科琳和罗兰究竟有什么感想，也许这就是影片中的角色显得单调和肤浅的原因之一。但是，这并不是说肤浅的角色或者与情感无关联的事件便是导致作品差的原因。在这里，我们只想解释不能评价差作品美学价值的原因，比如电影《虎胆龙威》最开始，麦卡伦（Mc-

Clane）和阿盖尔（Argyle）机场中的偶遇会在麦卡伦心中产生小小的惊讶（因为他没有料到阿盖尔会在机场接他）。然而，因为观众在叙述中并不知道麦卡伦明确的目标，所以事件也不会引起情感效价。在电影结尾部分，观众始终无法归因麦卡伦最后出场时的强目标。

如果导演想要引起正面或者负面情感的归因，那么他就必须在相关事件被描述之前植入一定形式的角色目标。比如，宝钗“金蝉脱壳”的目标有助于观众理解宝钗用计脱身时的淡定以及怕小红、坠儿不深信的担忧。如果导演想要观众在影视剧作品最开始时就产生正面或者负面情感效价的归因，那么信息的时间顺序就至关重要，而且心智解读能力可以给我们提供合理的解释：心智解读不是常规的、任意的，它是建立在心理状态的概念系统结构之上。有了评价标准，与特定事件一致的目标就必须被角色察觉和理解，这样才能产生情感。叙述戏剧性结尾和悲剧性结尾的明显区别跟角色的正面情感或负面情感息息相关。在戏剧性结尾中通常有角色目标的全面实现，在这种情况下，会在角色心中产生正面情感。很自然地，这样的情况也会在观众心中产生正面情感。宝钗在该集中目标的实现，可以在她心中产生正面情感，但这并不意味着这必然会在观众心中产生正面情感。喜欢宝钗的观众会为宝钗目标的实现而高兴，产生正面情感；相反，讨厌宝钗的观众绝不会产生正面情感。很明显，角色和观众的情感不是一回事。

（2）特殊情感——惊讶。

惊讶是正面情感和负面情感轴线上的一种无法准确定位的情感。惊讶不跟角色目标相关联，它总是在期待被违背或打破时出现。正因为此特殊性，所以它值得我们单独分析。我们再看看 1987 年版电视剧《红楼梦》第五集中秦可卿死后大家的惊讶。

如图 3 所示，王熙凤和贾母听到秦可卿的死讯时非常惊讶。为了凸显她们的惊讶，王扶林导演分别使用了特写和近景镜头。王熙凤和贾母感到惊讶，是因为秦可卿虽患有疾病，但宁国府找来了能断人生死的张太医，张太医断言，过了春分，秦可卿的疾病就可痊愈，但现在她突然死了。这里我们需要强调的是在王熙凤和贾母心中的一个想法，那就是秦可卿不可能这么早死。这个想法跟王熙凤、贾母的惊讶是一致的。之所以一致，是因为惊讶和想法之间的这种关系在心智解读中是与生俱来的。理解了王熙凤、贾母的惊讶和坚定想法

图 3

之间的关系，也就不难理解电影场景之间产生的关联。在想法和期待的关系中，惊讶最先被评价，但这并不意味着惊讶就不能是负面的或者正面的。对王熙凤和贾母而言，秦可卿的死是负面的。为了理解这种负面的惊讶，叙述就必须构建王熙凤对秦可卿的姐妹深情以及贾母对秦可卿这个孙媳妇的喜爱之情。对秦可卿的死感到惊讶的绝不止王熙凤和贾母。“彼时合家皆知，无不纳罕”①。为了理解他们的惊讶，就必须构建秦可卿的慈爱和孝顺。叙述把秦可卿“慈爱和孝顺”的形象分布在不同群体的心智思维中：“那长一辈的想他素日孝顺，平一辈的想他素日和睦亲密，下一辈的想他素日慈爱，以及家中仆从老小想他素日怜贫惜贱、慈老爱幼之恩”②。本书第五章详细分析了不同群体的不同认知单位，无疑他们的惊讶也是负面的。但对于 1987 年版电视剧《红楼梦》的部分观众来说，这种惊讶可能是正面的。因为不同于小说文本的隐晦，王扶林在电视剧第五集中直接指出了秦可卿和贾珍乱伦的关系，对于秦可卿的死，这部分观众会认为秦可卿是咎由自取，为正社会风气，她就应该早死。当然，对于尤氏而言，她的惊讶既可以是正面的，也可以是负面的。秦可卿一死就可以避免秦可卿和贾珍乱伦关系的暴露，这样就可以保住她的颜面，保住宁国府的颜面，所以她的惊讶是正面的；但尤氏对于秦可卿和贾珍的恨意却是难消的，这背后的惊讶就是负面的。前面有关惊讶例子的分析，其实就是想说明一件事情：为了让观众归因惊讶这种情感，叙述在一定程度上就必须建立角色期待。张太医的断言就让大家相信秦可卿不会那么早死。如果想要进行准确的心智归因，相关叙述信息的时间顺序也非常重要。

① 曹雪芹，高鹗：《红楼梦》，长沙：岳麓书社，2001 年版，第 81 页。

② 曹雪芹，高鹗：《红楼梦》，长沙：岳麓书社，2001 年版，第 81 页。

惊讶、身体和面部表情之间的密切关联以及失落的期待为心智解读提供了强有力的推断基础，这个推断基础不仅有助于情感评估，而且反过来能推断出期待的实质。比如，如果一个人打开一整包书非常惊讶，那么我们就可以大胆地推断这个人认为这个包裹里的东西应该是其他什么而不是书。也就是说，如果角色没有露出惊讶的痕迹，那么观众可以推断：这个事在角色的预料之中。这也是为什么导演戈达尔的许多电影中的人物角色显得有些莫名其妙。比如在电影《周末》中罗兰和科琳所遇到的许多情形，至少在现代观众看来违背常理和期待：四处是焚烧的汽车；街上横尸遍野；法国革命分子到处叫嚣；妇女在沟里被强奸，甚至还出现了食人的场面。然而罗兰和科琳都没有任何的身体和面部暗示来表明他们的惊讶，事实上，他们根本无动于衷。如果罗兰和科琳的心理世界正常的话，那么没有反应就表明这些事情对他们而言就如同抽烟一样平常。如果说，罗兰和科琳在虚构的世界中，这些是可以预料的，那么这个世界同观众所处的现实世界相去甚远，这种不一致很难让观众认同这个虚构的世界。对罗兰和科琳的行为另一种可能的解释是这些事件是他们没有预料到的，但是他们没有觉得惊讶。如果是这样，观众就不得不认为这些人物角色的心理状态不正常或者可以直接把他们归为情感冷漠或者麻木不仁之类。

（3）由情形、他人或者自身所引起的情感。

想要区分由情形、他人或者自身所引起的情感，标准就必须明确，能够进行评估。观众对引起情感的主体通常有一定的概念。

1987 年版电视剧《红楼梦》第二十二集，当贾环听说宝玉替彩云应了蔷薇硝的事，顿生醋意，认为彩云是“两面三刀的东西”。于是将彩云私赠之物全摔到彩云脸上。贾环的误解让彩云急得“罚神赌誓”，可贾环还是不肯相信她。这让彩云非常绝望，一赌气，卷起所有的东西跑到河边，往河里一扔。彩云与贾环好的目的很简单，那就是跟他相知相亲。可贾环猜忌的情形无疑成了她目标的拦路虎，引起了她强烈的负面情感——绝望。1987 年版《红楼梦》在彩云扔完东西后，导演对她用了一个近景镜头。当近景镜头定格时，背景音乐响起，剧集结束（见图 4）。这种处理不但烘托了彩云悲伤的情绪，也为观众解读留下了充足的时间和空间。

当然，在有些情况下，情感主体相对人物角色而言非常不明确。在《兰基先生的罪行》Arizon Jim 漫画系列首次出版时，朗治（Lange）的情感明显

图 4

是正面的。巴尔塔在其中起到了一定的作用，因为是他做决定出版 Arizon Jim 的。但是我们也不能忽略当时的情形（巴尔塔碰巧在编辑部看到了 Arizon Jim 这个系列），而且如果朗治不画这个漫画系列的话，那么这个漫画系列的出版就根本不可能，因此虽然朗治的情感是正面的，但引起情感的主体又相当模糊，无法在情形、他人或者自身中明确。

在分析由情形、他人或者自身所引起的情感时，我们发现影视剧导演有时为了达到某种效果，会让人物角色心智归因受阻，从而让观众认为角色行为异常、感情异常。在电影《周末》中，罗兰坐在路边，一边抽烟一边等车。科琳躺在小沟渠里休息，这时候一个男人经过，进入沟渠。然后就是科琳的尖叫声。通过这个尖叫声，观众可以判断她被强奸了。几米开外，罗兰继续抽烟，没有丝毫惊讶或者反对的痕迹。后来科琳也什么都没说，就好像什么都没发生一样。一般来说，发生强奸事件，通常会在受害人、受害人家属甚至路人心中引起强烈的保护目标和危机目标，因为强奸是对他人的故意行为，这种情形通常会引起强烈的情感。但罗兰没有反应，他继续抽烟，甚至对这种情形都没有表示惊讶或愤怒。当然，我们可以用多种方式理解这个心智过程。如果有人认为罗兰实际上想杀了他的妻子，那么强奸的复杂性才合理。这样的归因会显出罗兰这个人物十分冷血，但这跟他对待科琳的另一个行为非常吻合。在任何情况下，被强奸后，科琳对罗兰冷漠的厌恶和蔑视是可以理解的。但是在电影里，科琳什么反应也没有，他们若无其事地继续旅行。观众也有可能猜测科琳实际上认同强奸，但这样的心智归因似乎太牵强附会，而且同她的尖叫声不一致（尖叫声通常表示真正的恐惧）。所有的这些归因，事实上与罗兰和科琳的行为以及心智解读相矛盾。从心智解读看，这些行为都是不可理解的。只有当我们对正常的心智解读有清晰的模式时，这些“奇怪”的效果才能产生。导演戈达尔正是打破了正常的心智解读规范，从而产生了奇特的效果。

很自然，有人会怀疑这样的场景就角色目标和情感而言是否只能从符号或者抽象层面被解读。确实如此，因为这样的场景违背了任何心智解读规范，观众可能会很自然地诉诸其他理解框架。比如罗兰漠视科琳的被强奸象征着社会对强奸受害人的冷漠，社会的焦点是在犯罪或者犯罪者。角色心理其实只是一致性和意义产生的一个层面。观众总体上都会寻求正常的心智解读，只有当这种努力失败后，观众才会寻求另外的途径和方法。

13.2.2.2　情感驱动力

根据心智解读理论，目标和行为通常由情感所驱使。欲望和目标可以单独形成，但借助于情感，观众的理解会更广泛。情感为目标提供动力，情感不会必然引起目标，但当情感和目标同时出现时，则必然为心智解读能力提供因果关联。

在《兰基先生的罪行》中，巴尔塔的归来与朗治枪杀他之间，文本中没有明确的因果关系，然而观众能通过心智解读推断因果关系。因为巴尔塔的归来是一个有意行为，和朗治的目标不一致，所以朗治十分生气，对巴尔塔也充满了藐视。因为心智解读能力在情感和行动之间建立了一个很强的因果关联，观众就可以在巴尔塔的归来与朗治枪杀他之间构建因果关系。这样的一致性和动机推理是由隐藏的心智解读完成的。报仇的概念，这个在叙事电影中比较普遍的方式，可以通过一系列的行为和心理状态去理解。在基耶斯洛夫斯基（Kieslowski）导演的《蓝白红三部曲之蓝》（*Trois couleurs*: *Bleu*）（1993）中，主人公在丈夫和孩子死后的悲痛就是她所有行为的动力。从表面看上去毫不相干的行为，本质上不是以目标为中心，而是以哀悼时的复杂情感为中心。《蓝白红三部曲之蓝》以及《兰基先生的罪行》涉及的都是负面情感，却能让观众产生正面的想法。

有一些叙述为目标和行为提供了较少的情感语境。在《扒手》（*Pickpocket*）（1959）中，米歇尔（Michel）明显有偷窃动机，这一点在电影中很明确，然而观众没有得到任何暗示：为什么米歇尔如此沉迷于偷窃？或者说，究竟是什么情感刺激他的偷窃行为？到故事最后，珍妮（Jeanne）询问他的动机，但米歇尔的回答仍然是模糊的，没有实质性的理由（我一事无成；偷窃让我疯狂）。这种不透明性让导演布雷松（Bresson）的人物显得单调和肤浅。

13.2.3 感知影响约束目标和行为形成的观念

在心智解读过程中，感知往往会在人的观念上打上印记；反过来，观念会构建和具体化人的目标和行为。这种结构已经成为主流电影的基础。

在《虎胆龙威》中，卡尔（Karl）一路把麦卡伦从屋顶追到了通风井里。麦卡伦跳入通风井，成功地找到一个藏身之处。为了看清楚，麦卡伦点燃了打火机。而卡尔从通风井顶部通过倾斜的视角看到了火光，于是卡尔冲进一个房间，疯狂地朝通风井方向射击。然后一个镜头切换：麦卡伦在通风井内紧握手枪，准备射击。这时候卡尔却必须马上离开，因为警察已经到楼下了。这些事件没有明显的因果关联，但是它们有意义，因为观众会推断卡尔会朝通风井射击。卡尔怀疑麦卡伦就在那儿是因为他看到了通风井反射上来的光。我们应该特别注意感知是如何引起怀疑，而怀疑如何引起卡尔确切地选择麦卡伦藏身的房间。所有的这些选择（朝通风井射击、选择麦卡伦藏身的房间）、所有的这些动机都不是文本本身，而是依赖观众的心智归因和推理。

有时候这样的推理可以促进角色行为。在美国电影《西北偏北》中，罗杰·索荷（Roger Thornhill）被暴徒错误地当作了卡普兰（Kaplan），就只因为罗杰·索荷在酒店大堂时，有人叫卡普兰这个名字时，他碰巧抬起了手臂。这种感知行为以及产生的观念导致了歹徒接下来的一系列行为。因此，这种感知行为成为整个叙述展开的中心。正是对这种感知的归因，才让接下来的叙述变得合理。这种错误的观念仍然给予了观众获得故事世界“真相”的途径，从而形成张力。错误通常构成喜剧或者悲剧的核心，罗密欧对朱丽叶服毒的感知错误就是造成悲剧的一个最经典的例子。在《于洛先生的假期》（*Les Vacances de M. Hulot*）（1953）中，感知错误的喜剧效果被用到极致。

这些都是由于感知从而产生错误观念而导致误读的例子，跟我们前面讨论的由于忽视自身作为他人心理状态表征源导致的误读是不一样的。这些误读在心智解读上可以理解为建立在错误观念上的行为。在《七武士》（*The Seven Samurai*）中，武士追着女孩，因为武士认为女孩是一个男孩。武士之所以会这么认为，是因为女孩留着短发，而且女孩对武士说自己是男孩。只有当武士与女孩近距离身体接触时，他才发现她的身体特征，从而问题得到解决，使故事朝着新的方向发展。图 5 清晰地展示了人物以及观众心智解读的过程。

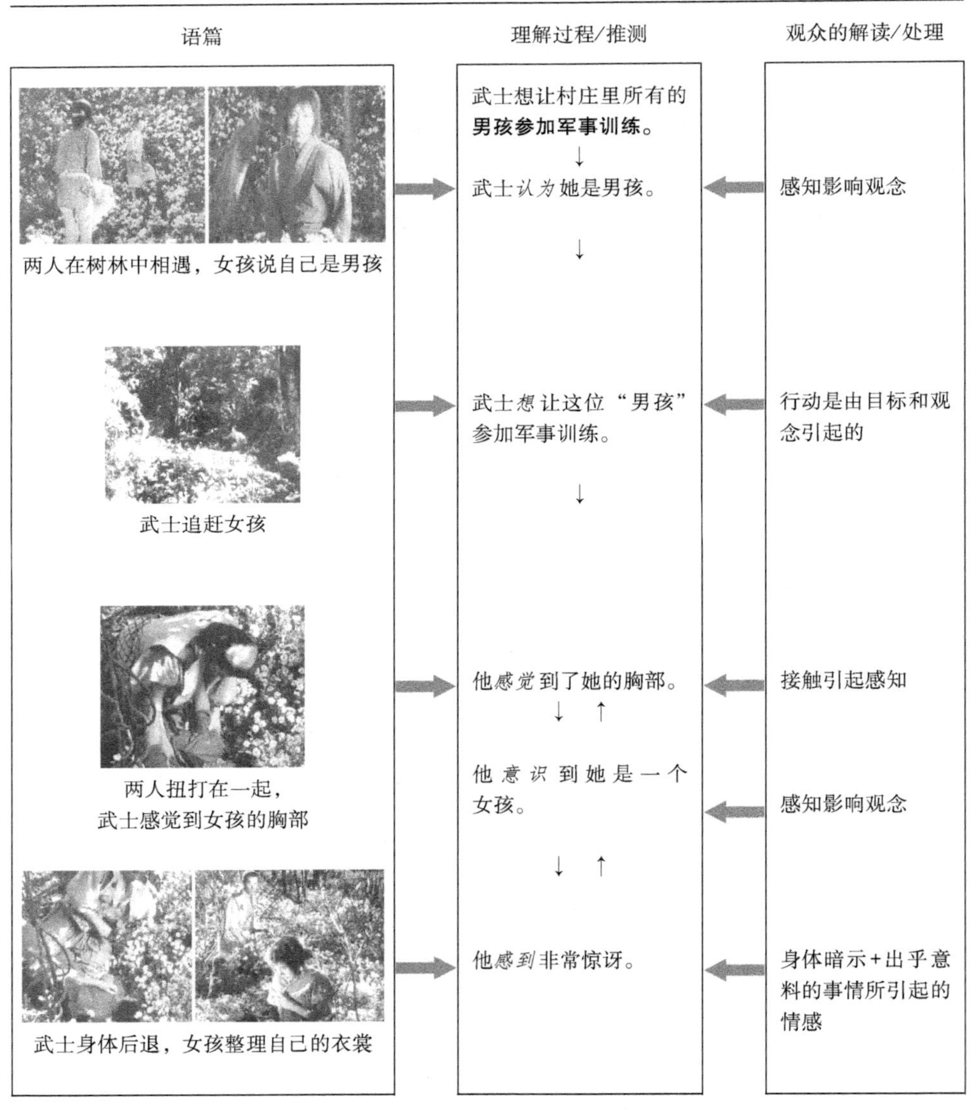

图 5　改编自 Persson，2003

左方框为语篇即文本本身；右方框详细地说明了观众如何进行归因，从而促进意义构建；中间方框陈述理解过程。比如，由观众和文本之间的碰撞/整合所引起的浮现意义（语言学家沈家煊2006年在复旦大学中文系做学术报告时提出，整合产生的整体意义就是浮现意义）。黑体字代表此场景之前的归因，斜体字是表示心理状态的词汇。从表征源出发，中间方框中的理解过程都可以加上“观众知道……”，那么观众心智解读的结果就是：观众“知道”武士“认为”她是男孩；观众“知道”武士“想”让这位男孩参加军事训练；观众“知道”他“感觉”到了她的胸部；观众“知道”他“意识”到她是一个女孩；观众“知道”他“感到”非常惊讶。这些都是简单嵌入二重心智解读模式。

从导演角度看，心智解读理论暗示着如果他/她想引发角色清晰的、动机明确的观念解读，那么角色的感知就必须十分清晰。电影《扒手》中有一个场景，即米歇尔在地铁上偷窃时遭遇到了其中一个受害者，这种情形引起了米歇尔的警惕，因此他在家闭门不出一个星期。当他再次出门时，走到楼梯口，看到有人站在房屋外的人行道上，他立马转身回屋。这个场景没有任何对话，为了让场景有意义，观众必须按照下面的线索推理：地铁事件后，米歇尔变得异常警惕，当他看到有人站在人行道上时，他认为那人是警察或警探。这让他非常害怕，这也是他马上掉头回去的原因。这种清晰的、毫不含糊的观点镜头才是推理的关键因素。如果观众不能归因米歇尔的这种感知（比如编辑从电影中删除这种观点），他的行为就会变得模糊、含混：他忘了东西在房屋里了？他认为外面很冷？导演布雷松和他的同事们非常清楚：为了产生明确的观念归因，建立人物感知是非常重要的。因为感知归因在模糊心智归因上起重要的作用，所以主流电影创造了一些惯例。比如，在早期电影中，表演风格至关重要（当然，表演风格在现在同样重要）。对角色的凝视的理解也非常关键。在早期电影中的长镜头舞台造型风格中，目光通过双筒望远镜、手指指向、灯光以及场面调度（视觉材料的安排、构图和拍摄）被强调。观点编辑也是最常见的技巧。凝视者和被凝视的物体或人在不同的镜头中出现，观点推断结合凝视者的反应能产生心智归因。观点编辑不但支持观念归因，也支持情感归因。观点编辑的中心思想是先感知后反应，这种方法能突显角色心理。让我们看看电影《扒手》中的观点编辑：它让米歇尔对人行道上的男人充满想法和观念，再加上害怕被抓，合理地解释了他为什么立马掉头回家。同样，卡尔在通风井里的光线倾斜观点让他怀疑麦卡伦就在天井里，显然观点编辑具有较强的表达能力。同时，感知、反应以及观念相互依赖、相互促进。特吕弗（Traufaut）对影视作品中这三者关系的认知最简单直接：一动不动的男人四处张望着，这是影视剧的第一部分；第二部分显示他看到了什么；第三部分表现他如何反应。这就是影视剧思想最纯粹的表达①。感知、反应和心智归因相互促进，相互加强。观点编辑让观众能够准确地推测角色复杂的心理活动，比如，不仅米歇尔看到路边有人，然后转身回去；观众也必须把这一切与其他心理归因（如警惕和害怕被抓）相互关联。观点编辑提供角色评估形势的渠道，通过系统地感知，观众可以玩味许多心理状态，进行推理，然后创造一致性，促进角色心理化。

① François Truffaut. *Le Cinéma Selon Hitchcock*. Paris：Laffont，1996：161. You have an immobilized man looking out. That's one part of the film. The second part shows what he sees and the third part how he reacts. This is actually the purest expression of a cinematic idea.

14 观众/读者心智构建的基本形式

前面我们构建了一些影视剧场景中的心智归因和角色心理，这些讨论表明，观众对角色心智的评估以及感情的评价相互交织，不可分割。心智模式以及情感评估标准共同构建心智解读理论。鲍德威尔（Bordwell）提出空间、时间、因果关系是读者/观众构建心智的三种基本形式。[①] 本章将从空间、时间、因果关系三方面入手，阐述心智在空间、时间、因果关系上的相互关联、相互影响。

14.1 故事内归因

为了更好地理解角色的心理状态，观众必须认定角色具有心智归因的能力，这一点是很明确的。角色不是叙事孤岛，一个特定的角色心理状态通常与另一些角色的心理状态直接关联。就如同观众进行心智归因一样，角色也进行心智归因，我们把这个称为故事内归因（intradiegetic attributions）[②]。在心智归因过程中，必须考虑到角色的社会能力。前面我们分析的《红楼梦》第四十回，贾母还席，鸳鸯把刘姥姥“拉”出去叮嘱，刘姥姥正确地归因鸳鸯的心智，推测鸳鸯想拿她娱乐大家，这就是典型的故事内归因。电影《虎胆龙威》中，卡尔在追到麦卡伦后，回到押有人质的房间，用枪把把隔板砸坏，他的这个行为被麦卡伦的妻子看到，麦卡伦的妻子立马推测麦卡伦还活着。因为她明白，“只有麦卡伦才会让某些人如此歇斯底里”。要想了解麦卡伦的妻子头脑里究竟是怎么想的，观众就必须认定她具有心智解读能力。卡尔很生气是因为

---

① David Bordwell. *Narration in the Fiction Film*. London: Methuen, 1985: 51.

② Per. Persson. *Understanding Cinema: A Psychological Theory of Moving Imagery*. Cambridge: Cambridge University Press, 2003: 211.

麦卡伦又一次逃脱了，这就意味着麦卡伦还活着。麦卡伦的妻子这样的心智归因过程就是故事内心智归因，就如同小说中的心智归因一样。在电影《小比尔号汽船》（*Steamboat Bill, Jr.*）中，错误的故事内心智归因构成了场景中幽默的核心。观众理解小比尔跳起来，拨弄尤克里里琴是为了安抚婴儿，老比尔却没能成功归因他儿子的动机。既然老比尔的视野受阻，他自然认为自己的儿子在游手好闲。为了理解这个场景中的喜剧效应，观众不但要对小比尔进行目标归因，也必须理解老比尔对小比尔的误解和对情形的误解。正因为这种差异性的存在，喜剧效果才会出现。1987 年版电视剧《红楼梦》中，林黛玉对贾宝玉频繁的错误故事内心智归因都是作者为了制造情感冲突而故意设置的。

在许多体裁中，不仅角色之间相互的心智归因是必要的，而且角色之间在某种程度上心理状态的相互影响也是必要的。撒谎和欺骗在侦探小说、肥皂剧以及惊悚片中十分常见。如果要理解角色 A 正在对角色 B 撒谎，观众就必须推断角色 A 为了自己的目的想要改变角色 B 观念的企图。这样的心智归因通常会涉及一系列的目的和观念。《红楼梦》第十一回，凤姐正在园中赏景，突然从假山后走出一个人，凤姐猛然见了，身子往后一退，显然凤姐是被贾瑞的突然出现惊到了。贾瑞一边跟凤姐说话，一边拿眼睛不住的觑看凤姐。贾瑞的言行是藏不住他自己的小心思的，更何况凤姐是何等聪明的人，见他这样，早就猜到了八九分。凤姐虚假地应付，让贾瑞误以为凤姐对他有意，“那神情光景亦发不堪的难看”，“身上已木了半截，慢慢的一面走着，一面回头看”[①]。贾瑞对凤姐的心智归因无疑对凤姐归因贾瑞的心智产生了影响，让凤姐觉得贾瑞愈发的不堪，是知人知面不知心、禽兽般的人。于是凤姐打定主意，让他死在自己手里，让他知道自己的手段。但凤姐也十分清楚，此时此刻必须隐藏自己的心智，好让贾瑞上钩，所以凤姐的心智归因又进一步影响了贾瑞的心智解读。而且，为了这一目的，凤姐假意迎合着贾瑞，这为第十二回凤姐毒设相思局奠定了基础。此时观众应该很快就明白了凤姐的心狠手辣，她对贾瑞的欺骗是为了从根本上断了贾瑞的念想。人都没了，哪还有什么淫心歹意？其他影视剧作品中也不乏这样的例子。电影《虎胆龙威》中，我们可以看到格鲁伯和麦卡伦一直通过无线电对话。在电影最后，当格鲁伯发现屋顶下的炸药时，意

---

① 曹雪芹，高鹗：《红楼梦》，长沙：岳麓书社，2001 年版，第 73 页。

外发现麦卡伦用枪指着他。格鲁伯反应迅速，立马跪下，尖叫着：“你是他们中的一个，你是警察，对吗?”然后企求麦卡伦放他走。麦卡伦劝他安静，并随手递给他一支烟。格鲁伯说自己叫比尔·克莱（Bill Clay），因此麦卡伦问他是否会用枪，并递给他一支手枪。当麦卡伦转身时，格鲁伯用枪瞄准了麦卡伦，并通过无线电大声呼叫卡尔。要理解这一系列事件，观众必须进行一系列的心智归因：格鲁伯和麦卡伦相互不认识；通过下跪和假装屈服，格鲁伯想要让麦卡伦相信他是其中的一个人质，他不想被枪杀。他的欺骗成功了，因为麦卡伦递给他一支枪。只有当格鲁伯通过无线电呼叫卡尔时，麦卡伦才意识到自己被骗了。当然这些心智归因在接下来发生的事件中得到了修正。麦卡伦挑衅地走近格鲁伯的枪，格鲁伯马上开枪，但是枪没装子弹，因为麦卡伦一直怀疑格鲁伯的真实身份。麦卡伦故意递给格鲁伯一把没装子弹的枪，就是想探测他的真正意图。在这个场景的对话和行为中构建一致性，观众就必须进行欺骗和反欺骗的心智归因。

14.2 心智归因与时间

心智过程不是像放电影胶卷一样，是一个线形的过程。一个特定角色的心智模式在观众观看影视剧时不断被更新，这种更新无论如何都涉及早已建立的或者正在建立的参数。在心智归因过程中，先前的归因至关重要。线索越多，情形越复杂，心智归因就越准确。

心智归因与时间的关系，在第三章我们从元表征的角度进行了详尽的分析。所有与时间相关的心智归因无疑都是贴上了时间标签的元表征。《红楼梦》中最明显的例子就是林黛玉对薛宝钗态度的改变。作为情敌，林黛玉以前对薛宝钗的认知是“心里藏奸之人”，这个表征也被林黛玉贴上了明显的时间标签和人物标签储存在心智中。但在第四十二回和第四十五回中，薛宝钗所体现出的真情实意让林黛玉改变了对薛宝钗的认知，先前归因与现在归因的对比突显了人物性格，展示了人物的矛盾变化。

复杂的归因往往让场景变得有意义。难怪影视界的学者和演讲者在展示和分析影视剧时，通常会在分析时向读者或者观众提供精确的心智归因。同时，学者们会提供早期心智归因的记忆，从而为读者或观众构建一致性提供情景语境。理解一个场景需要上下文，这个上下文最重要的一部分就是有关角色在场景中的心理状态的信息。一些心理归因必须延缓或者推后，因为没有足够的线索保证正确归因。虽然在《虎胆龙威》最开始，我们看到格鲁伯一伙采取了一系列行动，但是直到对塔基（Takgi）先生的严刑拷问，观众才明白他们打开地下室的真正目的。也就是在那个时候，先前的场景和行为才有意义。这样的延缓归因可以出现在场景或者情景中，比如我们在前面提到过格鲁伯命令卡尔射击玻璃从而弄伤赤脚的麦卡伦。这个目标并没有明确阐述，但是可以通过场景间接提到：首先我们看到格鲁伯看了看地板上带有他同伴血渍的玻璃，然后他命令卡尔向玻璃扫射，最终我们看到麦卡伦的脚上扎满了玻璃。最后，有一个插入场景：麦卡伦从脚上拔下许多玻璃。格鲁伯的意图究竟是在什么时候让观众十分清楚的？这完全依赖于观众的注意力程度和消耗的建设性能量：一些观众在格鲁伯看着带有血渍的玻璃时就明白了，而另一些观众需要看到麦卡伦受伤以后才明白。这里所要强调的并不是时序，而是心智归因并不要求同时发生。心理状态在角色心理形成，但是也可以延缓到稍后的时间归因。这种回顾式归因不仅能填补先前没完成的归因，同时也能修正先前错误的归因。这就很好地解释格鲁伯和麦卡伦在屋顶上的相见这件事了。麦卡伦给了格鲁伯一把没装子弹的枪，不是因为他相信格鲁伯是人质，而是他想试探格鲁伯的可信度。麦卡伦比观众预料的要机智得多。

心智推理也可以弥补导演或者观众的疏忽。在《七武士》的搏斗场景中，武士与女孩身体的触碰发生得非常快，导演只给了一个快镜头，大多数观众很可能错过它。然而通过心智推理观众可以回顾，可以弥补这个疏忽，从而让武士的后退变得合情合理。推理线索在图 5 中用箭头标出。从退后到构建“真正发生了什么”，导演似乎很清楚电影中不充分确定性的作用。因为在最后的镜头中，武士和女孩并排坐着，这让观众有充足的时间去回顾，去填补空白。这就是所谓的编辑节奏和时序，这跟观众解读特定场景的认知活动密切相关。

谈到时间，心智归因不仅关注先前的行为和心智归因，也瞄准未来的行为和心智归因。因为心智解读理论形成强大的推理结构，为预测和推断提供强有力的心智工具。如《兰基先生的罪行》中，观众预测朗治在巴尔塔回来后准备杀巴尔塔。这种预测，很显然是受到电影标题的影响。当然，在场景中进行的心智归因在预料朗治会杀巴尔塔中起至关重要的作用（朗治对巴尔塔很生气、他看到了枪、愤怒激发了意图和行为、朗治打算枪杀巴尔塔)。

总的说来，心智归因过程是指观众不得不从过去跳跃到现在，再跳跃到未来，然后又从未来跳跃到现在，再跳跃到过去，并不断循环。因此理解和归因心智从本质上来说是暂时的，涉及观众复杂的记忆力、注意力以及认知创造过程。理解，即使在描述的简单层面，都是以一个活跃的观众为先决条件的。

14.3 叙述因果关系和心理因果关系

叙述因果关系从本质上说就是心理因果关系。心智归因和推理把事件、情境以及行为紧紧地捆绑在一起，从而创造一致性和语篇意义的整体性。有必要指出的是，这些关系和关联本质上都是有因果关系的。心智解读系统是一个心理状态通过原型因果关系相互关联的系统。比如：情感导致身体和面部表情；观念加目标引起行动；情感引起目标；另一个有目的的行为导致动机不一致的事件会引起他人对他的愤怒。他人的心智解读能力以及心智理解水平是现象之间因果关系构建的核心，这就是心理因果关系[①]。心理因果关系常涉及假定的心理状态和行为之间的关系。叙述中的因果关系通常从逻辑性的角度来讨论[②]。许多学者在这方面做了大量的研究，如：怀特（White）（1990）认为因果关系的概念是用来从叙事中区别一系列事件的；布兰尼根（Branign）进一步拓宽了这个概念，同时也提供了一系列不同强度的因果关系形式（目录、插曲、非聚焦链、聚焦链、简单叙述）[③]。1927 年，在《小说面面观》（*Aspects of the Novel*）中，福斯特（Froster）曾经说过，情节是事件的叙述，强调因果关系。“国王死了，然后王后死了”就是一个故事。“国王死了，然后王后死于悲伤”就是情节[④]。所有这些学者的观点都没有用系统的方法来说明叙述中观众和文本如何建立因果关系。鲍德威尔用了整整一个章节在时间和空间上，但是没有具体讨论因果关系（Chatman，1978；Genette，1980）。这是叙事理论缺乏的现象。

---

① David Bordwell. *Narration in the Fiction Film*. London: Methuen, 1985: 47.

② David Bordwell. *Narration in the Fiction Film*. London: Methuen, 1985: 51.

③ Edward Branigan. *Narrative Comprehension and Film*. London: Routledge, 1992: 19.

④ J. H. Murray. *Hamlet on the Holodeck: The Future of Narrative in Cyberspace*. New York: Free Press, 1997: 185.

对比面向文本的理论，接受理论更有利于用来讨论这些事情。因果关系不是一个文本特征，而是涉及观众根据文本线索和因果模式进行的推理活动。心智解读理论就是在叙述语篇理解中支撑和具体化因果推断过程的突出方法。通过描述这些模式结构、文本技巧和结构，我们开始思考观众构建因果关系和一致性的一般方式。很显然，因果关系就是心理因果关系，这跟自然学科采用研究报告、科教电视节目以及对物理、化学、生物世界的日常解释等物理立场不同，叙述理解以意向立场为中心。叙述通常以复杂的方式处理不同意向主体之间的相互作用。在每一部文学作品中，事件发生的原因要么归因于人类主体，要么归因于非人类主体①。这并不是说叙述中缺少类似于自然灾害、风暴、车祸、火山爆发等的物理因果关系，但物理因果关系在大多数的叙述中起边缘作用。人类主体不是叙述因果关系唯一的主体，但人类主体是我们理解叙述的中心。叙述可以被用来讲述动物、星球、岩石或者分子，但这些实体通常被赋予拟人特征，激励读者和观众进行心智归因，即使那些非拟人事件和情境可能引起自然灾害。但这些事情本身不是叙述焦点，而对拟人主体的认知、情感、行为反应以及相对于事件而言的人类意义才是叙述的中心。在这些方面，心智推理当然成为研究因果关系如何构建的中心。小孩在现实生活中以及叙述理解中，心智推理会有一定的困难，这一点在儿童故事的体裁中格外明显。儿童故事往往会被适当改编，以适应不同年龄阶段的儿童。奥斯汀顿（Astington）（1990）讲了一个她两岁小孩最喜欢的故事：

有一个农场。农场里有一个马厩，马厩里住着一匹马和一匹小马驹。奶牛棚里住着一头奶牛和两头小奶牛。谷仓里住着一只猫和三只小猫。猪圈里住着一头猪和四头小猪。鸭舍里住着一只鸭和五只小鸭。果园里住着一只母鸡和六只小鸡。田野里住着一只绵羊和许多的小绵羊。农夫和所有的这些动物幸福地生活在一起。（《农场》，*Gagg*，*1958*）

但两年后，奥斯汀顿发现自己的小孩喜欢的故事完全不同了。小孩喜欢《皇帝的新装》：

新装还在织布机上时，国王就迫不及待地想去看一看。于是在一大群臣子的陪同下，跑去看那两个狡猾的骗子。其中两位臣子事先早就看过了那想象中

---

① Richard J. Gerrig & David W. Allbritton. The Construction of Literary Character: A View from Cognitive Psychology. *Style*, 1990, 24 (3): 381.

的新装。两个骗子在织布机上不停地忙碌着。所有的大臣都说“太漂亮了”，“瞧瞧，陛下，多好的设计，多美的颜色”，他们指着空空的织布机说道。因为他们想其他人毫无疑问都能看到什么。国王想：“我什么也看不到，这太恐怖了，难道我是一个傻子，难道我不配做国王？为什么？没什么比这更糟糕的啦。”“哦，是的，非常漂亮，我完全赞同。”于是国王说道，并盯着织布机满意地点了点头。再怎么样，也不能说他自己什么也看不见。①

年龄小的孩子更喜欢聚焦空间和角色，而不涉及行为和心理的描写，所以两岁小孩喜欢《农场》里的故事。但四岁小孩可能就开始以角色心理以及感知、信仰、目标和情感之间的相互作用为中心。在《皇帝的新装》这个故事里，活跃的心智解读才是焦点。特巴索和斯坦因（1997）的研究也证明了这一观点，他们用七幅图片给 3 岁、4 岁、5 岁以及 9 岁的小孩讲述青蛙的故事，然后让他们复述。研究结果表明，年龄最小的小孩关注称呼、识别和描绘那些动漫和非动漫式的人或物；4 岁的小孩会加一些动词；只有在 5 岁小孩的叙述中才出现行为理由、角色目标、初始事件和情感反应；9 岁小孩会详细描绘场景，会强调角色目的和更多预示阻力或失败的行为结果。这种从行为和行为的外部描述到心智的内部描述的过渡意味着小孩在成长过程中的心智解读能力的发展。

主流叙述和叙述理解特别聚焦意向立场。心智因果关系事实上是程度的问题，而不是原则的问题。有些叙述选择强调角色心理（如《兰基先生的罪行》），有些会抑制甚至阻碍角色心理（如电影《周末》）。不同的影视剧会采取不同的策略；不同体裁的影视剧会采取不同的策略。主流影视剧比艺术片更注重角色的心理和心理因果关系；音乐剧、肥皂剧、侦探小说比动作片、历险电影、特效电影更关注角色的心理；现代主流影视剧比早期主流影视剧更关注角色心理。体裁和文本方式让特定的影视剧能够强调不同的重点。

① R. Briggs & V. J. Haviland. *The Fairy Tale Treasure*. Harmondsworth：Puffin，1974：176.

15　《红楼梦》中圆形人物与扁平人物

提到人物心智的相互关联、相互影响，我们还必须提到两个概念，那就是圆形人物与扁平人物。传统的人物刻画模式通常是建立在福斯特有关圆形人物和扁平人物的区分上，依赖于生成的但始终有限的心理深度范式。这就要求我们检测认知的丰富性与现实性。

15.1　圆形人物

圆形人物的性格特征比较复杂，且打破了一好到底、一坏到底的常规。人物性格的多变以及层次性让人物更有立体感，能更真实地、深入地展示人性。一般说来，圆形人物是作者和导演浓墨重彩的人物。作者和导演往往会创造复杂的环境和矛盾来突出圆形人物，所以圆形人物要求空间感，强调色彩。曹雪芹的《红楼梦》采用了不对称来表现主要人物心理的错综复杂。人物对他人意图的猜测和判断可以看作是穿插意识的交织。当一个自我察觉到他人身体、语言或者意识的暗示以及通过这些暗示对自我的一种认知，在这些有符号意义的行为交流中会出现一个因为心智交换而交织的网。前面我们用了大量的篇幅讨论了这样的时刻，也介绍了递进的多重心智嵌入模式。贾宝玉和林黛玉两人心智的交互自然会产生多重心智嵌入模式，从而才会有彼此都“认为”对方应该“知道”他（她）、“喜欢”她（他）的复杂心智归因。贾宝玉和林黛玉心智解读的相互关联和相互影响是明显的，林黛玉和薛宝钗之间心智的交互也是明显的，所以才会有林黛玉对薛宝钗认知的改变。在《红楼梦》中，圆形人物立体感的例子不胜枚举。

15.2 扁平人物

扁平人物的性格单一。福斯特（1927）指出，扁平人物的特点就是容易辨识和记忆。心智归因的相互关联和影响为叙述空间和认知丰富性稀缺的资源提供了竞争。那么我们该如何控制扁平人物的出现呢？当我们归因人物的心理状态时，扁平人物对文学心智解读同样起重要作用。当我们进入超市，心智理论不由自主地起作用。我们认为站在自己前面的顾客看上去很生气，而站在自己后面的顾客看上去很迷茫，于是我们会暗暗比较。但事实上，他们站在队伍中，跟我们对他们的归因毫不相干。然而在小说和影视剧作品中，这样的人物并置可以改变一切。就如同丽莎·詹赛恩（2006）指出的一样，文学依靠刺激我们的心智理论机制。在一定层面，小说设法“欺骗这些机制，让他们相信出场的人物主体具有丰富的意向立场”。让我们阅读有意义的过程依赖于我们赋予人物以思想、感情和欲望，然后寻找线索，从而使我们能够猜测他们的情感，预测他们的行为。当《红楼梦》中的一些心理叙述暗示鼓励我们解读圆形人物分心状态时，一些比猜测更有趣的事情发生了。这些暗示促使我们解读圆形人物的分心是圆形人物认知复杂性的基本表现，是富有意向立场或者是值得花时间读的小说心智的文学痕迹。

然而我们赋予圆形人物复杂的心智解读能力依赖于我们对扁平人物的认知。在现实生活中，无论我们认为他人是如何的有趣或者无聊，我们会自动地认为我们所看到的每一个人都有心智，他们各种各样的心智状态作为潜在的威胁或者潜在的利益符号都值得解读。但小说和影视剧中人物的心智解读就不一样了，他们的心智必须一句一句地构建、一个场景一个场景地构建。而且不像现实生活中的人，小说或者影视剧作品中的人物能够被缩减、被忽视，即使这样做也不会给我们带来威胁。文学在这个意义上，不仅要发展“欺骗机制，并让他们相信出场人物主体丰富的意向立场”的叙述策略，而且要赋予人物足够的现实性。这样我们就能广泛地操练我们的心智理论。所以叙述的时间和空间是有限的，对于扁平人物的描述就少（自然可以提供给我们加工的心智理论信息就少），扁平人物自然就要同圆形人物竞争，赢得我们的注意力以及文学心智理论的活性。这种认知复杂性的竞争对创造圆形人物的心理深度起至关重要的作用。这种竞争其实就是一种欺骗我们心智理论思考角色和解读句子的叙述机制。

《红楼梦》主要采用集中和夸张的艺术手段，突出扁平人物的心智。在前面分析的复杂嵌入三重以上心智状态模式中，我们运用了王熙凤、贾琏以及平儿等多个角色集中的心智解读来构建多重嵌入式心智状态，凸显社会认知复杂性。在人物角色相互的心智解读中，避免不了人物之间的竞争和较量。平儿为博得眼球，其心智状态层级最复杂，达到五重（平儿知道王熙凤很清楚贾琏明白王熙凤知道他喜欢香菱）。曹雪芹对刘姥姥心智解读的叙述则通过夸张的手段来表现，无论是作为受虐式的受惠者还是宴饮上娱乐大家，曹雪芹是以欲抑还扬的夸张展示刘姥姥“装傻”的心智解读。让刘姥姥变成笑柄，更能突出人物色彩，彰显人物未见过世面但又圆滑、憨态可掬的性格特征，让人刻骨铭心。所以观众和读者对于这样的扁平人物往往是念念不忘的。

15.3 对圆形人物和扁平人物的重新定义

福斯特在《小说面面观》(*Aspects of the Novel*) 中就明确提出：“复杂的小说不仅需要圆形人物，也需要扁平人物，他们之间的冲突平衡生活。”① 由此可见圆形人物和扁平人物对于复杂文学作品的重要性。通过上述分析，我们对福斯特有关圆形人物和扁平人物的定义有所了解，但对此定义有必要进行补充。根据心智解读，我们可以把扁平人物定义为对抗心智归因的角色或者是进行艰难心智解读的角色。这里要特别说明的是，艰难的心智解读并不意味着心智解读受阻或者心智解读异常简单，平儿的例子就是一个非常好的说明：进行艰难心智解读的扁平人物也有比圆形人物心智解读更复杂的时刻。因为需要同圆形人物竞争，所以他们的解读才会艰难。扁平通常意味着不重要。由于对这类角色缺乏了解，所以通常不能提供充足的线索和评估标准进行清晰、明确的归因。以格鲁伯的追随者为例，有些人坚持到底，在叙述中引起重视，如卡尔和他的兄弟弗里茨（Fritz），他们中的大多数都变成了没有精神世界的射击机器：他们不属于任何一种社会类型（如丈夫或者侍从）；他们没有特质（如外

① E. M. Forster. *Aspects of the Novel*. Florida: Harcourt, Inc, 1927: 71. A novel that is at all complex often requires flat people as well as round, and the outcome of their collisions parallels life.

向、健谈或者好奇）；除了最基础的心理活动（他们想射杀麦卡伦和警察以及他们也不想被麦卡伦枪杀），他们也没有时间对他们的观念和目标进行归因。他们除了被枪击时的疼痛，就没有其他任何情感了，这些格鲁伯的追随者就是对抗心智归因的角色。通过前面章节的分析我们知道，电影《周末》甚至故意阻碍主要人物的归因过程，而电影《虎胆龙威》中的小角色也是扁平的，因为没有时间对他们进行过多的叙述。正是因为缺乏时空附着，让他们无法进行心智归因，从而让这些人物呈现扁平的特性。

相反，圆形人物不但允许心智归因，而且为心智归因提供了充足的线索和评价标准，以便观众进行推理和玩味。高品质的影视剧中的人物通常是圆形的，他们展现更多的情感。在通俗体裁中，他们的情感有时比主人公的情感更丰富①。这里不得不重提巴尔塔回到朗治办公室的场景，因为在这个场景里，观众可以通过不同方式评估朗治的情感、目标和观念。朗治在这个场景以及其他场景里的精神世界让人可以通过许多方式接近，所有的事件和环境都会促成朗治精神世界情感的融合。因此，圆形是叙述把角色放到丰富情境的方式、心智解读强有力的推断结构以及观众认知创造力相互作用的结果。

这种对圆形人物和扁平人物的重新定义绝不是对福斯特观点的否定，而是对其进行补充。这种重新定义，突出对人物心理状态的刻画和心智解读模式的挖掘，可赋予圆形人物和扁平人物更丰富的内涵。

---

① Tan (ed.). *Emotion and the Structure of Narrative Film: Film as an Emotion Machine*. Mahwah, NJ: Lawrence Erlbaum Associates, 1996: 173.

16　文本与心智归因

我们已经从观众的角度讨论了角色心理，讨论了心智解读过程中会用到什么样的知识结构，以及会经历一个什么样的过程。我们必须记住的是，文本规范、塑造并指导这些过程①。观众的描述只是对文本的补充，有些文本鼓励有效的心智归因和一致性，而有些文本阻碍有效心智归因。在叙述中需要用到什么样的文本技巧、修辞、策略以及结构？在激发和阻止角色心理的细节处理时，有什么样的常规需要遵守？心理活动活跃或者不活跃的情境是如何构建的？为了进一步解释这些对心智过程的影响，我们就必须研究文本本身。就像我们一直强调的一样，话语实践从来都不是任意的，而是由日常生活中的心智归因促进的。这就是说，根据前面我们所分析的心智归因理论，我们不仅可以研究支撑心智归因的技巧，而且可以研究这些技巧为什么能得到认同。

16.1　表演与情境

表演似乎是最明显的促进心智归因的技巧。如我们前面讨论的一样，一个身体或者一个面部表情的意义不能由自身认定，而是跟他们出现的情境或者场合紧密相关。想象一下：在没有任何语境的情况下，我们看到了一个妈妈的微笑。在这种假设的情况下，观众可能会推断一些正面情感，但观众无法通过实质性的推理得知这种情感究竟是如何产生的。微笑本身只能证明一个非常抽象的归因，但这个归因对叙述本身毫无用处。为了更准确地理解这个微笑和母亲

---

① T. Bourg & S. Stephenson. Comprehending Characters' Emotions: The Role of Event Categories and Causal Connectivity. In van den Broek, P., Bauer, P. & Bourg, T. (eds.). *Developmental Spans in Event Comprehension and Representation: Bridging Fictional and Actual Events*. Mahwah, NJ: Lawrence Erlbaum Associates, 1997: 299. Becky Omdahl. *Cognitive Appraisal, Emotion, and Empathy*. Hillsdale, NJ: Lawrence Erlbaum Associates, 1995: 33, 97.

的心理状态，比如释然而不是简单的正面情感，观众就不得不考虑她的目标、观念和其他心理状态。因为表演和身体行为对于一种心理状态而言，不是表达，而是线索。这些线索是观众必须阐述的，也是必须进行推理的。事实上，如果情境心理状态丰富，就不需要用大量的表演去表达角色心理，如是枝裕和（Hirokazu Koreeda）的电影《幻之光》（1995）以及侯孝贤的电影《悲情城市》（1989）就涉及大量的心理活动活跃的角色，所以表演的痕迹降到了最低。角色的行为是抑制的，极度的长景镜头基本上让观众无法看到表演痕迹，就如同布雷松的电影作品一样，完全是通过心智推理而不是依赖表演线索来构建角色的心理状态的。

当然，这并不意味着表演对心智归因而言是多余的。相反，表演为心智归因提供了重要线索，因而我们必须用更精确的表达明确地凸显表演的重要性，那就是心智解读和身体行为共同作用促使心智归因确定性的最大化。如果心智解读和情境理解构成一个情境的最大信息来源，身体行为就会确认归因。如果我们碰到了一个更具普遍意义的身体行为（比如正面感情），那么，对于情境的了解就会支持和约束归因。在约束归因的情形中，外部线索就如同一个测距仪，而心智推理就如同一个聚焦器。在电影《七武士》中，心智解读与身体线索不断地相互作用，我们可以看到武士身体的后退只有和心智推理一起才能被解读（图 5）。因此，对情境的理解依赖于情境和表演之间的相互支撑。

文本也会有意在心智推理和身体线索中制造冲突，一个最明显的例子就是在电影《周末》中，当罗兰的妻子被强奸时罗兰的反应（毫无反应）。这时候，不同的心智推理都无法合理地解释罗兰和他妻子的外部行为。在心智推理和身体线索相互确认或相互斗争这两种极端中，也可能存在着身体线索和心智推理和谐共处的例子，虽然这些线索不能积极地促进或者推动心智归因过程。当电影《兰基先生的罪行》中的巴尔塔回归时，心智推理可能很容易地预测朗治的情感反应（惊讶、生气），此时情境似乎成了信息的最主要来源。观众所看到的很少一部分朗治的身体能跟那些心智归因兼容。由此可见，朗治先生的身体和面部表情并不能推动心智归因过程，它们也不能让这些心智归因过程朝着新的方向发展，表演线索产生或者推动心智过程的方式其实就是程度的问题。

16.2 创造丰富的心理活动情境

如果说表演本身对心智归因而言不是决定性的，那么什么对心智而言是决定性的呢？从我们对日常的心智归因和心智解读结构的研究中，我们知道，对大多数心理状态的了解依赖于大多数其他心理状态和情境参数/标准。这就是说，在心智归因中，参数/标准越多，心智推理就越复杂、越细微，心智归因也就越具体、越细微。从文本观点看，这就意味着如果导演想要促进心智归因和角色心理，那么就必须给观众提供参数/标准，否则就只能认定观众能推断出这些心理状态。[①] 心智归因从一开始就假定这个情景中的心理活动是丰富的、活跃的。如果没有提供参数，那么观众就无法发现心理状态之间细微的差别，除非观众自己编造这些电影中不存在的参数/标准。

16.2.1 时空依附

心理活动活跃的情境是如何建立的？其最核心的方法就是让叙述在时空上紧跟特定的角色。史密斯·穆雷（1995）把这叫作时空依附。这个方法显然是心智解读和心智推理共同作用的结果。如果我们认为心智归因依赖于许多参数/标准，甚至依赖于先前的心智归因，那么我们就可以推断，要建立心理活跃的情境是需要时间的。观众在开始区分不同的心理状态之前，必须在时间上紧跟一个角色，并收集情境方面的信息。从叙述的角度看，提供情境参数是需要占用荧屏时间或者篇幅的，尽管这是一个最直接的观察，但它是最根本的。

例如主流电影中的叙述会限定在一小部分角色上，然后在长时间的荧屏时间里紧跟这一小部分角色，这就让观众有可能推测或者思考他们的心理状态，评估发生事件的情感价值。相反，在早期的电影中，进入角色心智的途径非常简单。20 世纪 30 年代的苏联电影，例如《反击》（*Kontrudar*）中就包含大量的人物角色，他们的时空依附稍纵即逝。在我们前面所举的例子中，心智归因很难达到苏联电影中的心智归因的效果（苏联电影讲究集体认同而不是个体认同）。这里的观点很明显，对一个角色的时空依附有利于心智归因，因为心

① Becky Omdahl. *Cognitive Appraisal, Emotion, and Empathy*. Hillsdale, NJ: Lawrence Erlbaum Associates, 1995: 97.

智归因从根本上依赖于对特定人物的早期归因。

从另一个意义上说，心智归因和推理需要时间，因为从叙述中的某一特定点收集评估参数和记忆中的其他心智状态，需要进行认知处理过程。这就是说，仔细考虑特定人物在特定环境中的影响或者寻找早期归因都是耗时的。为了这些过程进展顺利，叙述必须尽可能地给足他们时间，而尽可能少地提供新的故事信息。在视觉媒体中，这样的段落通常以时间停顿、没有任何新的信息为标志。但我们在讨论《七武士》最后一个镜头时，就已经接触到了这样的时间停顿。在这个场景中，武士和女孩静静地坐着，两人之间保持一定的距离。这样的"叙述停顿"让观众有时间去理解、回顾前一个场景中心理活动复杂和紧张的情形。武士惊讶什么或者害怕什么？或者考虑到其他评估参数，这个停顿容许更具体、更细微的归因。叙述停顿是导演创造节奏和时序最重要的工具，在影视剧中，可以通过表演和编辑被充分利用。场景和情境常常以停顿结尾，如肥皂剧和音乐剧千篇一律的结尾，通常就是以快节奏、急促的音乐结尾。这样的结尾常常是在一小段时间里没有任何行动，这就让观众不但有时间对先前的情境和事件进行心智归因，而且有时间对将来的情节和场景进行预测。

早期的影视剧，特别是早期的古典电影比现代主流影视剧有更多、更大程度的叙述停顿。我们分析戏剧中的摆造型通常都会坚持一小段时间，演员花几分钟摆造型是有理由的。但我们从未看到影视剧演员在镜头里停顿的时间超过一分钟。据有关记载，最长停顿记录是挪威女演员阿斯塔·尼尔森（Asta Nielsen），停顿18秒①。早期电影中演员的停顿受到歌舞、杂耍以及舞台造型的影响。歌舞、杂耍以及舞台造型涉及摆造型和舞台着色，而摆造型和舞台着色的叙事维度都是外围的。人们也可能认为，影视剧导演通常假定他们的观众是不懂影视剧的，从而导演设置话语时会给观众更多的时间进行心智归因和形象加工。撇开历史时期不谈，这里的观点很明确，叙述戏剧和影视剧的停顿都是一个任意的停顿符号，它是心智归因和理解过程的临时性和结构性的直接后果。停顿可以实现很多重要的作用，但这些作用只有我们在考虑认知过程和理解过程时才能被描述。

---

① Ben Brewster & Lea Jacobs. Pictorial Styles of Film Acting in Europe in the 1910s. In Fullerton, John (ed.). *Celebrating 1895: The Centenary of Cinema*. Sydney: Libbey, 1998: 259.

我们也可以从另一个角度思考时空依附的重要性。观众同一时间对多个人物角色进行心智归因的能力是有限的，一个特定的场景可能有多个人物出现，但我们一般一次归因一个人的心智。当我们对这些人来来回回进行归因时，很难想象这些心智归因过程究竟是如何同时运作的。通过时空依附，叙述可以局部地决定在故事中的某个时刻对某个角色进行全心全意的归因。这个过程通过某个角色所处的场景会在情节层面起作用。当然，这个过程也可以在场景层面起作用，叙述可以通过不同的场面调度技巧聚焦某一个人物角色。这些技巧就是为了在场景和角色中体现出时空依附性的重要程度。

下面首先要谈到的技巧就是取景。取景可以用来隔离一个角色，把他/她同其他角色分离开来。视觉媒体中最广泛使用的音效编辑用的是同样的技巧。其次，一个角色所有的身体和言语行为都是以牺牲他人为代价从而赢得关注的。在有声电影中，言语行为是最引起关注的技巧之一。前古典时期的电影最常用的方法就是让主要人物从人群中走出来，走到离摄像机最近的地方[①]。很明显，是运动和前景/近景的关系创造了重要性层次。布鲁斯特（Brewter）和雅克布（Jacob）讨论了丹麦电影《小丑》（*Klovn*）（1926）中的一个场景：两个演员都出现在镜头上，但两个演员的表演时间能让观众清楚地知道他们应该把注意力放在哪一个演员身上。一个演员虽然出现在前景里，但他保持安静，使观众的注意力放在后景中的人物身上。当后景中的人物回到前景时，这个演员才有活动，才摆造型，这样的表演完全可以引导观众的注意力。然后就是其他的场面调度技巧，如颜色、灯光、用布景挡住角色等等。虽然这些技巧可以单独起作用，但事实上常常混合使用。这些技巧通常被冠以“注意力导向”而被研究，但很少有人从心理学角度去阐释它，这也正是本研究的意义所在。就角色而言，是这些技巧帮助观众选择了需要进行心智归因的角色。通过时空依附，叙述引导观众心智归因和推理。这种聚焦，当然也只是程度问题。一些叙述有效地引导心智归因，而另一些叙述把选择留给了观众。解析编辑和音效技巧非常明确地调控这些过程，就如同对话中的话轮转换。早期电影中的长镜头，没有人物是突出的。时空依附的作用就是从文本转到观众。

早期影视剧观众和现代影视学者有可能会注意到，当导演试图创造连贯的

---

① Kristin Thompson. *Breaking the Glass Armor*: *Neoformalist Film Analysis*. Princeton: Princeton University Press, 1988: 200.

故事时，就增加人物形象的层次。基于格里菲斯（Griffth）的早期作品《润滑工的长手套》（*The Greaser's Gauntlet*），冈宁（Gunning）讨论了理解过程中的长镜头风格。酒吧中发生了几个具有叙述意义的行为：女主人公穆得莉（Mildred）经人介绍认识了乔斯（Jose），他们相互之间非常感兴趣。然而远景拍摄并不能强调这样的时刻。在这么重要的会面场合，场景的左边有一群牛仔在玩牌，场景的右边中国服务员走来走去，只有演员们的些许手势能引起观众的注意。这个戏剧性层次的缺乏会给镜头中的关键动作制造问题：中国服务员从其中一个牛仔的口袋里掏出了一个手帕，里面包着乔斯的钱。除了演员疯狂的手势，没有任何线索告诉观众这位中国服务员——一个纯偶然的角色，怎么就成为剧情的中心。现代观众很可能会错过这个至关重要的动作。电影语篇什么也没有强调（比如可以切入一个近镜头把这个偷窃行为隔离开来），因为缺乏创作层次感，电影变得模糊①。

如果说主流影视剧一次可以引导一个角色归因，我们再看看图 5《七武士》中的最后一个镜头。也许女孩的前景位置让观众对武士有更多的归因；也许先前的叙述更多地聚焦于武士，这样的对比让场景变得更有趣。但这基本上是由观众进行选择的（图 5 中的镜头只给出了这个情形下武士的反应）。这时候，叙述引导心智归因的作用非常小，更多的选择权留给了观众。

16.2.2 其他四个技巧

时空依附是一个创造丰富心理情境的普遍方式，但在实际中还有其他技巧。在所有形式的主观意象中，视觉信息的本体地位往往带有一定程度的主观性，为此主观意象会努力地为心智归因过程提供线索。这些意象是有用的，因为它们会被观众看作角色心理的外部表征。可视化梦境、幻觉、倒叙都是早期影视剧介绍人物心理的常见方式②。直到 1906 年，渲染主体性的不同花式技巧被使用，这些技巧让主观意象具有吸引力，而不是通过外部叙述展示心理视角。当然，这样的操作必须融合一个具体的叙述语境。冈宁（1994：116）和

① Tom D. W. Gunning. *Griffith and the Origins of American Narrative Film*. Chicago：University of Illinois Press，1994：76.

② Tom D. W. Gunning. *Griffith and the Origins of American Narrative Film*. Chicago：University of Illinois Press，1994：117.

汤普森（Thompson，1985：179）都提到了梦境和幻境在电影中的使用。2010年版《红楼梦》则是梦境和幻境在电视剧中使用的典范。

另一个主观化的技巧就是观点编辑。在促进角色心理的大众话语中，观点编辑可以让角色的感知进入心智推理过程，而且因为观点编辑依赖于基础的、普遍的观众倾向（如喜欢跟随他人的目光），这些都不需要复杂的文化知识，这样的情形通常适用商业化的大众媒体。在主观意象和客观意象之间存在着半主观意象，艺术电影频繁地使用这种模糊的意象。无论学者们是否喜欢，话语在很大程度上伴随着视觉意象，为心智归因提供了大量的推理线索。文本无论以广告、社评、标题字幕或者对话等任何形式呈现，都会为心智推理提供有益的帮助。20世纪初，在电影中大量使用解说员。在早期的歌剧杂耍表演以及博物馆中频繁使用解说员，解说员在心智归因中起很大作用。解说员可以辨识、命名角色；解说员可以展示人物的身份和关系；解说员可以描述特定情境下的动作和背景；解说员可以把观众的注意力引向暂时重要的角色。2010年版电视剧《红楼梦》中的旁白就起到了解说员的作用。

就如同冈宁所表述的，不同的、常规化的叙述技巧让外部叙述者变得多余。视觉手段，包括分析编辑和形象构建，替代了一些解说员的功能。其中，标题字幕起了很重要的作用①。汤普森在研究中，追溯了两种标题字幕：注释标题字幕和对话标题字幕。注释标题字幕在早期往往用来总结下一个场景，为观众对即将进行的行为提供一个清晰的假设，而不是引导他们根据行为形成自己的假设②。后来，这样的注释性标题字幕被用来创造一个情境，由行为呈现原因和结果。这样的注释性标题字幕通常明显提到心智解读。我们看看汤普森曾分析过的一个例子：在《致命的猫眼石》（*The Fatal Opal*）（1914）中，标题字幕显示："Not wishing to further antagonize his uncle, Frank says nothing of his marriage."（因为不想进一步地对抗自己的叔叔，弗兰克对自己结婚的事闭口不提。）这个字幕很显然能帮助人物呈现心理状态，而不是简单地总结行为。

---

① Tom D. W. Gunning. *Griffith and the Origins of American Narrative Film*. Chicago: University of Illinois Press, 1994: 91.

② Kristin Thompson. The Formulation of the Classical Style, 1909—1928. In D. Bordwell, J. Staiger, & K. Thompson. *The Classical Hollywood Cinema: Film Style & Mode of Production to 1960*. New York: Columbia University Press, 1985: 183. The spectator with an explicit hypothesis for upcoming action, rather than guiding him or her to form hypothesis on the basis of the actions themselves.

这个电影的剧情指南是这样写的："字幕不是标记，但是展示了可视行为背后隐藏意义的手段，是提供更深层动机的手段。"① 所以说，标题字幕的一个作用就是加强和推动心智归因过程，从而支持观众在语篇中的心理一致性。

由于声音的导入，注释标题字幕逐渐受到限制，而对话性标题字幕走向历史舞台。到20世纪中后期，对话性标题字幕引领时尚。无论是书面形式还是口头形式，对话内容很自然地成为心智归因最丰富的线索来源。对话可以很明确地涉及一个心理状态，比如"我知道你在背叛我"或者"我很生气"，这些都是直接线索，不需要观众进行认知操作。但是这些对话的情境是必须要考虑的，比如，我们有理由相信，也许是角色想要进行误导。但大多数时候，对话是暗示一个需要进行复杂心智推理和归因的心理状态。在电影《虎胆龙威》中，在第一段场景中，有一段简短的对话："你不喜欢飞行，是吗?""是什么让你想到这个主意的?"如果我们进行复杂的心智归因，这样的对话才有意义(这里涉及麦卡伦的感知、信仰和故事内心智归因)。我们需要强调的是对话为心智归因过程提供线索，心智归因也为对话的理解和意义化提供语境。对话语的理解和对角色心理状态的理解是不断变化的，并且是相互影响的。

音乐渲染气氛的作用不容忽视，音乐能很大程度上丰富人物的心理活动，让人物更饱满。对于黛玉"葬花"场景的处理，1988年版和1944年版的电影《红楼梦》以及1987年版的电视剧《红楼梦》都不约而同地采用了歌曲的形式。1944年版《红楼梦》歌曲由主演林黛玉的周璇演唱，歌词改编自《葬花吟》："花谢花飞飞满天，红消香断有谁怜……"哀婉凄凉的歌声加上贾宝玉的恸哭声，人物心智状态自现。1987年版电视剧在丰富情境上采用的手段更多一些。林黛玉在写《葬花吟》诗时，旁白响起："一年三百六十日，风刀霜剑严相逼。明媚鲜艳能几时……"导演用了一个特写镜头突出写诗句的白纸。黛玉手持花囊拾落花，在漫天飞舞的落花中音乐响起："花谢花飞飞满天，红消香断有谁怜……"

如果想心智归因成功进行，那么角色行为就必须在一定程度上遵循心智理

① Kristin Thompson. The Formulation of the Classical Style, 1909—1928. In D. Bordwell, J. Staiger, & K. Thompson. *The Classical Hollywood Cinema: Film Style & Mode of Production to 1960*. New York: Columbia University Press, 1985: 186. Captions are not labels, but means of suggesting beyond the visible action and of furnishing deeper motives than those on the surface.

论原则。《红楼梦》的叙述在时空上就依附于人物之间的对话和行为，并使用了观点编辑和主观意象。然而心智归因仍然非常困难，因为应用于某一特定情境的心智归因架构、角色行为以及行动在最低程度上映射了这个结构。当然，人类行为是开放的，允许有不同的归因，但大多数时候大众的归因都归属于心智理论常态。然而，根据前面章节的分析，我们知道当贾政公然地、明显地抵制心智理论结构时，清晰的心智归因自然就不可能。但这并不意味着贾政就必然不被理解，只是理解发生在另一层面。这就说明，要想心智推理成为可能，角色的开放度和随意性就必须有个限度。大多数观众，尤其是西方观众，尽管努力地从心理学角度了解角色行为，但他们认为当人物抑制心理状态的行为超过限度时，自然而然让人觉得电影很乏味。

17 《红楼梦》影视剧中的抑制力量

大多数情况下，在影视剧中偶尔的一瞥就是具身透明性时刻。当然本书不是为影视剧和心智解读理论做一个全面的分析，本书的关注点非常小。柯林·麦克金认为在荧屏上“眼睛是浓情的清池”[①]。表面上，我们在观察角色的情感，但实际上我们欣赏的是人物形象以及其情感。所以我们有理由认为，如果影视剧反应心智解读，它应该是被具身透明性所淹没。当然，不是所有的透明性都是平等的。即便是饱满的媒体，一些时代比另一些时代更饱满，而这种效果往往是通过有选择性地模糊一些人物的情感而达到的。下面着重分析这种技巧：角色竭力去隐藏他们感情的时刻。但是，越隐藏，他们的情感反而比他们自由表达情感的对手更具透明性。

17.1 心智解读与蒙太奇手法

让影视剧如此有助于具身透明性的原因是心智解读与蒙太奇手法的联合使用。蒙太奇源于法语词汇 Montage，是拼接剪辑的意思。蒙太奇手法是常用的电影镜头剪辑手法，就是把不同镜头拼接在一起，从而产生 1+1>2 的效果。蒙太奇手法包括画面剪辑和画面合成。因为蒙太奇，影视剧享有极大的时空自由度，甚至可以构建超越现实的影视时空，从而达到吸引观众、引导观众情绪、激发观众心智归因的目的。蒙太奇是通过摄像机和剪辑手段实现的，所以影视剧的蒙太奇离不开导演、摄像师和剪辑师的参与。当我们在荧幕上看到一张脸，我们很乐意去猜测，我们会情不自禁地去想，因为我们的心智解读从未停止，这个人的头脑里一定在想着什么，蒙太奇手法就会告诉我们这个人在想

---

① Colin McGinn. *The Power of Movies: How Screen and Mind Interact*. New York: Pantheon, 2005: 104. The eyes become liquid pools of dense feeling.

什么。苏联著名电影导演、理论家库里肖夫（Kuleshov）曾做过一个这样的实验，他首先为苏联著名演员伊万·莫兹尤辛（Ivan Mozzhukhin）拍一个没有任何表情的特写镜头，然后把这个特写镜头分别同其他三个镜头相组合：第一个镜头是一个桌上摆着一盒汤；第二个镜头是棺材里躺着一个女尸；第三个镜头是一个玩玩具熊的小女孩。虽然演员伊万·莫兹尤辛的特写镜头没有任何表情，但是在每一种组合下，观众声称他们在伊万·莫兹尤辛脸上看到了不同表情：第一个组合中看到汤时的饥饿；第二个组合中面对棺材里女尸的悲伤；第三个组合中看到小女孩玩玩具熊时的轻松愉悦。这就是有名的库里肖夫效应，库里肖夫从而提出了自己的蒙太奇理论，那就是将同一镜头与不同镜头分别拼接，从而创造出意想不到的审美效果。

库里肖夫效应意味着影视剧演员可以什么都不做，而导演需要做的就是把不同面孔与不同形象并置，观众会自动赋予他们情感以及每个场景的意义。毫无疑问，我们时刻准备通过肢体语言解读情感，这样影视剧才存在。但通过影视剧讲述的故事往往比简单地把人物的脸和一碗汤组合所讲的“故事”要复杂得多。让我们看看美国导演阿弗雷德·希区柯克（Alfred Hitchcock）的《美人计》（*Notorious*）中艾丽西亚（Alicia）的脸和一杯咖啡的镜头。如果我们单纯地认为她渴了，那就大错特错了：她意识到她的丈夫和婆婆在给她下毒，而眼前这杯咖啡就有毒，她惊呆了。

导演使用库里肖夫效应，同时又超越库里肖夫效应，他们依赖观众对与物体并置的脸的解读。但他们也知道，要想正确解读，除了一连串的快镜头，我们需要知道更多：这个镜头之前每个人的想法和情感。因此，帮助我们对任何一个特定场景人物的心理状态解读的，是我们对此人物之前的心理状态解读。

当然，在头脑中保存这些解读并把它们应用到现在场景的解读就意味着认知的努力和不稳定性。我们远远地超越了一个等式，即一碗汤+一张脸=饥饿。我们知道一个角色在想什么，但我们不确定另一个角色在想什么，更不清楚第三个角色在想什么。例如：德夫林（Delvin）爱艾丽西亚吗？我们怀疑他爱。但我们直到电影结束后才能确定。

在介绍我们对角色解读时的怀疑和模糊时，导演创造了一种现实社会复杂性的荧幕效应。这就意味着导演赋予了我们惊喜的时刻，让我们觉得自己对人物角色所思所想的解读是对的，这比让人物一直透明、让我们对人物无所不知更有成就感。这种偶尔对人物的了解会让我们觉得自己是一个聪明的社会玩家。我们珍惜所有这些对较高社会洞察力和社会权利的幻想，因为它们游离在我们日常生活心智解读不确定性和导演所构建的心智解读不确定性之间。当然，一定影视剧类型是心智解读不确定性存在的理由。在侦探小说中，所有的一切都是尽可能地避免我们对人物心智的正确解读。

艾丽西亚看咖啡，然后看她丈夫和婆婆的脸部镜头就是具身透明性的例子。一旦你在影视剧中细心观察这样的具身透明性时刻，你就开始意识到他们的出现会让看影视剧变成一次特别的心智解读经历。同时你也会注意到抑制性——具身透明性三要素之一。似乎导演会直觉地寻找能让角色挣扎着控制自身情感的社会环境。为什么会如此？在影视剧中抑制有什么特别吗？

导演大卫·马梅（David Mamet）利用演员亨弗莱·鲍嘉（Humphrey Bogart）的故事让我们区分什么是好的演技、什么是过度表演。演员不应该完全展示感情，相反，应该展示无曲折变化的简单的动作。一个简单的动作往往会意味深长，就如同库尔肖夫效应告诉我们的一样——观众会通过场景去解读动作背后的感情。但是，在情感环境中，演员应该抑制到何种程度才能达到好影视剧的效果呢？很有可能，大卫·马梅所说的戏剧是广义的，代表任何的表演形式，无论是舞台的还是荧屏的。但也有可能他只指戏剧表演形式，他选择的例子反映了一个事实：影视剧使用抑制的时刻比戏剧多。

17.2 抑制的魅力

1987年版电视剧《红楼梦》被当作《红楼梦》影视剧改编的经典范例，其成就一直无人超越。该版《红楼梦》中抑制性最突出的时刻当属第二集《葫芦僧乱判葫芦案》中第二次审判的场景。

王扶林导演先用连续的几个特写短镜头渲染公堂威严的气氛，为抑制性时刻创造语境，如击鼓、贾雨村的官牌、带刀衙役庄重的脸、“精慎清廉”的牌匾、手持长棍的衙役严肃的脸、诡计多端的门子的脸。然后用几个中景镜头交代了所有的人物及其关系。审案开始，由刘宗佑扮演的贾雨村正襟危坐，义正词严：“原告，你家主人死的冤枉，本府要按国法公断。”此话一出，两个特写镜头聚焦由田中禾扮演的薛蟠族人和由洪丹强扮演的门子，他们脸上有着竭力想要抑制的惊讶（见图 6）。因为升堂前，门子已在薛蟠族人以及拐子之间调停过，薛蟠族人给薛蟠报个暴病身亡，给冯家出些“烧埋之费”。拐子则从实招来。得了钱的冯家自然就无话可说，从而让案子圆满了结。可谁曾想，一开堂，贾雨村大人便要“按国法公断”，这完全出乎薛蟠族人和门子的意料。不想让旁人发现他们的事先勾结，这种惊讶当然是需要抑制的，可这一切在贾雨村眼里却是透明的。王扶林导演用了一个特写镜头展示了贾雨村的面部表情由狡黠向严肃转变的过程，这就是贾雨村明显想要抑制的时刻（见图 6）。贾雨村的第一个表情是想告诉门子和薛蟠族人：好戏在后头。当然这个时刻是需要抑制的，不然如何体现自己的刚正不阿。第二个表情是给在场所有的人看的。当贾雨村宣布对薛蟠处以绞刑时，王扶林导演再次聚焦门子吃惊的表情和贾雨村威严且淡定的脸。紧接着贾雨村话锋一转：“薛犯已于半年前，暴病身亡，冤债已经了结。”判薛家赔冯家烧埋费五百两，当堂付清，并对拐子处以极刑。最后的特写镜头落在“明镜高悬”的匾额以及贾雨村那张如释重负的脸上。糊涂案就此落下帷幕。其实王扶林导演对这样抑制性时刻的设计是直接面向观众的。他们泄露感情的表情时刻非常短暂，但演员刘宗佑、洪丹强以及田中禾出色的表演让大部分观众永远记住了这样的时刻，让观众看到了贾雨村

图 6

的徇私枉法、门子的诡计多端和薛蟠族人的助纣为虐。“精慎清廉”的牌匾与“明镜高悬”匾额的特写镜头正是导演用讽刺的手法引导观众去体会这场糊涂案背后封建社会官场的黑暗的良苦用心。

如果我们仔细观察身体语言，就会发现抑制是一种可以被察觉和领会的情感。戏剧和影视剧都培养这样的注意力，但影视剧讲究天然去雕饰，戏剧却没有。影视剧中的特写镜头让我们别无选择，只有注意人物角色的面部表情，而且好的表演能吸引观众主动去注意人物角色的面部表情，但是在戏剧中总有时候当观众往别处看时，而人物面部肌肉一动也不动，甚至连大家期待的眨眼都没有。当然，这并不包括坐在离舞台较远的地方，那样的话我们就看不到演员的面部表情，甚至我们也发现不了抑制性的时刻。

需要特别强调的是，导演并不担心演员和人物角色之间的区分。谈到观众被感情时刻的抑制性所感动时，这个时刻既代表演员刘宗佑的，也代表角色贾雨村的。导演关注的是演员的行为以及这些行为在观众心中产生的影响。刘宗佑老师的眼睛、眉毛以及嘴角恰到好处的配合，使观众认为他对感情的处理非常到位，引起了很大的反响。

就我们的研究目的而言，我们必须区分演员和他所演的角色。我们禁不住要问：观众为什么会被角色所展示的抑制性感动？因为，在我们的文化中，对自我控制有一定的价值评论，每一次抑制性的察觉和认同都会被看作是一种美德。咬紧牙关在一定的情形下会被一些人认同，也会被一些人反对。而且在《红楼梦》中，有很多的时候，角色并没有展示抑制性而是表达了很强烈的感情，这些场景非常令人感动并且令人难忘。当他们把全部感情释放时，我们并不反对。

我们喜欢人物展示抑制性，不是因为抑制本身有多美妙，而是因为它一直可以被当作有趣、复杂的具身透明性的一种形式。影视剧中抑制的魅力就在于虽然有时候观众不清楚角色在抑制什么具体的情感，但角色自我抑制的挣扎却是透明的。

比如说，我们不知道当贾政毒打宝玉时所体验到又惊又气、气急败坏、狂怒以及绝望等复杂情感交织时的感受到底是什么，但我们明白他在努力控制自己，虽然他什么也没说，也没有直接表达感情。他的复杂性对下人以及观众而言是透明的。我们的心智解读如同以前一样谄媚，不仅试图解读一种单一的情感，也试图解读多种混合的情感。

抑制因此是影视剧通向具身透明性的康庄大道，因此，它可以添加到任何情感环境中，甚至包括那些我们无法获得的环境。前面的章节已经提到过抑制通常会引起复杂的心智状态模式。比如："我不想让她知道我在想什么"，这就是一个复杂嵌入三重心智模式。荧屏上的抑制呼吁同样的三重认知嵌入模式，然而在最顶端，它可以看到角色努力要隐藏的情感调色板，第三重嵌入就变成了发展的第三重嵌入，就变成了"我不想让她知道我在想什么"，但这表明我自己想得太多。《傲慢与偏见》的小说文本和电视版本告诉我们，当伊丽莎白（Elizabeth）拒绝达西（Darcy）的求婚时，达西在抑制自己的愤怒，但在电视版本演员科林·费尔斯（Colin Firth）的表情中我们能读到更多。一旦演员的面部表情或肢体语言被纳入我们心智解读的内容中，我们的心智解读顺应性就会加工一些特别的东西。

库里肖夫效应实验中的演员伊万·莫兹尤辛那张中性的脸被称作俄国的华伦天奴就不足为奇了。在很早的时候，电影极力找寻很好地表达抑制背后复杂性的演员。英国新闻记者、电影评论家安东尼·莱恩（Anthony Lane）在写西班牙电影《美错》（*Biutiful*）的影评时就曾说道："请给我哈维尔·巴登（Javier Bardem）（男主人公 Uxbal 的扮演者）的脑袋，有谁看到过更高贵的头吗？哈维尔·巴登演的角色发现老婆丢下儿子，让儿子单独待着，脸上淤青，这个场景令人很不安，很难从记忆中抹去，因为哈维尔·巴登演的时候表现很平静，竭力控制自己的情绪，不爆发。蓄势待喷的火山才最值得观看。"①

17.3 呼吁抑制性的职业或身份

在 2006 年由斯蒂芬·弗雷斯（Stephen Frears）导演的电影《女王》（*The Queen*）中，伊丽莎白二世曾经说过："现今，人们喜欢魅力和眼泪这些大气的表演。我不十分擅长，我也绝不会擅长。我还是喜欢隐藏自己的情感，我也愚蠢地认为人们也希望他们的女王隐藏自己的感情，不小题大做，也不过分坦率。"一个人物的职业或身份呼吁抑制性。这种人物角色往往是很有个性、很

---

① Anthony Lane. Miles to Go. *New Yorker*, 2011,（1）31：82-83.

有趣的人物角色。医生、律师、间谍、女王、封建家族的最高掌权者，任何把自身同感情环境分离，并极力压抑自己情感的人物都是具身透明性的好素材，尤其是他/她自身融入到这种环境中，也就是平静外表下面的激情澎湃。影视剧就是在这种内心挣扎中蓬勃发展的。

贾政是荣国府实际的最高掌权者。他的身份和地位决定他必须把自身同感情环境分离，他很多时候都身不由己。无论是在游大观园还是在毒打宝玉时，贾政对宝玉抑制的爱都是真真切切的。作为严父的贾政是绝不允许自己在众清客和下人的眼中有溺爱子女之嫌。贾政抑制的爱比直接表达的情感来得更深沉，显得更自然。贾政的情感抑制通过两种方式表达：第一，抑制让观众对复杂的情感有了丰富的想象，让观众体会贾政为人父的心思；第二，在某些场合或者某些时刻放任自己，自由自在地表达情感，如中秋家宴击鼓传花，为了承欢母亲，贾政也有不端架子、讲笑话的时候。

再看看荣国府的“大总管”王熙凤。在 1987 年版电视剧《红楼梦》第六集，贾珍请王熙凤到宁国府协理秦可卿的丧事，卯正二刻聚集众人派差。镜头从角落十几个垂手而立的下人开始，然后左移、变焦，用大全景呈现大部分下人的背影。大全景拉近，给了正在训话的王熙凤一个脸部大特写（见图 7）。王熙凤威严的表情是在告诉下人自己一定言出必行，不会顾及他人脸面。王熙凤分配任务时，几乎全是以王熙凤为主的正面镜头和下人为主的正面镜头的不断切换，通过蒙太奇手法剪辑拼接，突显王熙凤办事干脆利落、分工明确，下人井然有序地各自领命。最后王熙凤警告下人要严格遵守时间，这时镜头始终跟着王熙凤穿梭于下人之间，或近景，或中景。最经典的部分是最后王熙凤脸部的特写：见自己“威重令行”，心中的得意呼之欲出（见图 7）。这个抑制性

图 7

时刻是如此恰到好处，王熙凤做事果断、大胆泼辣、好卖弄才干的性格给观众留下了深刻的印象。

《红楼梦》中贾政和王熙凤就是国内影视剧职业或者身份抑制性的经典。我们对比一下斯蒂芬·弗雷斯导演的电影《女王》中呼吁抑制性的职业或者身份，由海伦·米伦（Helen Mirren）扮演的主人公伊丽莎白二世每时每刻都要压抑自己的情感，皇家的礼仪让她不能率性而为。但逐渐地，她爱上了这种抑制，抑制成就了她：她为自己“宁静的尊严”感到骄傲，她也正是用这种“宁静的尊严”自我宽慰，她相信这就是全世界景仰她的原因。当黛安娜（Diana）王妃死后，举国上下都希望她感到悲伤，并向公众展示她的情感以供娱乐。她动摇了。虽然这部电影以女王展示情感的承诺吸引观众，但女王取下面具的时候并不多。我们必须感谢斯蒂芬·弗雷斯提供了女王这些点点滴滴感情表达细腻的时刻，是斯蒂芬·弗雷斯让我们看到了女王情感的丰富和特别。

18 《红楼梦》叙事中的社会认知复杂性

随着认知科学的发展，认知叙事学将经典的叙事学与认知语言学、认知心理学、人工智能研究等有机结合，为叙事处理构建了一个认知基础。但心智解读的研究大多集中于对人类心智解读能力的本质、起源、演变以及与文化的关系研究。2011 年，丽莎·詹赛恩正式提出用社会认知复杂性这一术语来描述叙事中心理状态层层镶嵌模式[①]。

18.1 心智解读的社会性

我们热切地、无可奈何地、有意识地、无意识地、错误地、无可逃避地住在他人的大脑里[②]。因为我们许多的思想和情感归因及解释往往是不完全的，有时甚至是错误的，所以它们也可被称为心智错误解读。正是因为人类的进化从来都不是完美的，所以我们尽最大努力在心智解读上摸索前行。现实生活中的社会互动，我们往往通过心智解读追踪心理状态。在某种程度上，我们的心智顺应性会把叙事人物的心理状态当作真实人物的心理状态来解读，不会对二者进行区分。

叙事滋养着我们的心智理论，它让我们在丰富的、唯美的社会环境中进行心智解读，因此叙事中随心而走的阅读带来的乐趣，在很大程度上就是一种社

---

① Lisa Zunshine. What to Expect when You Pick up a Graphic Novel. *Substance*, 2011 (124): 119. I define sociocognitive complexity as the depiction of a mental state embedded within another mental state.

② Lisa Zunshine. *Getting inside Your Head: What Cognitive Science can Tell Us about Popular Culture*. Baltimore: The Johns Hopkins University Press, 2012, Preface, p. 1. We live in other people's heads: avidly, reluctantly, consciously, unawares, mistakenly, inescapably.

会愉悦，是对我们仍然是社会游戏中优秀玩家的一种肯定。

18.2　社会认知的复杂性

丽莎·詹赛恩在 *What to Expect when You Pick Up a Graphic Novel* 一文中，将社会认知复杂性定义为叙事中心理状态层级的嵌入模式（Zunshine Lisa，2011）。例如：

①我感觉不幸福。

②他知道我感觉不幸福。

③很奇怪他知道我感觉不幸福。

例句①是简单的一重心理状态模式；例句②为简单二重心理状态嵌入模式；例句③中“很奇怪”反映了说话人的一种心理状态，所以例句③是三重心理状态嵌入模式。很显然，例句③比例句②更具社会认知复杂性；例句②比例句①更具社会认知复杂性。

18.3　社会认知复杂性的特征

任何一部文学作品或者影视剧作品都可以被看作是一系列不断变化的社会认知复杂性情节的集合，甚至包括人物对自身心理状态的解读，例如鲁滨孙从设想上帝对他这样可怜的罪人的态度，到回忆他在不同情况下思考自己过去曾经有过什么样的感受。利用这种反直觉的例子是为了强调：社会复杂性要求复杂式嵌入心理状态，但不一定要多个角色。

三重，不超过四重的心理状态模式是我们的认知舒适度范围[①]。以三重嵌入式心理状态为特征的社会环境是文学，如散文、小说、戏剧、叙事诗等创作的根本。任何叙事都无法依赖低级的社会复杂性而存在，虽然有些实验性叙事会极力隐藏心理状态而存在。

现实生活中，作者和导演会不断挑战更高级别的心理状态，文学作品中有时甚至会达到第五重、第六重。此外，作者和导演会让有些角色变得更具认知

① 曾冬梅，邓云华：《红楼梦》中的三向心智解读．《湖南工程学院学报》（社会科学版）第27卷第3期，第51-54页。

复杂性，也就是说，这些角色会比其他角色更善于嵌入式心理状态。

18.4 影响社会认知复杂性的因素

从社会认知复杂性角度来研究叙事作品最终是一个历史主义的探究。我们可能会问：是什么因素影响作者或者导演决定什么样的角色具有复杂的心智解读？这些决定受不同历史时期、不同体裁、规范、社会当代意识形态关注点以及作者/导演个人风格的影响。

18.4.1 社会当代意识形态

具体的社会环境吸引着我们的认知顺应，并由此塑造了文化表征的历史以及随之而来的我们对历史的思考。

我们必须强调社会等级对叙事中自我意识感的影响。文化历史学家马修·格伦比（Matthew O. Grenby）指出，在18世纪施惠活动的叙事表征中，“施惠活动完全是从施惠者出发的一个过程，而不是受惠者”①。他认为对于施惠者心理过程的猜测远比对受惠者心理过程的猜测有意思。最重要的是，这些故事中施惠的目标通常属于低级的，甚至非常低级的社会阶层，因此施惠的情节依赖于加强社会等级制度并使其合法化。处于低等阶级的人们常常被情节归化为不那么有趣的、情感不复杂的角色。这种角色之所以引起读者和观众的注意，往往只是因为他们能够推动高等阶级主要人物复杂情感的发展。观察者的心理状态模式是：观察者知道施惠者并不清楚受惠者到底在想什么；施惠者的心理状态模式是：施惠者不知道受惠者到底在想什么，但施惠者知道观察者正在看他琢磨受惠者在想什么。这些心理过程都非常丰富，包含多重心理状态，但受惠者的心理过程就非常简单了，仅仅是：他/她现在需要帮助，或者是他/她想让施惠者知道他/她现在需要帮助。

以小说中的三向心智解读为例。三向心智解读存在三种基本模式：施惠者、受惠者以及观察者三位主体参与的主题三向心智解读；一个观察者、两个

---

① Matthew O. Grenby. Real Charity Makes Distinctions: Schooling the Charitable Impulse in Early British Children's Literature. *British Journal for Eighteenth-Century Studies*, 2002 (25): 190. Charity was a process to be understood entirely from the point of the donor, not the recipient.

相爱的人参与的公式化三向心智解读；自我、本我以及一个观察者参与的非三向三向心智解读[①]。在对《红楼梦》中的主题三向心智解读的分析中，我们发现，在施惠情节中，接受帮助的基本都是扁平人物，他们似乎没有个性，但他们极度引人注意。对他们需求的怀疑在某种程度上会让他们变得更复杂，但还没有复杂到变为圆形人物的程度。当扁平人物和圆形人物互动时，他们心智解读的痕迹将会遍布整个小说。从古至今的小说叙事一直重复着下面这种模式：扁平人物引发了对圆形人物的一系列反思，也就是说，当圆形人物决定是否帮助他们或者直接忽视他们的请求时，让圆形人物进退两难。这种反思丰富了小说情节以及惯于遵守严谨分享式注意力和目光交流的人们的心智。这个情节本身就充满了心智觉知，大大提高了情节的自我意识。

认知复杂性反应社会意识，社会意识反应认知复杂性。从某种程度来说，三向心智解读呼吁心理复杂性的层次化。作者或者导演必须决定，虽然并不一定要有意识地决定什么样的角色具有复杂的心智解读、什么样的角色具有简单的心智解读。这个决定当然有社会等级、性别、种族或者其他任何反映当前社会意识形态的因素体现。曹雪芹把他笔下人物的社会认知复杂性同他们的年龄、阶层、性别紧紧地联系在一起。当然，这种解读他人心理状态的能力并不难自动转化为高级的道德标准，就像布莱克伊·韦尔默朗所观察的一样，狡猾的恶棍也会成为第三重或者第四重嵌入式的心理状态模式的操纵者。[②]

著名的英国女作家、文学批评家弗吉尼亚·伍尔芙（Virginia Woolf）当然不属于恶棍。但弗吉尼亚·伍尔芙自己拥有出版社以及跟其他出版社良好的关系使她可以任意挑战社会认知复杂性。在《达洛维夫人》（*Mrs. Dalloway*）中，弗吉尼亚·伍尔芙直接挑战第六重嵌入式心理状态模式，“给大多数人（读者）造成认知负荷[③]。

由此，叙事心理状态嵌入模式的构建涉及当前意识形态，虽然目前我们还

---

① 曾冬梅，邓云华：《红楼梦》中的三向心智解读．《湖南工程学院学报》（社会科学版）第27卷第3期，第51-54页。

② Blakey Vermeule. *Why Do We Care about Literary Characters?* Baltimore: Hohns Hopkins University Press, 2010: 81-103.

③ Robin Dunbar. On the Origin of the Human Mind. In Peter Carruthers and Andrew Chamberlain (eds.). *Evolution and the Human Mind: Modularity, Language and Meta-Cognition.* Cambridge: Cambridge University Press, 2000: 240.

不能勾勒出这种接触所产生的情感和叙事影响，但很明显，历史主义和心智理论的结合无疑代表了叙事意识跨学科研究的一个硕果累累的领域。

18.4.2 体 裁

体裁对社会认知复杂性的影响也是不能忽视的。以简·奥斯汀的《傲慢与偏见》为例，原著中包含了大量的四重复杂嵌入式心理状态模式（Austen Jane，2004）。但在2009年由南希·巴特勒（Nancy Butler）和雨果·佩特鲁斯（Hugo Petrus）改编，漫威漫画公司出版的《傲慢与偏见》漫画小说系列中，包含了大量的三重心理状态模式。原著中的四重全被降级为三重或者二重简单心理状态模式。我们不禁要问：是在什么样的基础上假设我们未来读者心智解读的偏好，从而把四重嵌入模式降到二重？南希·巴特勒解释说漫画小说是为了把更多的青春期少男少女带到漫画商店[①]。

我们仔细观察也会发现，《百科全书》的词条从不会超过第三重，除非它处理的主题本身具有较高的社会认知复杂性，如维基百科词条在列举小说或者电影故事梗概特征时。儿童读物中通常只包含二重心理状态模式，这种模式是由目标读者的心智解读能力决定的。在学生论文写作中，相比较那些只包含一重或者二重的嵌入心理模式而言，那些包含三重或者四重嵌入心理模式的学生论文更容易获得高分。当我们打开一本小说、一本杂志、一份报纸或者一个网页，我们都会直接地期待一定层级的社会认知复杂性。《红楼梦》戏曲，无论是京剧、越剧、昆剧还是川剧、秦剧、淮剧，其艺术表现手法虽然各有不同，但人物心智的展现不外乎唱腔、服装、道具、动作等。而《红楼梦》影视剧，充分利用现代传播媒介，运用多种叙事和视听手段来刻画人物的心理活动，所引起的视觉冲击是其他《红楼梦》艺术形式所无法比拟的。可见，不同的目标读者群或者观众群、不同的体裁会影响社会认知的复杂性。

18.4.3 作者/导演的个人风格

让哪些人物更具认知性，无疑也是作者或者导演个人风格的体现。简·奥斯汀的《曼菲尔德庄园》（*Mansfield Park*）中的范妮·普莱斯（Fanny Price）

---

① Lisa Zunshine. What to Expect When You Pick up a Graphic Novel. *Substance*, 2011 (124): 121.

经常专注于他人是如何考虑别人的想法和感受的，而伯特伦（Betram）夫人似乎就不能进行复杂的心智解读归因。在简·奥斯汀的笔下，越聪明的人，心理状态模式越复杂[①]。《红楼梦》中，曹雪芹让任何阶层的年轻女性都比富有的男性和年长一些的女性产生更复杂的心理状态。王熙凤的贴身丫鬟平儿就比贾琏、王夫人的心理状态更复杂。同时，那些被人忽视的扁平人物也会出现六重嵌入式心理状态模式，如“芥豆之微”的刘姥姥。导演戈达尔在电影《周末》中更是打破常规，让科琳和罗兰呈现异样的心智状态，从而产生奇特的效果。导演约翰·麦克·蒂尔南（John Mc Tiernan）则严格遵守心智理论，在电影《虎胆龙威》中精心设置心智归因场景，让观众参与叙事。

不同的作者或者导演也会采取不同的方式展现相同的社会认知复杂性。曹雪芹在《红楼梦》中直接引入叙述者与读者，使心智解读变得更复杂。比如，在第二十九回中，“看官，你道两人原是一个心，如此看来，却都是多生了枝叶，将那求近之心，反弄成疏远之意。”[②] 叙述者的参与把心理状态模式直接推向第四重：叙述者“清楚”，彼此都“认为”对方应该“知道”他（她）“喜欢”她（他）；而丹尼尔·笛福在《鲁滨孙漂流记》中倾向于专注某一具体人物角色，使鲁滨孙·克鲁索（Robinson Crusoe）的心理状态模式达到第四重（Defoe Daniel，2009）。在该小说第八章中，鲁滨孙·克鲁索惊讶地“发现”，他“知道”自己在欺骗自己“相信”他“感谢”上帝把他带到如此境地（Defoe Daniel，2009：97）。詹姆斯·乔伊斯（James Joyce）在《尤利西斯》（*Ulysses*）中采用了自由间接引语直接展现人物的心理状态，同时叙述者的心理意识也得到了巧妙表达（James Joyce，1961）。王扶林导演则避虚写实，对于《红楼梦》前八十回二十多个梦境只选择了几个“图像”化，而李少红导演虚实结合，充分展现了梦境是人物情感泄露的方式。在李少红导演早期的作品中，如《橘子红了》《大明宫词》就可以看到这种虚实结合的风格。在场面调度上，王扶林导演和李少红导演分别采取了不同的策略来刻画人物，突出人物认知的复杂性。前文我们对 1987 年版电视剧《红楼梦》中的“葫芦僧乱判葫芦案”“王熙凤协理宁国府”的两个场景做了详细分析，王扶林导演在人

① Lisa Zunshine. Mind Plus：Sociocognitive Pleasures of Jane Austen's Novels. *Studies in Literary Imagination*. 2009，42（2）：89-109.

② 曹雪芹，高鹗：《红楼梦》，长沙：岳麓书社，2001 年版，第 197 页。

物表演、关系处理以及镜头相对关系处理上得心应手，大量利用特写镜头突出演员细致入微的表演，让刘宗佑（饰贾雨村）、洪丹强（饰门子）以及田中禾（饰薛蟠族人）丰富的面部表情和动作深度展现人物内心。2010年版电视剧《红楼梦》讲究唯美和浪漫，所以场景布置非常精致，镜头都以固定镜头为主，很少运用变焦来更换景别，极少使用人物特写，使镜头与对象之间保持一定的距离，叙事更客观。

18.5 读者/观众的社会认知复杂性

我们分析了什么因素影响作者或者导演决定什么样的角色具有复杂的心智解读，但任何没有读者或者观众参与的文学理论都是不完整的。作者或者导演决定什么样的角色具有社会认知复杂性，但对于这个角色社会认知复杂性的解读，不同读者和观众会有不一样的答案。如果《红楼梦》手稿最具影响力的两位批评家脂砚斋与畸笏叟真的私下里熟悉曹雪芹所描写的人和事，那么他们所构建的作者和人物的镶嵌式想法和感受肯定就不同于其他人构建的作者和人物的嵌入式想法和感受。当后来学者在推测畸笏叟对主要人物姑姑死的反应以及曹雪芹后来对这段丑闻情节未完全的修改时，这些学者构建的对这段情节中的人物嵌入式思想和感受就不同于一般的读者。从一个不同的解释角度看，19世纪的评论员张新之说《红楼梦》的整个文本可以用公元4世纪《左传》的一句话总结："讥失教也"，张新之通过展示曹雪芹的写作意图、人物的心智状态以及他对《左传》历史记载事件的态度而创建了一个嵌入式的心智模式。当然，他们的每一个心智状态本身就是一个复杂嵌入式结构，读者非还原性地对作品的解读都展示了更高层次的社会认知复杂性。在解读《红楼梦》时，畸笏叟的社会认知复杂性就不是张新之的社会认知复杂性。任何一个中国母语读者的社会认知复杂性都不同于读译本的外国读者的社会认知复杂性，学生的社会认知复杂性也不同于教师的社会认知复杂性。通过类比我们知道，即使操同一种语言的一群人也不可能组织完全相同的语言。同样，当我们谈及小说语言以及影视剧艺术时，我们的心智状态环环镶嵌，但嵌入式心智状态的排列和内容都会因人而异。

对社会认知复杂性的研究让我们了解了叙事交流中心智解读是如何具体操

作的，作者、导演和读者以及小说中所有的角色作为互动主体又是如何观察他们周围的世界、如何构建心理表征的。对社会认知复杂性的挑战反而促进了我们的创造性，而不是简单心理状态的停滞不前和无休无止的简单复制，这种认知使认知心理学和文学研究之间的互动成为可能。文学作品不是简单的事件描述，只有当我们不断地探寻人物行事的原因以及其背后的感情因素时，我们才能创造文学，创造小说和影视作品。心智解读是阅读和观看的前提，也是阅读和观看的原动力。包含了社会认知复杂性的阅读有利于人类心智解读能力的提高。

心智理论是操控我们的世界并构建这个世界的认知顺应性的总和。毫无疑问，我们是具有强大社会属性的物种，我们阅读小说、观看影视剧作品是因为它们吸引着我们的心智理论。

这是本书的总观点，但还有一些需要补充说明。首先，有些文本比其他文本的心智理论体验更强烈；有些读者/观众比另一些读者/观众更会欣赏这种心智体验。其次，读者/观众对小说或影视剧作品一定形式的心智体验并不意味着他们就喜欢这种形式的每一部小说或影视剧作品。比如，小说读者喜欢《红楼梦》不可靠叙述所引起的认知愉悦，但他们不一定会喜欢《洛丽塔》有关恋童癖的主题。同样地，喜欢侦探小说的读者可能会认为詹姆斯（P. D James）的《黑暗塔》（*The Dark Tower*）太压抑；相反，有些读者可能会对詹姆斯有关腐败的描述无法忍受，却对主要人物祖父巴德利（Father Baddeley）的描写印象深刻。这就是说，小说或者影视剧里心智的参与形式并不是我们评价是否喜欢这本小说或这部影视作品，是否接受相关审美价值的重要因素。最后，本研究虽然涉及的只是心智理论和文本、影视剧作品的方方面面，但如果说我们与小说、影视剧的互动所引起的只是促使心智解读，那是不恰当的。当提到日常社会功能，心智理论绝不只是我们所提到的简单的认知顺应性，它的范围更大，有些是我们无法涉足的。

我们阅读小说、观看影视剧作品是因为它们吸引着我们的心智理论。但就目前而言，我们并不能完全了解这种心智吸引所蕴含的复杂性层次。小说、影视剧作品帮助我们归类我们的情感和感知，它们赋予我们“新知识、新理解”，赋予我们“磨砺道德感的机会”，它们为我们每天的存在赋予新的意义。所有的探索工作都不可避免地与心智理论有关。小说和影视剧作品对于读者和观众的影响不能被简单地看作是小说与影视剧中涉及一些认知顺应性。总有一天，我们会有一个更大的概念框架，让我们系统地谈论小说与影视剧的全部影响：文学叙述的浮现意义。

可以明确地说，我们读小说、看影视剧作品是因为它们为我们的心智理论提供了锻炼的机会。

当您在阅读这本书时，希望里面的观点也能挑逗您的心智，让您愉悦或纠结。

参考文献

[1] Abel, Richard. *The Ciné Goes to Town: French Cinema 1896—1914* [M]. Berkeley: The California University Press,1994.

[2] Alvin Goldman. *Joint Venture: Mindreading, Mirroring and Embodied Cognition* [M]. New York: Oxford University Press, 2013.

[3] Alvin Goldman. *Simulating Minds: The Philosophy, Psychology and Neuroscience of Mindreading*[M]. New York: Oxford University Press, 2006.

[4] Auerbach, Eric. *Mimesis: The Representation of Reality in Western Literature*[M]. Princeton: Princeton University Press, 1991.

[5] Augostinos, Martha & Walker, Ian. *Social Cognition: An Integrated Introduction*[M]. London: Sage, 1995.

[6] Austen, Jane. *Pride and Prejudice*[M]. New York: Oxford Up, 2004.

[7] Bal, Mieke. *Narratology: Introduction to the Theory of Narrative* [M]. Van Boheemen, Christine(trans.). Toronto: University of Toronto Press, 1985.

[8] Barkow, J., Cosmides, L. & Tooby, J. (eds.). *The Adapted Mind: Evolutionary Psychology and the Generation of Culture*[C]. New York: Oxford University Press, 1992.

[9] Baron-cohen, Simon. *Mind-blindness: An Essay on Autism and Theory of Mind*[M]. Cambridge MA: MIT Press, 1995.

[10] Bathes, Roland. The Death of the Author [A]. *In Image-Music-Text* [M]. Stephen Heath (trans.), London: Fontana, 1977.

[11] Bering, Jesse M. The Existential Theory of Mind[J]. *Review of General Psychology*, 2002(6).

[12] Blythe, Ronald. Introduction [A]. In Henry James. *The Awkward Age* [M]. London: Penguin, 1987.

[13] Booth, Wayne C. *The Rhetoric of Fiction* [M]. Chicago: The University of Chicago Press, 1961.

[14] Bordwell, David. *Narration in the Fiction Film*[M]. London: Methuen, 1985.

[15] Bordwell, David, Staiger, Janet & Thompson, Kristin. *The Classical Hollywood Cinema: Film Style & Mode of Production to 1960*[M]. New York: Columbia University Press, 1985.

[16] Bortolussi, Marisa & Dixon, Peter. *Psychonarratology: Foundations for the Empirical Study of Literary Response*[M]. Cambridge: Cambridge University Press, 2002.

[17] Bourg, T. & Stephenson, S. Comprehending Characters' Emotions: The Role of Event Categories and Causal Connectivity[A]. In van den Broek, P., Bauer, P. & Bourg, T. (eds.). *Developmental Spans in Event Comprehension and Representation: Bridging Fictional and Actual Events*[C]. Mahwah, NJ: Lawrence Erlbaum Associates, 1997.

[18] Branigan, Edward. *Narrative Comprehension and Film*[M]. London: Routledge, 1992.

[19] Braudy, Leo. *The World in a Frame: What We See in Films*[M]. Garden City: Anchor, 1976.

[20] Brewster, Ben & Jacobs, Lea. Pictorial Styles of Film Acting in Europe in the 1910s[A]. In Fullerton, John (ed.). *Celebrating 1895: The Centenary of Cinema* [C]. Sydney: Libbey, 1998.

[21] Briggs, R. & Haviland, V. J. (eds.). *The Fairy Tale Treasure* [C]. Harmondsworth: Puffin, 1974.

[22] Brody, Nathan. Traits[A]. *In Encyclopedia of Human Behavior*[M]. New York: Academic, 1994(4).

[23] Brook, Andrew & Don Ross. *Daniel Dennett* [M]. Cambridge: Cambridge University Press, 2002.

[24] Bull, Peter. *Body Movement and Interpersonal Communication*[M]. Chichester: Wiley, 1984.

[25] Butte, George. *I Know That You Know That I Know: Narrating Subjects from "Moll Flanders" to "Marnie"* [M]. Columbus: Ohio State University Press, 2004.

[26] Cantor, N. & Mischel, W. Prototypes in Person Perception[A]. In L. Berkowitz(ed.). *Advances in Experimental Psychology*[C]. New York: Academic, 1979(2).

[27] Carroll, Noël. *Mystifying Movie: Fads and Fallacies in Contemporary Film Theory*[M]. New York: Columbia University Press, 1988.

[28] Chatman, Seymour. *Story and Discourse: Narrative Structure in Fiction and Film*[M]. Ithaca: Cornell University Press, 1978.

[29] Chatman, Seymour. *Coming to Terms: The Rhetorical Narrative in Fiction and Film*[M]. Ithaca: Cornell University Press, 1990.

[30] Clark, Andy & David J. Chalmers. The Extended Mind[J]. *Analysis*, 1998(58).

[31] Cohn, Dorrit. *Transparent Minds: Narrative Modes for Presenting Consciousness in Fiction*[M]. Princeton: Princeton University Press, 1978.

[32] Herman, David. *Scripts, Sequences and Stories: Elements of a Postclassical Narratology*[J]. PMLA, 1997(112).

[33] Cohn, Dorrit. Discordant Narration[J]. *Style*, 2000(34).

[34] Cohn, Dorrit. *The Distinctin of Fiction*[M]. Baltimore: Johns Hopkins University Press, 1999.

[35] Colin, Mcginn. *The Power of Movies: How Screen and Mind Interact*[M]. New York: A Division of Random House, Inc., 2007.

[36] Cosmides, L. & Tooby J. Consider the Source: The Evolution of Adaptations for Decoupling and Metarepresentations[A]. In Dan Sperber(eds.). *Metarepresentations: A Multidisciplinary Perspective*[C]. New York: Oxford University Press, 2000.

[37] Cosmides, L. & Tooby J. From Evolution to Behavior: Evolutionary Psychology as the Missing Link[A]. In John Dupre(ed.). *The Latest and the Best Essays on Evolution and Optimality*[C]. Cambridge: The MIT Press, 1987.

[38] Cosmides, L. & Tooby J. Origins of Domain Specificity: Evolution of The Functional Organization[A]. In Lawrence A. Hirschfeld & Susan A. Gelman(eds.). *Mapping the Mind: Domain Specificity in Cognition and Culture*[C]. New York: Cambridge University Press, 1994.

[39] Cosmides, L., Tooby J., & Barkow, J. Introduction: Evolutionary Psychology and Conceptual Integration[A]. In Barkow, J., Cosmides, L. & Tobby, J. (eds.). *The Adapted Mind: Evolutionary Psychology and the Generation of Culture*[C]. New York: Oxford University Press, 1992.

[40] Culler, Jonathan. *Structuralist Poetics: Structuralism, Linguistics and the Study of Literature*[M]. Ithaca: Cornell University Press, 1975.

[41] Currie, Gregory. *Image and Mind: Film, Philosophy and Cognitive Science*[M]. Cambridge: Cambridge University Press, 1995.

[42] DeConti, Kirsten A. & Dickerson, Donald J. Preschool Children's Understanding of the Situational Determinants of Other's Emotion[J]. *Cognition and Emotion*, 1994(5).

[43] de Vega, M., Díaz, J. & León, I. The Representation of Changing Emotions in Reading Comprehension[J]. *Cognition and Emotion*, 1996(10).

[44] Defoe, Daniel. *Robinson Crusoe*[M]. New York: Oxford UP, 2009.

[45] Dunbar, R. I. M, N. Duncan & D. Nettle. Size and Structure of Freely-Forming Conversational Groups[J]. *Human Nature*, 1994(6).

[46] Dunbar, Robin. On the Origin of the Human Mind[A]. In Peter Carruthers and Andrew Chamberlain(eds.). *Evolution and the Human Mind: Modularity, Language and Meta-Cognition*[C]. Cambridge: Cambridge University Press, 2000.

[47] Dunn, J., J. Brown, C. Slomkowski, C. Tesla, & L. Youngblade. Young Children's Understanding of Other People' Feelings and Beliefs: Individual Differences and Their Antecedents [J]. *Child Development*, 1991(62).

[48] E. M. Forster. *Aspects of the Novel* [M]. Florida: Harcourt, Inc., 1927.

[49] Egri, Lajos. *The Art of Dramatic Writing*[M]. New York: Simon and Schuster, 1946.

[50] Eun-Ju, Noh. *Metarepresentations: A Relevance-theory Approach*[M]. Amsterdam: Benjamins Publishing, 2000.

[51] Fludernik, Monika. *Toward a "Natural" Narratology*[M]. London: Routledge, 1996.

[52] Foucalt, Michel. What is an Author? [A]. In Donald R. Bouchard(ed.). Translated by Donald F. Bouchard & Sherry Simon. *Language, Counter-Memory, Practice: Selected Essays and Interviews*[C]. Oxford: Blackwell, 1977.

[53] Freelance. Seen on the Screen[J]. *The Moving Picture World*, 1911(8).

[54] Freud, Sigmund. *A General Introduction to Psychoanalysis*[M]. Gao Juefu(trans.). Beijing: The Commercial Press, 1917.

[55] Freud, Sigmund. *The Ego and The Id* [M]. New York: Dover Publications, 1923.

[56] Gagg, M. E. *The Farm*[M]. Loughborough: Wills & Hepworth, 1958.

[57] Gallagher, Helen L. & Christopher D. Frith. Functional Imaging of "Theory of Mind" [J]. *Trends in Cognitive Science*, 2003(7).

[58] Genette, Gérard. *Narrative Discourse: An Essay in Method*[M]. Lewin, Jane E. (trans.). Ithaca: Cornell University Press, 1980.

[59] Gerrig, Richard J. & Allbritton, David, W. The Construction of Literary Character: A View from Cognitive Psychology[J]. *Style*, 1990, 24(3).

[60] Gomez, Juan C. Visaul Behavior as a Window for Reading the Mind of Others in Primates[A]. In Andrew Whiten(ed.). *Natural Theories of Mind: Evolution, Development, and Simulation of Everyday Mindreading*[C]. Basil Blackwell, 1991.

[61] Gopnik, Alison. Theory of Mind[A]. In Robert A. Wilson & Frank C. Keil(eds.). *The MIT Encyclopedia of the Cognitive Sciences*[C]. Cambridge: The MIT Press, 1999.

[62] Gopnik, Alison & Andrew M. Melzoff. The Role of Imitation in Understanding Persons and Developing a Theory of Mind[A]. In Simon Baron-Cohen, M. Tager-Flushberg & D. J. Cohen (eds.). *Understanding Other Minds: Perspective from Autism*[C]. Oxford: Oxford University Press, 1993.

[63] Graesser, Arthur, Singer, Murray & Trabasso, Tom. Constructing Inferences During Narrative Text Comprehension[J]. *Psychological Review*, 1994(101).

[64] Grenby, Matthew O. Real Charity Makes Distinctions: Schooling the Charitable Impulse in Early British Children's Literature [J]. *British Journal for Eighteenth-century Studies*, 2002 (25).

[65] Gunning, Tom. D. W. *Griffith and the Origins of American Narrative Film*[M]. Chicago: University of Illinois Press, 1994.

[66] Herman, David. Stories as a Tool for Thinking[A]. In David Herman(ed). *Narrative Theory and the Cognitive Sciences*[C]. Stanford, CA: Center for the Study of Language and Information, 2003.

[67] Herman, David. Regrounding Narratology: The Study of Narratively Organized Systems for Thinking[A]. In Jan-Christoph Meister, Tom Kindt & Hands-Harald Muller. Berlin(eds.). *What Is Narratology?* [C]. New York: Walter de Gruyter, 2003.

[68] Herman, David. Introduction[A]. In David Herman(ed.). *Narrative Theory and the Cognitive Sciences*[C] . Stanford, CA: Center for the Study of Language and Information, 2003.

[69] Herman, David. Genette meets Vygotsky: Narrative Embedding and Distributed Intelligence [J]. *Language and Literature*, 2006, 15(4).

[70] Hughes, Claire & Robert Plomin. Individual Differences in Early Understanding of Mind: Genes, Non-Shared Environment and Modularity[A]. In Peter Carruthers & Andrew Chamberlain. *Evolution and the Human Mind: Modularity, language, and Meta-Cognition*[C]. Cambridge: Cambridge University Press, 2000.

[71] Hutchins, Edwin. Cognitive Artifacts[A]. In Robert A. Wilson and Frank C. Keil(eds.). *The MIT Encyclopedia of Cognitive Science*[C]. London: MIT Press, 1999.

[72] Irwin, John T. Mystries We Reread, Mystries of Rereading: Poe, Borges and the Analytical Detective Story [A]. In Patricia Merrivale & Susan Elizabeth Sweeney (eds.). Detecting Textes: *The Metaphysical Detective Story from Poe to Postmodernism*[C]. Philadephia: University of Pennsylvania Press, 1999.

[73] Iser, Wolfgang. Indeterminacy and the Reader's Response to Prose Fiction[A]. In J. Hillis Miller(ed.). *Aspects of Narrative*[C]. New York: Columbia University Press, 1971.

[74] Jacobs, Lea. The Woman's Picture and the Poetics of Melodrama[J]. *Camera Obscura*, 1993 (31).

[75] James, P. D. *The Black Tower*[M]. New York: Scribner, 1975.

[76] Johnson, Mark. *The Body in the Mind: The Bodily Basis of Meaning, Imagination, and Reason*[M]. Chicago: Chicago University Press, 1987.

[77] Joyce, James. *Ulysses*[M]. New York: The Modern Library, 1961.

[78] Klein, Stanley B. et al. Decisions and the Evolution of Memory: Multiple Systems, Multiple Functions [J]. *Psychological Review*, 2002,109(2).

[79] Klein, Stanley B. et al. Is There Something Special about Self? A Neuropsychological Case Study[J]. *Journal of Research in Personality*, 2002(36).

[80] Lakoff, George. *Women, Fire, and Dangerous Things: What Categories Reveal about the Mind* [M]. Chicago: Chicago University Press, 1987.

[81] Landau, M. J., B. P. Keefer, L. A. A Metaphor-enriched Social Cognition[J]. *Psychological Bulletin*, 2010(136).

[82] Long, Debra & Golding, Jonathan. Superordinate Goal Inferences: Are They Automatically Generated During Comprehension? [J]. *Discourse Processes*, 1993(16).

[83] Margolin, Uri. Cognitive Science, the Thinking Mind, and Literary Narrative[A]. In David Herman(ed.). *Narrative Theory and the Cognitive Sciences*[C]. Standford: Centers for the Study of Language and Information, 2003.

[84] McGinn, Colin. *The Power of Movies: How Screen and Mind Interact*[M]. New York: Pantheon, 2005.

[85] Merleau-Ponty, Maurice. Le cinéma et la nouvelle psychologie. *Sens et nonsense*[M]. Paris: Nagel, 1966.

[86] Messaris, Paul. Visual Literacy: Image, Mind & Reality[M]. Boulder, CO: Westview, 1994.

[87] Mulvey, Laura. Visual Pleasure and Narrative Cinema[J]. *Screen*, 1975(16).

[88] Murray, J. H. *Hamlet on the Holodeck: the Future of Narrative in Cyberspace*[M]. New York: Free Press, 1997.

[89] Natalie Phillips. Distraction as Liveliness of Mind: a Cognitive Approach to Characterization in Jane Austen[A]. In Paula Leverage, Howard Mancing, Richard Schweickert & Jennifer Marston William(eds.). *Theory of Mind and Literature*[C]. West Lafayette: Purdue University Press, 2011.

[90] Nunning, Ansgar. Unreliable, Compared to What? Towards a Cognitive Theory of Unreliable Narration: Prolegomena and Hypothesis[A]. In Walter Grunzweig & Andreas Solbach(eds.). *Grenzuberschreitungen: Narratologie im Kontext*[C]. Tubingen: Gunter Narr Verlag, 1999.

[91] Omdahl, Becky. *Cognitive Appraisal, Emotion, and Empathy*[M]. Hillsdale: Lawrence Erlbaum Associates, 1995.

[92] Origgi, Gloria & Dan Sperber. Evolution, Communication and the Proper Function of Language[A]. In Peter Carruthers & Andrew Chamberlain(eds.). *Evolution and the Human*

Mind: Modularity, Language, and Metacognition［C］. Cambridge: Cambridge University Press, 2000.

［93］Palmer, Alan. *Fictional Minds*［M］. Lundon: University of Nebraska Press, 2004.

［94］Palmer, Alan. The Lydgate Storyworld［A］. In Jan-Christoph Meister, Tom Kindt, Wilhelm Schernus & Malte Stein (eds.). *Narratology beyond Literary Criticism*［C］. Berlin: Wlater de Gruyter, 2005.

［95］Palmer, Alan. The Middlemarch Mind: Intermental Thought in the Novel［J］. *Style*, 2006, 39(4).

［96］Paula Leverage et al. Introduction［A］. In Paula Leverage, Howard Mancing, Richard Schweickert & Jennifer Marston William (eds.). *Theory of Mind and Literature*［C］. West Lafayette: Purdue University Press, 2011.

［97］Persson, Per. *Understanding Cinema: A Psychological Theory of Moving Imagery*［M］. Cambridge: Cambridge University Press, 2003.

［98］Phelan, James. *Narrative as Rhetoric: Technique, Audiences, Ethics, Ideology*［M］. Columbus: The Ohio State university Press, 1996.

［99］Phelan, James. *Living to Tell about It: A Rhetoric and Ethics of Character Narration*［M］. Ithaca: Cornell University Press, 2005.

［100］Phelan, James. Narrative Judgments and the Rhetorical Theory of Narrative: Ian McEwan's *Atonement*［A］. In James Phelan & Peter J. Rabinowitz (eds.). *A Companion to Narrative Theory*［C］. Malden: Blackwell, 2005.

［101］Phelan, James. Estranging Unreliability, Bonding Unreliability and the Ethics of *Lolita*［A］. In Elks D'hoker & Grunter Martens (eds.). *Narrative Unreliability in the Twentieth-century First-person Novel*［C］. Berlin: Walter de Gruyter, 2008.

［102］Phelan, Peggy. Reciting the Citation of Others; or, A Second Introduction［A］. In Lynda Hart & Peggy Phelan (eds.). *Acting Out: Feminist Performance*［C］. Ann Arbor: University of Michigan Press, 1993.

［103］Planalp, S., Defrancisco, V. & Rutherfood, D. Varieties of Cues to Emotion Naturally Occurring Situations［J］. *Cognition and Emotion*, 1996, 10(2).

［104］Plantinga, C. The Scene of Empathy and the Human Race on Film［A］. In Plantinga, C. & Smith, G. M. (eds.). *Passionate Views: Film, Cognition, and Emotion*［C］. Baltimore: Johns Hopkins University Press, 1999.

［105］Premack David & Guy Woodruff. Does the Chimpanzee Have a Theory of Mind?［J］. *Behavioral and Brain Sciences*, 1978(4).

[106] Rabinowitz, Peter J. *Before Reading: Narrative Conventions and the Politics of Interpretation* [M]. Columbus: The Ohio State University Press, 1998.

[107] Robert A. Wilson & Frank C. Keil. *The MIT Encyclopedia of Cognitive Science*[M]. London: MIT Press, 1999.

[108] Roach, Joseph. Culture and Performance in the Circum-Atlantic World[A]. In Andrew Parker & Eve Kosofsky Sedgwick(eds.). *Performativity and Performance*[C]. New York: Routledge, 1995.

[109] Rutter, D. R. *Looking and Seeing: The Role of Visual Communication in Social Interaction* [M]. Chichester: Wiley, 1984.

[110] Sanjida O'Connell. *Mindreading: An Investigation into How We Learn to Love and Lie*[M]. London: Heinemann, 1997.

[111] Saussy, Haun. Unspoken Sentences: A Thought-Sequence in Chapter 32 of *Hongloumeng* [A]. In Christoph Anderl & Halvor Eifring(eds.). *Studies in Chinese Language and Culture in Honour of Christoph Harbsmeier*[C]. Oslo: Hermes, 2006.

[112] Seifert, Colleen M. Situated Cognition and Learning[A] In Robert A. Wilson & Frank C. Keil(eds.). *The MIT Encyclopedia of Cognitive Science*[C]. London: MIT Press, 1999.

[113] Shaun Nichols & Stephen P. Stich. *Mindreading: An Integrated Account of Pretence, Self-awareness, and Understanding other Minds*[M]. Oxford: Clarendon Press, 2003.

[114] Smith, Murray. *Engaging Characters: Fiction, Emotion, and the Cinema*[M]. Oxford: Clarendon, 1995.

[115] Sperber, Dan. Introduction[A]. In Dan Sperber(ed.). *Metarepresentations: A Multidisciplinary Perspective*[C]. New York: Oxford University Press, 2000.

[116] Sperber, Dan. *Explaining Culture: A Naturalistic Approach*[M]. Oxford: Blackwell, 1997.

[117] Sperber, Dan(ed.). *Metarepresentations: A Multidisciplinary Perspective*[C]. New York: Oxford University Press, 2000.

[118] Spolsky, Ellen. Cognitive Literary Historicism: A Response to Adler and Gross[J]. *Poetics Today*, 2003, 24(2).

[119] Stein, N. & Liwag, M. Children's Understanding, Evaluation, and Memory for Emotional Events[A]. In van den Broek, P. Bauer, P. & Bourg, T. (eds.). *Development Spans in Event Comprehension and Representation: Bridging Fictional and Actual Events*[C]. Mahwah: Lawrence Erlbaum Associates, 1997.

[120] Stiller, James, Daniel Nettle & Robin Dunbar. The Small World of Shakespeare's Plays [J]. *Human Nature*, 2004(14).

[121] Tan(ed.). *Emotion and the Structure of Narrative Film: Film as an Emotion Machine*[C]. Mahwah: Lawrence Erlbaum Associates, 1996.

[122] Taylor, Shelly & Crocker, Hennifer. Schematic Bases of Social Information Processes[A]. In Higgins, E. T., Herman, C. P. & Zanna, M. P. (eds.). *Social Cognition*(The Ontario Symposium, Vol. 1)[C]. Hillsdale: Lawrence Erlbaum Associates, 1981.

[123] Thompson, Kristin. The Formulation of the Classical Style, 1909—1928[A]. In Bordwell, D., Staiger, J. & Thompson, K. *The Classical Hollywood Cinema: Film Style & Mode of Production to* 1960[C]. New York: Columbia University Press, 1985.

[124] Thompson, Kristin. *Breaking the Glass Armor: Neoformalist Film Analysis*[M]. Princeton: Princeton University Press, 1988.

[125] Trabasso, Tom. The Development of Coherence in Narratives by Understanding Intentional Action[A]. In Denhière G. & Rossi S. (eds.). *Text and Text Processing*[C]. Amsterdam: North-Holland, 1991.

[126] Trabasso, T. & Suh, S. Understanding Text: Achieving Explanatory Coherence Through On-line Inferences and Mental Operations in Working Memory[J]. *Discourse Processes*, 1993 (16).

[127] Trabasso, T. & Suh, S & Payton, P. Explanatory Coherence in Understanding and Talking about Events[A]. In Gernsbacher M. A. & Givón T. (eds.). *Coherence in Spontaneous Text*[C]. Amsterdam: Benjamins, 1995.

[128] Truffaut, François. *Le Cinéma Selon Hitchcock*[M]. Paris: Laffont, 1996.

[129] Tulving, Endel. Episodic and Semantic Memory[A]. In E. ulving & W. Donaldson(eds.). *Organiazation of Memory*[C]. New York: Academic Press, 1972.

[130] Turner, Mark. *The Literary Mind: The Origins of Thought and Language*[M]. New York: Oxford University Press, 1996.

[131] Vermeule, Blakey. Machiavellian Narratives[A]. In Lisa Zunshine(ed.). *Introduction to Cognitive Cultural Studies*[C]. Baltimore: Johns Hopkins University Press, 2010.

[132] Vermeule, Blakey. *Why Do We Care about Literary Characters?* [M]. Baltimore: Johns Hopkins University Press, 2010.

[133] Wertsch, James V. *Voices of the Mind: A Sociocultural Approach to Mediated Action*[M]. Cambridge: Harvard University Press, 1991.

[134] White, Hayden. *The Content of the Form: Narrative Discourse and Historical Representation*[M]. Baltimore: Johns Hopkins University Press, 1990.

[135] Zunshine, Lisa. *Why We Read Fiction: Theory of Mind and the Novel*[M]. Columbus: The

Ohio State University Press, 2006.

[136] Zunshine, Lisa. Theory of Mind and Fictions of Embodied Transparency[J]. *Narrative*, 2008,16(1).

[137] Zunshine, Lisa. 1700—1775: Theory of Mind, Social Hierarchy and the Emergence of Narrative Subjectivity[A]. In David Herman(ed.). *The Emergence of Mind: Representations of Consciousness in Narrative Discourse in English*[C]. Lincoln: University of Nebraska Press, 2011.

[138] Zunshine, Lisa. *Getting Inside Your Head: What Cognitive Science can Tell Us about Popular Culture*[M]. Baltimore: The Johns Hopkins University Press, 2012.

[139] Zunshine, Lisa. What to Expect When You Pick up a Graphic Novel [J]. *Substance*, 2011 (124).

[140] Zunshine, Lisa. Mind Plus: Sociocognitive Pleasures of Jane Austen's Novels [J]. *Studies in Literary Imagination*, 2009, 42(2).

[141] Zunshine, Lisa. Lying Bodies of the Enlightenment: Theory of Mind and Eighteenth-Century Studies[A]. In Lisa Zunshine(ed.). *Introduction to Cognitive Cultural Studies*[C]. Baltimore: Johns Hopkins University, 2010.

[142] 阿莱斯·艾尔雅维茨.《图像时代》[M]. 胡菊兰，张云鹏，译. 长春：吉林人民出版社，2003.

[143] 曹雪芹,高鹗.《红楼梦》[M]. 长沙：岳麓书社，2001.

[144] 曹雪芹. 脂砚斋重评石头记[M]. 上海：上海古籍出版社，1981.

[145] 陈霞. 论《红楼梦》中的海棠诗社[D]. 内蒙古大学硕士学位论文，2009.

[146] 冯阳. 论《红楼梦》潜意识描写[D]. 内蒙古大学硕士学位论文，2004.

[147] 冯阳，马冀.《红楼梦》潜意识表象描写及其特征[J].《西北大学学报》,2006(4).

[148] 冯阳. 明清小说中的"梦""异"现象研究[D]. 陕西师范大学博士学位论文，2007.

[149] 弗洛伊德. 精神分析引论新编[M]. 高觉敷，译. 北京：商务印书馆，1989.

[150] 郝晓丽.《红楼梦》宴会描写简论[J].《河北工程技术职业学院学报》,2004(3).

[151] 昝园园.《红楼梦》的影视改编与传播[D]. 山西师范大学硕士学位论文，2013.

[152] 李雨泽. 游戏活动在《红楼梦》中的文学功能研究[D]. 中国艺术研究院硕士学位论文，2014.

[153] 刘鹏. 浅谈《红楼梦》中的酒令活动[J].《重庆科技学院学报》,2013(10).

[154] 吕玲，王平. 论《红楼梦》传播与接受的价值取向[J].《红楼梦学刊》,2009(4).

[155] 罗晓霞. 从影视叙事及风格看87版和2010版《红楼梦》电视剧[D]. 上海师范大学硕士学位论文，2011.

[156] 饶道庆.《红楼梦》影视改编与传播[D]. 中国艺术研究院博士学位论文，2009.

[157] 饶道庆.《红楼梦》影视改编中的阻碍和流失[J].《红楼梦学刊》,2009(3).

[158] 申丹. 何为“不可靠叙述”？[J].《外国文学评论》,2006(4).

[159] 王德良.《红楼梦》的影视剧改编及其传播与接受[D]. 重庆工商大学硕士学位论文，2012.

[160] 曾冬梅，邓云华. 心智解读与《红楼梦》中人物的具身透明性[J].《南通大学学报》，2016，32(6).

[161] 曾冬梅，邓云华.《红楼梦》中的三向心智解读[J].《湖南工程学院学报》,2017，27(3).

[162] 曾冬梅，邓云华. 从心智解读的源监控看《红楼梦》中的不可靠叙述[J].《湖南科技大学学报》,2017，20(2).

[163] 曾冬梅，邓云华. 从元表征角度阐释《红楼梦》中林黛玉的心智解读[J].《衡阳师范学院学报》,2017，38(1).

[164] 詹丹,孙逊. 名著改编与经典代读——论新版《红楼梦》电视剧的成败得失[J]. 文艺研究，2010(12).

[165] 赵红妹. 论《红楼梦》的影视改编[D]. 山东大学硕士学位论文，2008.